惜 春 因 叹 华 光 短，

方 以 文 字 记 流 年 。

——柯可蓉

以文记流年

阿来 著

图书在版编目（CIP）数据

以文记流年/阿来著. -- 北京：作家出版社，2021.3
ISBN 978-7-5212-1331-7

Ⅰ.①以… Ⅱ.①阿… Ⅲ.①散文集-中国-当代 Ⅳ.
①I267

中国版本图书馆CIP数据核字（2021）第017155号

以文记流年

作　　者：	阿　来
责任编辑：	赵　莹
装帧设计：	肖景然
出版发行：	作家出版社有限公司

社　　址：北京农展馆南里10号　　　邮　　编：100125
电话传真：86-10-65067186（发行中心及邮购部）
　　　　　86-10-65004079（总编室）
E-mail:zuojia@zuojia.net.cn
http://www.zuojiachubanshe.com

印　　刷：河北鹏润印刷有限公司
成品尺寸：145×210
字　　数：200千
印　　张：9.25
版　　次：2021年3月第1版
印　　次：2021年3月第1次印刷
ISBN　978-7-5212-1331-7
定　　价：58.00元

题　记

　　一个作家的生活，首先就是与大家共同的日常。除此之外，于我而言，无非就是：读书、游历、鉴赏——艺术与美酒、写作。偶尔演讲——引佛经所言，是"与他人说"，自己的立场，自己的领悟，也以此与人交流，如切如磋，如琢如磨。归根结底，就是提升自己，丰富自己。编这本小书，我想要和以前那些书有些区别，那就是用这些文字表现出一个写作者与写作相关的生活的方方面面。

　　有诗与酒，有爱——对语词、对自然之物、对世道、对人，都能兼得，居于城市楼群森林中某单元某层某室，也就能如行天涯。

　　文字中，真有一个稍稍深广些的生活。

　　惜春因叹华光短，方以文字记流年。

目 录 __ *Contents*

Chapter 1

云
中
记

关于《云中记》，谈谈语言

　　《扬子江评论》要组织关于《云中记》的讨论，丁帆兄要我也来参加。

　　新书刚出的两三个月间，四处站台推销。每回都要向读者宣讲：题材、动机、意识等等，实在是谈得太多了。现在提笔，不知道还可以谈点什么。一部小说创作的过程，并不是每一处都想得清清楚楚，行文中也还想留下些未尽之言，实在经不住作者自己一谈再谈。酒中糊涂答应的事，醒转了就后悔，何况这回答应的还是笔谈，真是踌躇再三。

　　推广新书时与读者谈的，总是在他们感兴趣的事实与意义方面，会有苏珊·桑塔格所批评的只从社会学意义上"过度阐释"的毛病。这回笔谈是专家参加的，似乎可以避开总是揭示意义那种路数。在书店促销，作者和读者互动，未必会像自己所期待的那样，把读者的兴趣在适度的意义寻求后，导向审美方面。常常出现的情况是，作者会被读者引导，从一种意义到另一种意义，直至找不到新意义后还要努力去寻求生发。

《云中记》作为一本以巨大灾变为背景的小说，当然会有大量的死亡书写，自然也就会在有关生命有关灵魂方面多费些笔墨。但这些笔墨并非西方文学中那种纯粹的哲学性或宗教性的追问，而是基于一种强烈的情感需要，不愿意一个个生命随着肉体殒灭就失去全部意义。但和读者的讨论有时会变得像煞有介事的通灵课程。

和读者也会讨论到小说中所关涉的人与自然关系的话题。地震题材的小说，当然不可能逃离人与大地的关系这个根本性的问题。往往，话题又会被诱导往环保生态这样的当下议题。我并不是说，这样的讨论就是没有意义的。但过于应景的环保生态议题，又脱离了关于人必须止于依照自身构造规律运动而造成灾难的大地这种宿命性的感受。正如我在小说的第三则题记中所说："大地震动，只是构造地理，并非与人为敌。大地震动，人民蒙难，除了依止于大地，人民无处可去。"

所以，再鼓余兴来谈这部小说，我还是来谈谈小说的语言。

这也是目前别人与自己都少有谈及的方面。

国庆期间，在乡下清静，手边没有资料，记得多丽丝·莱辛在诺贝尔奖的受奖演说中说，每当有了一个萦回于心的故事，并不意味着就能立即动手写作，而是需要继续等待。用她的说法，是在等待听见一种"腔调"，只有当这种腔调在耳边响起，被她听到，这才是写作的开始。

我想这其实是说，她一直在为这个故事寻找一种合适的语言方式，就像是为音乐找到一个鲜明的调性。脑海中，一些最基本的语词跃然而出，这些最初闪现的词语带着自己的声音、自己的色彩，其最初涌现时的节奏也将决定即将展开的文本的节奏，会决定小说向什么方向开展与深入。是更倾向客观的事实的重现，还是以丰富的想象将事实粉碎后再加以重建？是更倾向于情感的抒发，还是哲思的张扬？在实现这些动机时，又如何做到在书写和基本事实间建立一种若即若离的联系而不失之于空泛？

之所以在汶川地震十年后，我才动手写《云中记》，并不是因为我缺少材料、没有故事，或者不能意识到故事所蕴含的意义，而是因为莱辛所说的"腔调"尚未被听见。对于一个小说家来说，最重要的不是有没有故事要讲，而是以什么样的语言方式使这个故事得到呈现。这一点，早在我作为一个初学者在讲过五六个故事后就已经有充分意识了。讲故事的艺术门类很多：说书、舞台剧、电影、电视，甚至更具古典意义的绘画，以及现代意义上的摄影都能担负这个功能。如此说来，只有故事本身并不能构成小说存在的合法性。小说与其他故事方式的唯一区别就是语言。考察现当代小说文体的嬗变，其中一个重要的因素，就是小说必须向影视等艺术方式让渡大量空间，这迫使小说家必须在语词的海洋中另辟空间。

一个更重要的问题是，一个小说家又不能因为某本小说在语言上的成功，而满足于某种风格的形成，永远在此驻足停留。为了不同故事的质地，为了从不同故事中发现新鲜的情感与精神性蕴藏，小说家必须为之寻找最恰切的、最有表现力的语言。

我亲历了汶川地震，亲眼目睹过非常令人震慑的死亡场面，见证过最绝望最悲痛的时刻，也亲见人类在自救与互救时最悲壮的抗争与最无私的友爱。因此常常产生书写的冲动，但我最终多次抑制住这种冲动，是因为我没有找到恰当的语言，没有听到"腔调"的出现。为此，还得承受常常袭上心头的负疚之感。

地震在瞬息之间，造成了数十万人伤亡，把一个人一个家庭几十年甚至上百年积累的财富毁于一旦，把数代人数十代人建设起来的村落与城镇毁于一旦。悲痛，当然；起而抗争的壮烈，当然；举国驰援，恩爱深重，当然。但一部小说不可能面面俱到。而且，这些东西，此前从新闻到各种艺术形式，都有过许多呈现。

这次地震，很多城镇村庄劫后重生，也有城镇与村庄，以及许多人，从这个世界上彻底消失。我想写这种消失。我想在写这种消失时，不只是沉溺于凄凉的悲悼，而要写出生命的庄严，写出人类精神的崇高与伟大。在写到一个个肉身的殒灭与毁伤时，要写出情感的深沉与意志的坚强，写到灵魂和精神的方向，这需要一种颂诗式的语调。在至暗时刻，让人性之光，从微弱到明亮，把世界照亮。即便这光芒难以照亮现实世界，至少也要把我自己创造的那个世界照亮。要写出这种光明，唯一可以仰仗的是语言。必须雅正庄重。必须使情感充溢饱满，同时又节制而含蓄。必须使语言在呈现事物的同时，发出声音，如颂诗般吟唱。我想我基本上做到了，三个多月，每天持续的写作中，语词们都应召而来，它们都发着微光，把来路照亮。它们都来到了，它们自己放着光，把彼此映照。我用它们建构一个世界，它们集体的光，把这个世界照亮。这些光亮不是来自外面，它们是从里面放光。

这样的语言在神话中存在过，在宗教性的歌唱中存在过。当神话时代成为过去，如何重铸一种庄重的语言来书写当下的日常，书写灾难，确实是一个巨大的挑战。科学时代，神性之光已经黯淡。

如果文学执意要歌颂奥德赛式的英雄，自然就要脱离当下流行的审美习惯。近几十年来，受西方现代派文学和后现代派文学的全面影响，文学充满了解构与反讽，荒诞、疏离与怀疑成为文学前卫的姿态。我们已经与建构性的文学疏离很久了。召唤这种语言回返，并不是一件轻而易举的事情，这既取决于作者对自己的信心，更得相信可以将读者从欲望横溢的物质世界召唤回精神性的空间。

美国批评家哈罗德·布鲁姆在《史诗》一书中说："史诗——无论古老或现代的史诗——所具备的定义性特征是英雄精神，这股精神凌越反讽。"他还说，无论是但丁、弥尔顿，还是沃尔特·惠特曼，都充满了这种精神。如果说但丁和弥尔顿的信仰于我是隔膜的，但惠特曼是我理解并热爱的。布鲁姆说，惠特曼式的英雄精神"可以定义为不懈"，"或可称之为不懈的视野。在这样的视野里，所见的一切都因为一种精神气质而变得更加强烈"。

我想，当我书写灾难，一定要写出灾变在人身上激发出来的崇高精神与勇敢气概。如惠特曼为他自己所追求的语言方式所说的那样："同时置身于局内与局外，观望着，猜测着。""我佯装为景象和暗示所迷醉，但我没有迷醉。无论我走到哪里，我的巨人和我在一起。"同时置身于局内与局外，这使语言获得在客观实在与想象世界间不断往返的自由。"我的巨人和我在一起"，我让主人公在他亦真亦幻的信仰世界中行动，我的任务则是"观望"和"猜测"一个凡人如何依据情感的逻辑演进为一个英雄。这其实也是作者完成自证的过程。

我出身的族群中有种古老的崇拜体系，是前佛教的信仰。我不是一个宗教信徒，但我对这种古老的信仰系统怀有相当敬意。它的核心要义不是臣服于某个代表终极秩序和神圣权力的神或教宗，而是尊崇与人类生命同在的自然之物。这种信仰相信人的血肉与欲望之躯存在的同时，还有一个美丽的灵魂。他们的神也是在部族历史上存在过的，与自己有着血缘传承的真正英雄。这种信仰与纯粹的宗教不同之处在于，后者需要的只是顺从，而前者却能激发凡人身上潜在英雄品质。

这和斯宾诺莎提倡的自然神性是契合的。

斯宾诺莎说："同深挚的感情结合在一起，对经验世界中显示出来的高超理性的坚定信仰，这就是我的上帝概念。照通常的说法，这可以叫作'泛神论'的概念。"

表达或相信这种泛神的价值观，必须配合以一种诗性的语言。不是迷信，而是赞颂性的歌唱。我熟悉这样的语言系统。进入《云中记》的写作时，我可以从我叫作嘉绒语的第一母语中把那种泛神泛灵的观念——不对，说观念是不准确的，应该是泛神泛灵的感知方式——转移到中文中来。这并不是说把这个语言系统照搬过来就可以了。一种古老的语言，它已不能充分胜任从当下充满世俗性的社会生活中发见诗意与神性，它的一些特殊况味也很难在另一个语言系统中完美呈现。更何况，在书写地震时，它还会与一整套科学的地理术语相碰撞，这其中，既有可能性的诱惑，同时也四处暗伏着失败的陷阱。

虽然如此，我还是把这种语言、这种语言的感知世界的方式作为我的出发点，使我能随着场景的展开，随着人物的行动，时时捕捉那些超越实际生活层面、超过基本事实的超验性的、形而上的东西，并时时加以呈现。在这样的情境中，语言自身便能产生意义，而不被一般性的经验所拘泥，不会由于对现实主义过于狭窄的理解，因为执着于现实的重现而被现象所淹没。

这种语言调性的建立，是基于我的第一母语嘉绒语。这是一种对事物，对生命充满朴素感知的语言。如何将这样生动的感知转移到中文里来，也是我面临的一个考验。在这方面，尚未完全变成一个概念与意义系统的古典中文给我提供了很好的帮助。在中国古典诗歌中，有许多一个人的生命与周遭生命相遇相契、物我相融的伟大时刻，是"留连戏蝶时时舞，自在娇莺恰恰啼"那样的时刻，是"感时花溅泪，恨别鸟惊心"那样的时刻。

这样伟大的时候，是身心俱在、感官全开，是语言与情感和意义相融相生的伟大时刻。而中国叙事文学"且听下回分解"式的方法从未取得过这样伟大的语言胜利。

《云中记》这本书，在表现人与灵魂、人与大地关系时，必须把眼光投向更普遍的生命现象，必须把眼光投向于人对自身情感与灵魂的自省。此时，中国叙事文学中汲汲于人与人关系的那些招数就失灵了。只有中国诗歌中那些伟大的启示性召唤性的经验，正是我所需要的，这种在叙事状物的同时，还能很好进行情感控制的能力正是我所需要的。我发现，中国文学在诗歌中达到的巅峰时刻，手段并不复杂：赋、比、兴，加上有形状、有声音、有隐而不显的多重意味的语词。更重要的支撑，是对美的信仰。至美至善，至善至美。至少在这本书里，我不要自己是一个怀疑论者。我要沿着一条语词开辟的美学大道护送我的主人公一路向上。

"花近高楼伤客心，万方多难此登临。"

"羌妇语还哭，胡儿行且歌。"

巨大的灾难、众多的死亡当然是让人"语还哭"的，但灾难的书写不能仅止于绝望，更要写出"行且歌"的不屈与昂扬。

　　"天晴诸山出，太白峰最高。"

　　这种叙写与抒发可以同时兼顾的优越特点，我认为正是中文所擅长的、需要珍视与发扬的。

　　正由于中文这个优胜之处，使我时时处处，能在故事展开时，让主人公不只是和人，而是和神灵、和动物、和植物互相感应，来展开对生命力的赞美与歌颂。《文心雕龙》所说："傍及万品，动植皆文"，我想就是这个意思。

　　总而言之，《云中记》的写作使我意识到，尽管我们对如何完成一部小说有很多讨论，但更多还是集中在内容方面。而我向来以为，对一个写作者来说，最最重要的还是语言。有了写作所需的材料与构想，最终要等待的还是特定语言方式的出现。在写作进程中，语词间时时有灵光跳跃闪烁，一个写作者就是一个灵光捕手，手里有的只是一张随时可以撒开的网，在语词的海洋中捕捉灵光。一网下去，捕捉住了什么，打开看看，在意义之外，捕住了什么？通感。象征。隐喻。精灵的小眼睛星星般一闪一闪。或者只是一个准确的词。或者是一个形意全出的字。暗示又似乎什么都没有暗示。瞬息之间，那个被无数次使用而已麻木的词又活过来了。那个老旧的字，站在那里，摇撼它，它会发出新的声音，新的声调带着新的质感。如此，一个有着新鲜感的文本渐渐生成。语词是它的地基，语词是它的门户，语词是它的高顶。写作就是召唤语词加入精神与情感的重新构建。

　　所以我说，诱惑我投入写作的，是语言；成全了我写作的，依然是语言。语言的魔法，令人神迷目眩。

哈罗德·布鲁姆列出好小说的三条标准，第一条就是"审美的光芒"。我想，这个光芒必然是来自语言。

最后补充一句，前面说，嘉绒语是我的第一母语。这种语言，是我最初进入这个世界，感知这个世界的路径。当我开始写作，作为一个中国人，我用中文写作。我更喜欢把很多人称为汉语的这种语言叫作中文，因为它也是全中国共同使用的语言。在这个意义上，我把中文叫作我的第二母语。我的幸运在于，这两种语言都在不同方面给了我伟大的滋养。

不只是苦难，还是生命的颂歌

——有关《云中记》的一些闲话

2008年5月12日，成都，我坐在家中写作长篇小说《格萨尔王》，在古代神话世界中徜徉。下午2时28分，世界开始摇晃，抬头看见窗外的群楼摇摇摆摆，吱嘎作响，一些缝隙中还喷吐出股股尘烟。我正在写的这个故事中的神或魔愤怒时，世界也会像人恐惧或挣扎时一样剧烈震颤。我可能花了几秒钟时间判断，这些震颤与摇晃到底是现实还是正控制着我的想象。终于，我确定震动不是来自故事，而是从地板从座椅下涌上来，差点把我摔倒在地上；不是陷入想象世界不能自拔时的幻觉，而是真实的地震。

当时不会意识到这些，只是当摇晃停止，才和儿子冲到楼下，混入惊惶的人群。所有人都想知道发生了什么事情，但通信已瘫痪。想再回家中，楼道已经被封锁。只有坐在街边的车中，静待消息。将近两个小时，通信渐渐恢复，消息慢慢汇聚，大地震，震级八级，受灾范围绵延从南到北：汶川、北川、青川。严重破坏地区超过十万平方公里，大量人员伤亡。当这次大地震的面目初步清晰，已经是黄昏时分。这时交通、电力、通信恢复正常。还是禁止回家。总是装在车上的野营装备派上了用场。在公园支了一个帐篷，打开睡袋，我睡不着。地震震中汶川县映秀镇，在我老家阿坝州的范围，终于打通家里电话。我们那个县那个村也经历了剧烈摇晃，但房没倒，也没有人员伤亡。只有三妹妹带车跑长途，她自己和一车乘客，地震发生那个时段，正在震中附近，妹夫已从成都出发徒步进山去寻找。横竖是睡不着，开着车上了街道。经过一个街心花园，许多人围成一圈，组成一道人体的屏风，佑护一个临盆的孕妇生产。再往前，每一辆献血车前都排起了一条长龙。救灾队伍正在集结开拔。平时喧闹的人群都有种庄严的沉着。那一刻，我觉得自己居住的这个城市非常伟大。我把车开到通往都江堰、映秀和汶川的高速路口，整整一夜，管制起来的高速路上各种车辆川流不息。右道上是满载救灾人员和物资的车辆——军队、政府机构的，临时集结的志愿者团队的。左道上从灾区源源驶来各种载着伤员的车辆。我打电话要求参加省青年联合会的志愿者团队。尽管我曾任过这个机构的副主席，尽管负责人是一个老朋友，但被他断然拒绝。他说我身体不行，我说我有一辆八成新的越野车，而且有丰富的山路驾驶经验。我得到的答复还是，这事让我们年轻人干。

　　天亮了，关于惨重伤亡的消息越来越多，整座城市的气氛就是每个人都觉得必须做点什么。捐款捐物是最起码的选择。那时还在成都工作的麦家打来电话，建议他、我和杨红樱三个四川作家带头发起捐款。他拿出二十万作为首笔捐款，还在韩国访问的杨红樱也在电话里马上认捐二十万。我家在农村，负担多，只能表示心意，捐了五万。由此发起一个基金，用于教育方面。所以如此，是因为那时候最揪人心肺的消息，就是灾区中小学校发生的大面积伤亡。具体怎么做，没有想好。先把钱拿出来再说。当即打电话向阿坝州教育局表达了这个意思，请求在他们那里开个户头，好把捐款汇往这个账户。

震中地段的公路上，飞石与滑坡瞬间埋葬了多少鲜活的生命，我妹妹带的一车乘客，居然毫发未伤。他们弃了车，相互帮扶，半途遇到前去接应的妹夫，他们徒步一个通宵，又一个半天，带领一车乘客，走出余震频发的重灾区，竟然也无一伤亡。不敢私自庆幸，因为那成千上万人的死亡。只是从此相信这个世界上真会出现奇迹。在成都的西门汽车站，见到妹妹和妹夫，我以为我会流泪，但没有。他们也没有流泪，只是以超乎寻常的平静，讲述如何在长夜里穿行几十公里破坏严重险象环生的山路。讲到路上房倒屋塌的老百姓，在露天用大锅煮粥，周济路上逃难的人群。

这下我可以去灾区了。去汶川。

平常，成都到汶川，两个小时车程。现在，近路断绝。绕行的路线是八百公里山路，整整两天。路上，余震不断。我那辆车伴我穿行这些险象环生的山路，至今车身上还有两颗落石砸中的伤痕。一处在风挡玻璃上，一处在引擎盖上，修车时，我特意叮嘱把大伤平复，小伤留下。

在马尔康，在州教育局开了捐款账户。

继续前进，越靠近灾区，以前熟悉的道路越是损毁得惨不忍睹，四处都是房倒屋塌、人员伤亡的惨痛景象。遇到一位相识多年的老友，当时是阿坝州副州长。当时他眼含热泪，说的是，全州人民几十年辛勤建设的成果就这么毁于一旦。确实是满眼毁损：道路、桥梁、学校、电站、工厂、乡村。人员死伤累累。那也是我地震以来第一次流泪。大灾发生,过了几天,因震惊而麻木的感情器官才开始发生反应。

后来又去过许多灾区,一万多人口的映秀镇伤亡过半。山清水秀的北川县城一部分被滑坡埋葬,剩下一多半全部损毁。再往北,青川县东河口。山体崩塌,把一个村四个村民小组184户人家、一所小学全部掩埋,700余人被无声无息地埋入地下。走在地震新造成的地貌上,踩着那些从地层深处翻涌出来陷脚的生土,不敢相信下面就埋葬了一个曾经美丽的村庄。

那个时候,我全然忘记了自己的写作。只是想尽量地看见,和灾区的人民共同经历,在力所能及的地方尽一点自己的微薄的力量。

然后是灾后重建。

我们三个四川作家发起的那笔捐款有三十多位朋友加入,金额近百万了。打算用这笔钱建一所希望小学。为此去灾区选一个合适的地方,此时发现这个想法已不可行。政府出台重建方案,都是以乡镇为单位的寄宿制中心小学:教学楼、宿舍楼、电教室、图书室、食堂、体育场,一所小学没有千万以上的资金建不起来。还是不想放弃希望,于是出动去募捐。这时候,地震激发的热情渐渐消退,一呼百应的情况并没有发生。终于得到一家大企业的承诺,安排他们的慈善基金和我们共建一所小学。与灾区政府协商,去实地勘察,同去的还有著名的建筑师朋友,愿意义务为我们做建筑设计。大家集思广益。建学校要尽量使用环保材料,要节能。学校不能建成了事。建成后,捐了款的作家朋友、文化界朋友要轮流去驻校上课,腾出本地教师去发达地区进修,有著名高校也表达了将免费为这些教师提供进修机会的承诺。我们还要持续资助困难学生。等等，等等。总之要将"我们的学校"建成一所模范学校。那时，在所有讨论中，我们都说"我们的学校"。而这一切最终还是没能实现。主要问题，我们这种业余队伍不可能跟上政府要求的重建速度。加之当时国家指定一省支援一个重灾县，一个地市支援一个乡镇，我们选定建校的乡，由广东一个地级市负责。在他们的援建规划中，学校自然是重中之重。我们只好遗憾地退出。企业的慈善基金去寻找别的项目，剩下朋友们那笔捐款到了震中映秀的漩口中学，做了一个奖学基金。今天，去重建的映秀镇，漩口中学倒塌的教学楼，还是保护最好的地震遗址，很多有关"5·12"地震的纪念活动都在那里举行。

到此，我重新回到书桌前。继续那部中断已久的长篇小说的写作。

那时，很多作家都开写地震题材，我也想写，但确实觉得无从着笔。一味写灾难，怕自己也有灾民心态。这种警惕发生在地震刚过不久，中国作协主席铁凝率一团作家来灾区采访，第一站就是到四川作协慰问四川作家。我突然意识到在全国人民眼中，四川人都是灾民。那我们写作地震题材的作品，会不会有意无意间带上点灾民心态，让人关照、让人同情？那时，报刊和网站约稿不断，但我始终无法提笔写作。苦难？是的，苦难深重。抗争？是的，许多抗争故事都可歌可泣。救助？救助的故事同样感人肺腑。但在新闻媒体高度发达的时代，这些新闻每时每刻都在即时传递。自己的文字又能在其中增加点什么？黑暗之中的希望之光？人性的苏醒与温度？有脉可循的家国情怀？说说容易，但要让文学之光不被现实吞没，真正实现的确困难。

又写了几本书：《瞻对》《蘑菇圈》《河上柏影》和《三只虫草》，都不是写地震。

灾难还在发生。2013年芦山地震。2017年九寨沟地震。两次都离汶川地震发生地不远。

地震后不断发生地质灾害。2017年6月24日，一个叫新磨的村庄被滑坡掩埋，60余户人家、近百条生命瞬间消失。地质专家认为，滑坡是因为汶川地震后造成的地质应力改变。

大地并不与人为敌，但大地也要根据自身的规律发生运动，大地运动时生存其上的人却无从逃避。

我不在灾区，但剧烈的创痛同样落在我的心头。而且，只是写出创痛吗？或者人的顽强，但这种顽强在自然伟力面前又是多么微不足道。

我唯有埋头写我新的小说。唯一的好处是这种灾难给我间接的提醒，人的生命脆弱而短暂，不能用短暂的生命无休止炮制速朽的文字。就这样直到今年，十年前地震发生那一天。我用同样的姿势，坐在同一张桌子前，写作一部新的长篇小说。这回，是一个探险家的故事。下午两点，那个时刻到来的时候，城里响起致哀的号笛。长长的嘶鸣声中，我突然泪流满面。我一动不动坐在那里。十年间，经历过的一切，看见的一切，一幕幕在眼前重现。半小时后，情绪才稍微平复。我关闭了写了一半的那个文件。新建一个文档，开始书写，一个人，一个村庄。从开始，我就明确地知道，这个人将要消失，这个村庄也将要消失。我要用颂诗的方式来书写一个殒灭的故事，我要让这些文字放射出人性温暖的光芒。我只有这个强烈的愿心。让我歌颂生命，甚至死亡！除此之外，我对这个正在展开的故事一无所求。五月到十月，我写完了这个故事。到此，我也只知道，心中埋伏十年的创痛得到了一些抚慰。至少，在未来的生活中，我不会再像以往那么频繁地展开关于灾难的回忆了。

因为这个原因，《长篇小说选刊》要我为这篇小说写创作谈时，我不想写。表面的原因是这些日子确实很忙，其实是我短期内确实不想再去碰触这个话题，也没有什么小说观或小说技法之类的话题要谈。这只是一个年复一年压在心头的沉重记忆，终于找到一个方式让内心的晦暗照见了光芒。所以，在这里要说的，也只是如何让自己放不下这段记忆的一些经历罢了。如果再多说一句，也只能说，我喜欢自己用颂歌的方式书写了死亡，喜欢自己同时歌颂了造成人间苦难的伟大的大地。

Chapter 2

读
书
记

回首锦城一茫茫

——杜甫成都诗传

在你眼前，一个人会从他那美好当中静悄悄地清晰地凸显出来。

——里尔克

公元 759 年腊月。唐朝。

国家动乱未已，人民颠沛流离。一个形色憔悴的中年人行走在古蜀道上。

越过秦岭后，山色苍翠些了，风还冷，却多含了些滋润的水汽，脸上干燥皲裂的皮肤也没有那么紧绷了。山路一直往下，脚步也轻快了许多。对于一个人，尤其是对于我们要书写的这个人来说，自然风景的美丽也会给他带来巨大安慰。

这样行走了一天，两天，三天，本来渐渐低矮的山势突然高耸，裸露的岩石拔地而起，绵延数里，壁立眼前，一条狭道蜿蜒而上。无需人告诉，他知道，这就是有名的剑门关了。作为一个诗人，面对着入蜀路上这道剑门雄关，触目之景，立即就转换成描绘性的诗句在脑海中映现：

> 惟天有设险，剑门天下壮。
> 连山抱西南，石角皆北向。
> 两崖崇墉倚，刻画城郭状。

这天夜里，他在驿站里将这首诗记录下来，诗题就是《剑门》。

他知道，越过剑门关口，他就要进入此行要去的地方，就要进入真正的蜀国了。按常理说，翻过秦岭，来到秦岭南坡，也就是到了蜀国了。但在唐代，行政区划跟今天有不一样的地方。他的目的地，是剑南西川节度使管辖的地方。所以，他要越过了剑门关，站在关门之南，才算是真正到达。

这个人就是杜甫，当时就以诗才闻名天下，在后世，他在文学史上的身影将显得越发高大。他不是一个人在路上，而是带着一家五口：妻子，两个女儿，两个儿子。也有资料说，还有杜甫的一个弟弟送这一家人入川。

很多年后的南宋年间，诗人陆游也从这里进入四川。他在诗中没有描摹剑门关的雄姿，而是抒发自己的豪壮而又落寞的心情："此身合是诗人未？细雨骑驴入剑门。"

两个诗人都经此入蜀，心情却大不相同。

陆游是一个人游宦在外，过剑门来四川是怀着建功立业的雄心壮志。

而那时的杜甫，拖家带口，只为在烽火连天的战乱世界中为自己、为一家人寻找一个安定的栖身之地。他和同时代那些有名的诗人李白、高适、岑参等人一样，并不满足于只以诗才名世，他们都有忧国之心济世之志。有人多少实现了自己的抱负，有些人却命运多舛。公元 759 年，在杜甫生命中是一个重要的节点。这一年，这个怀有济世之志的人终于对朝政失望，放弃了华州参军的官职，开始带着一家人在中国大地上流浪。按杜甫自己在诗中的记叙，叫"一岁四行役"。仇兆鳌《杜诗详注》说："春自东都回华，秋自华州客秦，冬自秦赴同谷，又自同谷赴剑南。故曰四行役。"就是说，杜甫在这动乱之年，一年跑了四次路。

这年春天，在华州司功参军任上的杜甫东去洛阳（东都）探亲，其时，唐军在与安史叛军在邺城（今河南安阳）的战役中大败，杜甫被迫从洛阳西返华州，一路上，目睹战乱带给人民的深重灾难，"满目悲生事"，写下了不朽的史诗"三吏"和"三别"。此为一行役。

二行役。此年夏天，战乱连着天灾，华州和关中地区大旱，对局势深感失望的杜甫，于绝望中放弃了华州司功参军的职位，西去秦州（甘肃天水），"满目悲生事，因人作远游"。本想在那里盖座草堂避世隐居，却因秦州那时也是前线，吐蕃大军入侵的威胁时时存在，也不是一个平安的存身之地。便再转去同谷县。此为三行役。

在同谷盘桓一个月，原来答应帮助他的人避而不见，穷朋友又无济于事，他像在秦州一样入山采一种叫黄精的草药，但满山大雪，连黄精也采不到，只能采些橡实为一家人果腹之计。他在《乾元中寓居同谷县作歌七首》中为自己画像："有客有客字子美，白头乱发垂过耳。岁拾橡栗随狙公，天寒日暮山谷里。"这里的橡，不是欧洲人的橡树，而是枥，也就是四川人所说的青冈树，叶有刺，籽可食。这样的同谷自然是待不住的。于是又越秦岭往四川而去。此为四行役。

杜甫妻子杨琬，是杜甫父亲杜闲好友杨怡之女，小他 12 岁。喜欢读书，据说还写得一手好字。夫妇俩入剑门时带着两女两子四个孩子。两个儿子一个叫宗文一个叫宗武。就这两个孩子的名字也透露出杜甫的理想与志向。按为杜甫作传的诗人冯至的说法，这一年宗文 9 岁，宗武 6 岁。两个女儿的年纪应该更小一些。

离开华州时，他们雇了一辆马车，车上载着两双儿女。他们先往西，去到秦州，今天的甘肃天水。在那里，有杜甫一个侄子，还有一个和尚朋友。此时，杜甫的想法很简单，筑几间草堂，在战乱的年代过一种粗茶淡饭的平安生活。杜甫在秦州的经历，从《秦州杂诗》二十首可以窥见大概。他在这组杂诗中第十四首说："何时一茅屋，送老白云边"，表达的就是这样的希望。在这里，他还写过两首诗《西枝村寻置草堂地，夜宿赞公土室二首》。这位赞公，就是他那位和尚朋友。赞公和尚本是唐朝京城大云寺主，"谪此安置"。原来在唐朝，化外之人的和尚有时也会受到贬谪的处分。杜甫与他相识相交，早在天宝年间的长安城中，那时大唐盛世及于顶峰，却也即将面临由盛转衰的安史之乱了。总之，虽有侄儿和那位和尚朋友的帮助，但秦州并不是适合安居之地。他不得不为寻找下一个安身之处而焦虑。这时，同谷县令来信邀他前往。但等他拖家带口到了同谷，这位"来书语绝妙"的县令却避而不见。个中原因，有很多说法，莫衷一是。总之，这位县令对杜甫热情相邀在前，等他到达后却没有给予丝毫帮助却是不争的事实。在我想来，他是读过杜甫诗，热爱杜甫诗的，没见过杜甫的他，可能在脑子中构想出一个飘逸豪迈的诗人形象。等到杜甫形色憔悴，拖家带口来到他面前时，想象颠覆，现实的考虑占了上风，干脆就避而不见了。

杜甫一家，立即就陷入了衣食住都无依无凭的境地，只好打主意去寻找另外的安身之地。他们十一月到达同谷，十二月一日，就离开了。目的地：四川，成都。

离开的情境，杜甫写有《发同谷县》为证："仲仲去绝境，杳杳更远适。""仲仲"和"杳杳"都写低落的心情。"仲仲"是离开时的悲凉。"杳杳"，是对前途的一切全无把握。但还是只得上路了。

北风呼号，道路崎岖，心情凄凉，行程艰难。

《木皮岭》："季冬携童稚，辛苦赴蜀门。南登木皮岭，艰险不易论。"

《白沙渡》："天寒荒野外，日暮中流半。我马向北嘶，山猿饮相唤。"

《水会渡》："山行有常程，中夜尚未安。"路太长，半夜了，还不能休息。"远游令人瘦，衰疾惭加餐。"

《飞仙阁》："栈云阑干峻，梯石结构牢。"这写的是秦岭险峻的栈道。"叹息谓妻子，我何随汝曹。"

艰险的栈道还没有走完。

《五盘》："仰凌栈道细，俯映江木疏。"五盘岭，又叫七盘岭、七盘关。这里已经靠近了今天的四川广元。当地县志说，七盘关"县北一百五十里"，"界邻陕西宁羌县"。

《龙门阁》："清江下龙门，绝壁无尺土。"《广元县志》说："在县东北八十二里。"

《石柜阁》："羁栖负幽意，感叹向绝迹。"《重修广元县志稿》："县北十里，千佛岩南首，石壁峭削，秦汉架为栈。唐韦抗乃凿石为道，立阁如柜，因以为关。"从七盘岭到龙门阁再到石柜阁，可以算出当时人每天在古蜀道上行走的里程。古代蜀道之难，在杜甫视为知己的李白笔下的《蜀道难》中，是夸张的浪漫主义书写。在杜甫现实主义的书写中，呈现出的是具体真实的面貌。冯至说："从同谷到成都旅途上的收获，都是纪行诗。""杜甫运用五古，无论叙事、抒情、写景，都发挥了五言诗的最高功能，这里他把……山川的形势，以及城郭村落、风土人情，都收入雄浑而壮健的诗篇中，在这一点上诚如宋人林亦之所说的，'杜陵诗卷是图经'。"

《桔柏渡》："青冥寒江渡，驾竹为长桥。"这已经在今天的昭化境内了。

再往前，就是剑门关了。

已经身无一官半职的杜甫，之所以选择进入四川盆地，一来因为这个地方不像北方正陷于安史之乱爆发以来无休无止的战乱。这个局面，他在《剑门》这首诗中也有描述："并吞与割据，极力不相让。"二来，这地方有一些亲友可以投靠。德国汉学家莫芝宜佳说："杜甫离开北方，携家人到了南方，不断地寻找着经济上的救助人。"杜甫自己在诗中也夫子自道，说这是"因人作远游"。

所因之人，有此时剑南西川节度使裴冕，他是以成都为中心的西川地方的最高行政与军事首脑。安史之乱时，杜甫在肃宗朝中任左拾遗时，裴冕是朝中首辅，地位比杜甫高出许多，虽然他并不热爱诗歌，但在朝中时，总算是旧相识了。

还有此时在彭州任刺史的诗人高适。这就是他相知甚深的老朋友了。安史之乱爆发前，杜甫和弃官而去的李白以及尚未仕途发达的高适，曾同游梁宋，即今天的河南省开封和商丘一带。时在天宝三年，距安史之乱爆发还有十一年。十几年过去，杜甫、李白和高适三个人的命运已经发生了巨大变化。杜甫在肃宗朝中做左拾遗不久，他所倚重的房琯相位不保，杜甫也因上疏替房琯说话而陷入党争，被肃宗皇帝贬为华州参军，最后弃官而去。李白入幕辅佐的永王作乱，他被连累流放夜郎，虽在途中被赦，从此再与官场无缘。高适却因率兵平定永王之乱而得到重用，做了势大权重的节度使。但他也是诗人性格，因言多狂放，不久即被贬为彭州刺史。杜甫流寓秦州时，就得到了高适到彭州的消息。他还专门写了一首诗《寄彭州高三十五使君适虢州岑二十七长史参三十韵》寄给高适，祝贺他的荣升。这首诗很长，三十韵，就是三十句的意思。这首诗的标题也很长，对今天的读者来说，也许比诗本身还难懂。"三十五"是什么意思？唐代写给一个人的诗，诗题中常会把这个人的排行写出来。"高三十五"，就是高适在高家兄弟中排行第三十五的意思。高家哪会有那么多兄弟？会的，因为唐人的习惯是把叔伯兄弟都算在一起。"使君"，汉代以后对于统领一州官员的尊称。后面那个排行二十七的是后世以边塞诗与高适齐名的岑参。这时，他是不是已经有某种预感，将要去四川投奔高适了呢？我想，这种可能性是存在的。

在成都，杜甫还有一个表弟，在王家排行十五，所以叫王十五，任一种叫司马的官职。这个官职，在唐代为州一级首长如刺史的佐官，说大不大、说小也不小了。

流离不定、无处安身的杜甫，此时可以指望的就是这些亲友故交的友情了。相对于今天，那还算是一个友情与诗才都被人们珍惜的时代。但杜甫对自己能否受到善待还是心怀忐忑，没有多少把握的吧。

无论如何，过了剑门关，道路平顺，气候也越来越温和，相对于秦岭山中，吃食也丰富多了。不一日，来到了进入成都平原的最后一道关口，德阳北三十里、距成都一百五十里的鹿头山。过了此山，就是一马平川了。

杜甫又写诗一首《鹿头山》："连山西南断，俯见千里豁。……及兹险阻尽，始喜原野阔。"连绵崎岖的群山终于在西南方向上消失了，从山头上望下去，只见豁然开朗的一马平川。往前，就再也没有地理上的险阻了，不由人不心生欣喜。

这首诗不光写鹿头山上所见的风光，同时，也是写给节度使裴冕的："冀公柱石姿，论道邦国活。斯人亦何幸，公镇逾岁月。"这几句诗也需要解释一下。冀公，指裴冕。他来主政川西前，就已经被封为冀国公了。"柱石姿"，是使一方安定的柱石。《尚书》说："论道经邦"，就是能够治国安邦的意思。"斯人"，这里的人民。这里的人民多么幸福啊，在您治理下，得以度过如此安定静好的岁月。这样的口吻，多少有些恭维的意思了。

没有记载说，杜甫得到了裴冕什么样的回复。但应该是对他表示了欢迎。所以，当他从绵竹县出发，当成都这个大都会出现在他视野中的时候，他的心情的确是欢欣的。这已经是 759 年的最后几天了。这是杜甫一生最为颠沛的一年。这一年，国运与家事都让他忧心忡忡，好在这一年的最后几天，当他望见成都的时候，久违的喜悦心情重新充满了他的身心，又一首诗《成都府》在胸中涌动了。

翳翳桑榆日，照我征衣裳。

我行山川异，忽在天一方。

呀，眼前的景象与萧瑟枯寂的秦州和同谷是多么不一样啊！温煦的阳光，照着植物的翠绿，也照在自己久经风霜、颜色黯淡的衣裳上。

> 但逢新人民，未卜见故乡。
> 大江东流去，游子去日长。

人也跟北方完全不一样了。北方口音浑厚浊重，而这里的人民，话音清脆，节奏欢快，如同歌唱一样。这时，诗人已经忘记在心中盘算何时能回到故乡了。看来在外流寓的日子会非常漫长啊。

《旧唐书》："成都府，在京师西南二千三百七十九里，去东都三千二百一十六里。"

杜甫这"一岁四行役"，加上在秦州和同谷绕了那么大一个弯，一年中该是走了四千里以上的路了。

终于到达成都了——

> 曾城填华屋，季冬草木苍。
> 喧然名都会，吹箫间笙簧。
> 信美无与适，侧身望川梁。

"曾"，通"层"。有史料说，杜甫到达的彼时的成都由三部分构成：大城、少城和州城。三个城互相连接，一个套着一个，所以叫层城。三城里头都满是漂亮的房子。"季冬"，冬天的最后一个月。

农历十二月，在今天的公历，已经是来年的一二月间，是大地回春的时节。经冬不凋的草木已经有新绿萌动了。哦，作为天府之国中心的有名的成都，真是美得名不虚传。

从望见成都到进入成都，步步行来，位移景换，步入城中时，已经是黄昏时分了。

> 鸟雀夜各归，中原杳茫茫。
> 初月出不高，众星尚争光。
> 自古有羁旅，我何苦哀伤。

来到了这么美丽的地方，我也不必为自古以来很多人都经历过的颠沛流离而独自哀伤，我要在这"天一方"的"新人民"中开始新的生活了。

成都确实对他张开了温暖的双臂。一家人被安置在一座寺庙里。寺庙，在古代常常成为风雨羁旅中人们的安身之所。几百年后的宋代，经历了乌台诗案的四川人苏轼被流放到湖北黄州。这段经历与杜甫入川有些相似之处。也是冬天，也是一个诗人堕入人生的低谷，也是经月跋涉，一路从北方南下。到达目的地后，也是暂时在一座寺庙里栖身。那座寺庙叫定惠院。而杜甫所居的那座寺院也是一座名寺，古称草堂寺。该寺建于南北朝时期，也称益州草堂寺。宋代人记载其位置在成都府城西七里，与后来杜甫建草堂处相距三里。

一家人刚在这里安定下来，老友高适就派人来看望他了，送来了钱粮，还赠诗一首《赠杜二拾遗》。前面说过，唐人题名赠诗，要写诗人的排行，由此我们知道杜甫在杜家兄弟中排行老二。也称官职。拾遗是杜甫此前当过的最高官职，虽此时已是一介布衣，但高适出于尊重，还以这个官职相称。杜甫却只能答诗一首《酬高使君相赠》，感谢他的救济。通过他的诗，今天的我们才可以看到杜甫对当时生活和那座寺庙的描述："古寺僧牢落，空房客寓居。"这座著名的古寺已经没有多少僧人了，所以才有房间空出来供他一家居住。生活过得还不坏，因为这里人对他很好，"故人供禄米，邻舍与园蔬。"以前相识的故人，包括高适在内送来了粮和钱，不认识的邻居送来了自家菜园里的时蔬。"双树容听法，三车肯载书。"我们常说，中国人，尤其是中国知识分子的知识结构或世界观是儒释道三教合一的。这个局面是在魏晋南北朝期间形成的。有唐一代的知识分子，多具有相当深厚的佛教修养。所以杜甫这两句显得深奥的诗，用的都是佛教的典故。"双树"，是佛经中的娑罗树，总按东西南北的方位成双生长。用以代指寺中的树。寺中的树都在听人说法，更不要说耳聪目明的人了。"三车"，在《妙法莲华经》中指鹿车、羊车和牛车，喻指佛教声闻、缘觉和菩萨三乘的不同教法。也就是说，安顿在此的杜甫，一旦暂时摆脱衣食之忧，便与寺中僧人研讨佛法了。

高适在慰问杜甫的诗中最末两句说："草玄今已毕，此后复何言。"

"草"，书写。"玄"，指汉代文豪四川人扬雄所写的名作《太玄》。高适在这里是说，你以前那些诗篇与《太玄》一样著名，此后你还会写些什么样的作品呢？

杜甫在这首诗的最末两句对此作了回答："草玄吾岂敢，赋或似相如。"我哪里敢和扬雄比啊，就跟司马相如差不多吧。四川人应该知道，扬雄和司马相如这对汉代文坛双雄，都是四川人。所以，外省来成都的名诗人，在诗中都拿这两位来说事。对于自己的诗才，杜甫并没有太过自谦。说自己或许能像司马相如，那就是敢跟扬雄比肩的意思了。

杜甫说出了这样的话，同时代的诗人高适也对他有那么高的期许，中国的诗歌史，可以期待这位伟大的诗人写出那些今天我们依然耳熟能详的作品了。成都，这座历史文化名城，送出了司马相如北上长安去描绘那里的盛世景象。几百年后，从长安走来一位诗人，将要开始描绘成都，以他那些即将诞生的著名诗篇为成都画像，为成都在中国历史上留下一个优美的背影。更重要的是，在大唐盛世已经因安史之乱而猝然中止时，盛唐一代的诗人，比如高适，比如过几年将会来到四川的岑参的创作的高潮期已经过去了。因为安史之乱一爆发，当时远在河西走廊和更遥远的西域生活写作的他们，都随东撤回援平叛的唐军回到了中原，并相继来到了四川。但还有盛唐一代的诗人用他们的写作延续着盛唐气象。李白还在漂泊放歌。杜甫在成都的写作更是要成为盛唐诗中那些最重要的篇章。

美国汉学家宇文所安，在他那部流传颇广的专著《盛唐诗》中说："关于安禄山叛乱所导致的文化创伤，已经谈了很多。这里再讨论将是多余的。的确，除杜甫外，战乱后的诗歌几乎普遍地收敛了。……高适、岑参及元结的作品明显地转向了守旧。甚至连豪放的李白，在最后几年的诗作中似乎也减少了放纵。"

成都，将使盛唐诗歌通过杜甫之口，吟诵出那些最后的、也是最美妙的华章。

草堂岁月

至少从在秦州时开始，构筑一座可以让一家得以安居的草堂就是杜甫的一个梦想。

在此之前，他有更远大的理想，那就是辅佐君王，改变社会："致君尧舜上，但使风俗淳。"

但这个理想早在战乱之中，在他被贬为华州参军，并最终弃官而去时就彻底放弃了。残酷的现实摆在他面前的最迫切的问题，就是构筑一个能使一家人躲避风雨的安身之所。理想被不断简化，直到变成一座再具体不过的草堂。

在成都，他这个梦想得以实现。

他用自己的诗把这一过程，以及草堂建成后的生活情景都详实地记录下来。后人评价杜甫诗是"诗史"，其实他首先写的是个人经历，个人所经历的历史。个人经历映照着时代，构成更宏阔意义上的诗史。

构建房屋，第一就是选址。反映在杜诗中就是《卜居》。当时他寄居在城西浣花溪畔的古草堂寺，选择地址自然就从日渐熟悉日渐亲切的浣花溪畔开始。果然，地址也就选在寄居寺院不远的浣花溪畔：

浣花溪水水西头，主人为卜林塘幽。

今天为解这两句诗，注解家为一件事争论不休：谁为杜甫"卜"了这个地方，并出钱为他修了草堂。一方认为这个人是裴冕，一方认为裴冕与杜甫并没有多么深的交情，加上这位节度使深谙权谋，且不爱诗歌，不可能资助杜甫构筑草堂。我觉得，这争论一开始就有些偏了。修草堂第一重要的不是钱，而是要一块地。从古至今，中国的土地都是国家所有，唐代也不例外。所以，要建一座房子，最重要的是地，而不是钱。尤其是在这距省城才几里路的地方，那土地的所有权还是相当重要的。大家都离开那个"卜"，而只去说钱，并在此问题上聚讼不已，眼界有些狭窄了。我倒认为，这个主人就是裴冕，是他给了杜甫一块地。"卜"本来就是选地的意思。

已知出郭少尘事，更有澄江销客愁。

一个弃官而去的布衣，不需要住在城里朝九晚五。这里江流萦回清澈，对一个面山临水时写过动人诗篇的诗人来说，真是一个再好不过的地方了。诗人自己也喜欢这个地方。看，风景多么美丽，江水之上："无数蜻蜓齐上下，一双鸂鶒对沉浮。"

然后，有人送钱来了。《王十五司马弟出郭相访兼遗营草堂资》。这位在王家兄弟中排行十五、官职是司马的人是杜甫的表弟，他出城来看望杜甫一家，并送来修筑草堂的钱。"忧我营茅栋，携钱过野桥。"盼着钱来的杜甫早就在江边等着了，所以王表弟还在江那边就被他望见了，看着他一步一步从桥上走了过来。写诗需要想象。读诗也需要一点想象。有了想象，诗中的场景才能生动活泼起来。

有了钱，就可以开工了。

开工之时，杜甫对于草堂已经有了详细的规划。看来"主人"拨给他的地够大，不但要让他盖一座房子，还要让他可以靠着这地讨将来的生活。草堂开工是在春天，也正是栽树植竹的最好时令。杜甫开建草堂，同时也是在构筑一个园子。钱都花在草堂的构筑上，营造这个园子的其他材料就要向当地的旧友新识寻求帮助了。一个诗人，唯一的手段也就是写诗。好在那是个诗歌与诗才受到珍视的时代。不像今天，称谁是诗人，已经是对人表示轻贱的一种方式。他的第一首诗是讨要桃树苗，他要在园中种一片桃树。作为诗人，他喜欢桃树"来岁还舒满眼花"，作为一个生活无着的人，他要的是桃树结果，"高秋总馈贫人实"。可以自己吃，多出来的还可以拿到集市上售卖。他写诗《萧八明府堤处觅桃栽》，向一个姓萧的县令要桃树苗："奉乞桃栽一百根，春前为送浣花村。"规定数量，还要规定送达的时间地点。这可以看出当时的时代风习。如若不信，假设在今天，一个失业诗人来到一个地方，给当地县长写一首这样的诗，大家都可以想见会是什么结果。又有注杜诗者说，这样做是为了美化环境，这不全面。即便今天，拥有亿元豪宅的人，房前屋后也栽不下这许多树去。想想一百棵桃树栽下去，要多大的地方，这是要弄一个规模不大的桃园。可见"主人"为他"卜"的这块地并不太小。

接着，他还要继续为这个围绕着草堂的园子栽种别的都很占地的东西。唯一的办法还是写诗。这回要的是绵竹县的竹子。"华轩蔼蔼他年到，绵竹亭亭出县高。江上舍前无此物，幸分苍翠拂波涛。"要竹子的对象是姓韦的绵竹县令。几个月前，他入成都前经过绵竹县，所以说"他年到"，也就是去年曾经到过。发现那里的竹子很好，所以去讨要。

还不够，还要栽树，要栽生长快、很快成材成荫的树，打听一遍，四川此地，生长最快的要数桤木。写《凭何十一少府邕觅桤木栽》："饱闻桤木三年大，与致溪边十亩阴。"要造成十亩阴凉，数量也不是一株两株。

然后，向人要松树苗，写一首诗去。

再向人要果树苗，也是写一首诗去。而且要的不是一个品种："草堂少花今欲栽，不问绿李与黄梅。"看来这个园子够大的。

房子盖好了，园子里栽了那么多的植物，房子里还少些用具。还是写诗问人去讨要。《又于韦处乞大邑瓷碗》："大邑烧瓷轻且坚，扣如哀玉锦城传。君家白碗胜霜雪，急送茅斋也可怜。"

杜诗有一个特点，表面看朴实无华，就是诗人的随手书写，但艺术感染力就在这貌似不经意的起承转合，在诗意的随处点染处发生。有古人评此诗说："一瓷碗至微，却用三四写意。初称其质，次想其声，又羡其色。先说得珍重可爱，因望其急送茅斋。只寻常器皿，经此点染，即成韵事矣。"今天人说诗意，往往"为赋新词强说愁"，离开具体的生活另行营造。而真正胸怀诗意者，都是从亲身经历与日常生活中开掘出来。日常事便成了"韵事"，平常的起居就成了今天人常抄洋人荷尔德林的话，所谓"诗意地栖居"。

关于这瓷碗的出处，还可一说。

唐时的四川，有名窑烧制瓷器。杜甫向韦少府讨要的大邑烧瓷就出于当时著名的窑口：邛窑。从汉至唐至宋，在中国，四川一地都是经济生产非常发达的地方，繁盛的丝织业之外，传统的瓷器生产也在中国占有一席之地，其中的代表就是邛窑。今天在邛崃一带，还有窑址可供凭吊。比如十方堂遗址。民国年间，内战不休的四川军阀还曾大面积开掘窑址，将出土的器物拿到市场上大量出售。当时在华西大学古物博物馆担任馆长的外国人葛维汉曾向国民政府提出对邛窑遗址进行科学发掘的报告，却未获批准。他退而求其次，便在古物市场上紧急收购。今天，我们可以在四川大学博物馆看到馆藏的邛窑精品，得感谢葛维汉等人的抢救之功。

当大邑白胜霜雪的瓷碗送到浣花溪边，杜甫营造草堂的工程便初步完成了。

他满怀欣喜之情，写了一首诗《堂成》：

> 背郭堂成荫白茅，缘江路熟俯青郊。
> 桤林碍日吟风叶，笼竹和烟滴露梢。
> 暂止飞乌将数子，频来语燕定新巢。
> 旁人错比扬雄宅，懒惰无心作解嘲。

背对着城市的草堂建成了，屋顶上盖的是白茅草。从江边已经走熟的路上望出去，可以看到郊外青碧的田野。桤树挡住了阳光，风动叶片，仿佛在吟咏诗章。一笼笼竹子上露水下坠的同时还缭绕着炊烟。树上飞来了带着雏鸟的乌鸦，燕子也频频飞来，在屋檐下筑起新巢。有人说你这就是扬雄的家嘛，算了，我也懒得跟人解释说我不是他了。

前面说过，杜诗的特点能将诗意随处点染。如何点染，就看诗中所用的那几个词好了："碍日"的"碍"。"吟风叶"的"吟"。"和烟"的"和"。"暂止"的"暂"。"语燕"的"语"。杜甫自己就夫子自道过："语不惊人死不休。"怎么惊人，就是如此惊人。

成都，给了杜甫一个颇为宁谧的安身之所，杜甫将在这里为成都为世界留下永恒的美丽诗章。

成都给杜甫的这个地方好啊："锦里烟尘外，江村八九家。"诗人想，我是不想离开此地了，这样的心情也是有诗为证的，"卜宅从兹老，为农去国赊。"离朝廷越来越远，我就在这里做一个农人老去了。杜甫诗是上承陶渊明的。陶的诗作正是写他归隐乡间农事的实践。好了，草堂建成了，就要接待客人了。

《有客》："有客过茅宇。"这个"过"不是今天过去的意思，而是到来。杜甫正在园中劳动，"自锄稀菜甲"，有点衣衫不整，自己整理吧，手上怕沾着泥土，所以"呼儿正葛巾"。

《宾至》："岂有文章惊海内，漫劳车马驻江干。"我的诗文怕不是那么有名吧，哪敢惊动大人把车马停在江边来看我啊！这位出门有车有马的人是谁呢？"主人为卜林塘幽"的主人吗？杜甫没说，我不去费心猜度了。有客是好的，但客人身份太高，就有些拘谨，还要为饭食不好而表示歉意："竟日淹留佳客坐，百年粗粝腐儒餐。"

这首诗还值得一说。那就是其在诗歌史上的创新性。明末清初注杜诗的权威仇兆鳌说："直叙情事而不及于景，此七律独创之体，不拘唐人成格矣。"也就是说，唐代人写七律，不能光叙事，还要先写两句景。但这首诗没有写景，直接叙事，打破了陈规，有独创性。

还有《客至》。这回轻松多了，随便多了。

> 舍南舍北皆春水，但见群鸥日日来。
> 花径不曾缘客扫，蓬门今始为君开。
> 盘飧市远无兼味，樽酒家贫只旧醅。
> 肯与邻翁相对饮，隔篱呼取尽余杯。

这首诗流传甚广，不解释了。只说今天成都市中还有名叫盘飧市的，这名字也是得于杜诗吗？又或者那时城中就有这样名字古雅的菜馆了。刚刚说古人表扬过《宾至》一诗不拘一格的独创，而这首《客至》又回来了。前两句就是写景的。如此看来，诗的创新与否，还在于内容表达的需要。古人所谓"不以辞害意"，说的正是这个意思。针对这首诗，美国人宇文所安说，在成都期间，杜甫形成了一种新的律诗风格。"在此类诗中，经常出现快乐自得的形象，老狂士在小农舍中过着朴素的生活，周围是优美的自然风景。"宇文所安正是把这首《客至》当成这类诗的典型。他说："轻快的笔调加上完美的形式，使这首诗备受赞赏，几乎没有一位重要的诗人没有模拟过它的首联。"

还有一位叫韦偃的画家来访草堂，并在其东壁上画了一幅奔马图，事见杜甫诗《题壁上韦偃画马歌》。韦偃是当时以画马闻名的著名画家，也与杜甫一样寓居成都。今有《双骑图》《牧马图》传世。他画在草堂壁上的马却消失在时间的深处，无觅踪迹了。不过，从杜诗中读得这些遥远的往事，再去游今日草堂，笔底乾坤，心中波澜，确乎会有更真切深沉的感怀。

无论如何，这时的杜甫不再是安史之乱发生时，奔波于道上，亲见亲历苍生苦难而写下"三吏"与"三别"的杜甫了。也不是从华州到秦州再到同谷颠沛流离满心苍凉的杜甫了。在这里，他将带着欣喜之情为成都画像，为成都写下优美的诗章。

诗意成都

杜甫对成都的书写从浣花溪边开始，从温润的气候和优美的景物开始。用宇文所安的话来说，就是"周围优美的自然风景"。

草堂初成，正是公元 760 年的春天。

成都的春天，常常在夜晚降下滋润万物的春雨。从古到今的成都人都听到过春夜里雨水敲窗的声音，听到雨水落到窗前竹叶上、落在院中玉兰和海棠树上的声音。只是今天的成都人不像前人还能听到雨水落在屋顶青瓦上的声音了。那是天空与大地絮絮私语的声音。大家都知道了，这就是中国人读唐诗时必然诵读的篇章之一《春夜喜雨》。

> 好雨知时节，当春乃发生。
> 随风潜入夜，润物细无声。
> 野径云俱黑，江船火独明。
> 晓看红湿处，花重锦官城。

我想，中国人对这首诗如此熟稔，都不必在这里解释什么了。它如此深入人心，已经化为我们面对南方的、成都的春雨时直接的感官——无论是听还是看。

春雨一来，浣花溪水就上涨了。杜甫不止一次平白如话而又歌唱般地写了春水的上涨。

> 二月六夜春水生，门前小滩浑欲平。

> 南市津头有船卖，无钱即买系篱旁。

在此期间，杜甫营造草堂的工程还在继续。他又临水造了一个亭子一类的建筑。

新添水槛供垂钓，故着浮槎替入舟。

杜甫不光在水槛上临江垂钓，更重要的还是在这儿看雨、写雨。《水槛遣心二首》也是杜诗中的精华。他在这里看到的雨中景象也是迄今为止写成都的无出其右的优美篇章。

……
澄江平少岸，幽树晚多花。
细雨鱼儿出，微风燕子斜。
城中十万户，此地两三家。

蜀天常夜雨，江槛已朝晴。
叶润林塘密，衣干枕席清。
……

有了这些文字，成都的雨，成都夜里悄然而至落了满城的雨，落在浣花溪上、落在锦江之上的雨就与别处不一样了。那是从唐诗里飘来的，润物无声的雨。成都可以为此而感到骄傲了。天地广阔，雨落无边。可是，又有几丝几缕被诗意点染后，至今还闪烁着亮晶晶的韵律呢？

我自己也为成都写过一本书——《草木的理想国》。以二十多种观赏植物写成都四时鲜花盛放的美景。昨天，2017 年 12 月 3 日，见阳光甚好，去龙泉游玩，在一处新辟的湿地公园，还见有芙蓉花辉耀枝头，枇杷花已开得满树都是，又闻到暗香浮动，翻开叶片，原来有着急的蜡梅已经开了。这还是冬天，那成都的春天呢，还是来读杜诗吧。

《西郊》："市桥官柳细，江路野梅香。"

《奉酬李都督表丈早春作》："红入桃花嫩，青归柳叶新。"

《遣意二首》："一径野花落，孤村春水生。"

《遣意二首》："云掩初弦月，香传小树花。"

更何况还有专门为花所写的《江畔独步寻花七绝句》。

江深竹静两三家，多事红花映白花。

东望少城花满烟，百花高楼更可怜。

黄师塔前江水东，春光懒困倚微风。
桃花一簇开无主，可爱深红爱浅红。

黄四娘家花满蹊，千朵万朵压枝低。
留连戏蝶时时舞，自在娇莺恰恰啼。

带水槛的草堂建成了。园子里种下的作物也锄过草了。招待过宾客了。蜀地的雨听过了，锦江两岸的春花也看过了。深入一个城市，当然要由自然及于人文。杜甫出发了。第一个目标是今天还在的武侯祠，那时还在城外的祠堂现在已经在二环以里的市区中央了。还是以诗笔记之，也是他最有名的诗作之一《蜀相》。

> 丞相祠堂何处寻？锦官城外柏森森。
> 映阶碧草自春色，隔叶黄鹂空好音。
> 三顾频烦天下计，两朝开济老臣心。
> 出师未捷身先死，长使英雄泪满襟。

这首诗成都人应该是喜欢的。而有些诗，却对蜀人有讽喻、有批评。

比如，成都那时有一处如今已无处可寻的古迹。讲四川本地历史的书《华阳国志》对此有记载："蜀五丁力士，能移山，举万钧，每王薨，辄立大石，长三丈，重千钧，为墓志，今石笋是也。号笋里。杜田曰：石笋在西门外，二株双蹲。一南一北。北笋长一丈六尺，围九尺五寸。南笋长一丈三尺，围一丈三尺，南笋盖公孙述时折，故长不逮北笋。"大意说，这石笋其实是上古时代古蜀王的墓志。杜甫来成都的唐代，作为墓志的石笋还在。杜甫去看过，并写《石笋行》一首。这个"行"，不是行走的意思，而是唐诗中一种相对律诗绝句更自由的体裁：歌行体。

"君不见益州城西门，陌上石笋双高蹲。"完全符合《华阳国志》中的记载。这本是有根据的史迹，但民间偏偏说"古来相传是海眼"。那这两柱巨石就从墓志变成镇塞海眼，使恶龙不得出现的镇厌之物了。于是，一桩确切的事物就变得暧昧不明、面目不清了："此事恍惚难明论"。杜甫是不相信这个的，他推测："恐是昔时卿相墓，立石为表今仍存。"这个推测是对的，是唯物的，是历史主义的。为此，杜甫还发了感慨："惜哉俗态好蒙蔽，亦如小臣媚至尊。"怎么媚至尊呢？最重要原因就是人云亦云。

而这样的情形并不是孤例。请读《石犀行》。这是写都江堰了。"君不见秦时蜀太守，刻石立作三犀牛。"秦朝派来的太守李冰建了都江堰，还在堰首刻塑了三头牛。关于这牛的作用，到底是科学地显示水位还是迷信地镇压洪水，至今还各有说法。"蜀人矜夸一千载，泛滥不近张仪楼。"那时的蜀人是更多相信迷信说法的。他们都多少带着骄傲的神情夸耀说，都江堰建成后一千年了，有这三头犀牛的镇压，水再大，也没有涨到成都的张仪楼下。但是，就是杜甫写此诗的这一天，坏消息传来了，岷江发洪水，淹了田地房屋，还死了人："今日灌口损户口，此事或恐为神羞。"这不只是讽喻，简直就是嘲笑和批判。石牛是镇不住洪水的，正经的做法还是学习李冰："终藉堤防出众力"，有了这堤坝的保护，才能拥有丰收的秋天，"高拥木石当清秋。"

说杜甫是现实主义诗人，对雨与花的记录是一种现实，人性萎顿，没有求真的愿望，躺在前贤造就的庇荫下，人云亦云，小富即安、不思进取，也是一种现实。这样的思想，在今天也还有很强的现实意义。迷信在科学时代，并未消失。小富即安、不思进取的心性，也并未消失。成都人也不能只阅读只记诵杜甫表扬成都物华天宝的诗章。

虽然杜甫在前两首诗中对蜀人有讽喻有批评，但与其说这是针对蜀人，倒不如说是对中国社会文化病相的普遍揭示。所以，今天的蜀人也不必为被杜甫揭过短而不高兴。因为，杜甫对成都的确是热爱的。到《赠花卿》一诗，就是对成都这座繁华而又文艺的城市总体形象的书写了。

> 锦城丝管日纷纷，半入江风半入云。
> 此曲只应天上有，人间能得几回闻。

总之，760 年，杜甫在成都的第一年，以及到成都的第二年，至少是上半年，日子都过得相当舒心。

一边访问新知旧友，一边游览风景名胜。以他诗中所记，去了新津北桥楼，并题诗。还是在新津，登四安寺钟楼，又两游修觉寺。去了青城山，留《丈人山》。回了成都，还在城中四处寻访古迹，留下诗章的有两处。一处是武担山石镜。前两天在新华宾馆参加一个会议，我还专门去看了主楼和五号楼之间的武担山。这也是古蜀国遗迹。《华阳国志》说，这山是堆成的，堆山的土是从很远的武都地方运来的。这是某个蜀王妃的墓。王妃是武都人，所以她的墓要用家乡的泥来作封土。"上有石镜，表其门。"还有古籍记载说，这面石镜"厚五寸，径五尺"，其质"莹彻"，如此看来，该是某种玉石磨成的吧？但今天，那面石镜早就不知所终，只剩下那座土丘了。杜甫还去了司马相如弹过琴的地方，留了一首诗《琴台》。

友谊

杜甫在成都过得好，多半靠那些为官朋友的帮衬接济。但时间久了，交浅也好，缘深也罢，最初的热情过去，接济也就没有那么频繁了。这也是人之常情。我从杜诗研究杜甫在成都的行迹时，看出他在草堂建成后的很多时间，都在四处走动。游风景名胜，时常进城去跟新交旧友谈天吃饭，诗酒唱和。交往也很广阔，官员、画家、和尚，甚至还有武将。比如前面《赠花卿》那个花卿就是一位颇有战功也相当残暴的武将。杜诗还有《戏作花卿歌》一首，如此看来，那过往也不是一次两次。

也就是说，杜甫虽然写过《为农》诗，也在《有客》诗中描绘了自己在园中劳作的形象。看来却没有怎么坚持。一转眼，春天过去，夏天又过去，就是秋天了。园子里却没有什么可靠的收获。一到秋天，生活资料储藏有限，只好向已经麻烦求告过不止一次的诗友告急了。

这时的西川官场也有人事变化，对他有所关照的一把手裴冕上调京城，接任者对他没有表示兴趣。连高适那里也没了消息，只好写诗托人带去。《因崔五侍御寄高彭州一绝》：

> 百年已过半，秋至转饥寒。
> 为问彭州牧，何时救急难。

在此之前，高适似乎确实有较长时间没有与杜甫通过音信了。

对高适与杜甫的疏远，后世注杜诗评杜诗者，有不同解释。有人说，高适之所以不回杜甫的信，不像他刚到成都时立马就送米送钱，根本原因是杜甫对高适施政有不同意见。这么推测，有些根据。也有人说，高适怎么会如此绝情，他是送了禄米的。不如此说，有损高适在边塞诗中已然树立的高大形象。彼时情景，史料没有太多确实记载，大家都是靠杜甫与高适互相往还的几首诗作的推测，下评判。而国人评判历史上的人与事，往往不是基于黑格尔们所说的那种"有意志的历史"，而是基于一般的道德评判。最后就变成一个谁对得起谁，谁又对不起谁的是非公案。这非但不能让我们以正确的方式深入历史，反而陷入一种自我辩驳的怪圈。讲历史的人没有遵从近现代历史观："同情之理解"。

高适有没有马上来"救急难"，未见确切记载。

但杜诗中却有隐约的线索："厚禄故人书断绝，恒饥稚子色凄凉。"这个"书断绝"的"厚禄故人"是谁？后世注家也莫衷一是，有说是裴冕，有说是高适。我倾向是高适。"故人"是老朋友。杜甫和裴冕的交情没到这个份上。只有高适，才当得起这个称号。两人曾在壮年气盛时与李白同游梁宋，又都是当时诗坛上并立的高峰。但以世俗地位论，两人差异就太大了，《唐书》上就说，盛唐一代的诗人，高适是官运最为畅通的。

杜甫寄了请求"救急难"的诗不久，就得到消息，高适转任蜀州刺史了。蜀州地在今崇州市。杜甫又写了一首诗给他《奉简高三十五使君》。恃才傲物的杜甫这回都有点语带恭维了："当代论才子，如公复几人。骅骝开道路，鹰隼出风尘。"把高适比作疾驰于途的骏马，比作高飞云端的鹰隼。并告知高要到他新任职的蜀州去看望。"天涯喜相见，披豁道吾真。"到了相见时，我要敞开胸怀对君一吐真情。

高适回复没有，怎么回复也不得而知。倒是有当时高适的幕僚裴迪寄了一首表示思念的诗给杜甫。这全是因为杜甫与裴迪的个人友谊，还是有裴迪领导高适的授意就不得而知了。我这也只是合理想象而已。

转眼到冬天了，一家人生活物资匮乏，成都的雨也没有春天那么可爱了。"甲子西南异，冬来只薄寒。江云何夜尽，蜀雨几时干。"冷啊，阴冷啊，雨还下个不停，饥寒交迫，只好继续向人求助。求助的对象是一个姓王的县令。他先写了一首诗寄去，王县令没回。只好再写一首《重简王明府》："行李须相问，穷愁岂有宽。"这里的"行李"，是使者的意思，而不是我们出门带的那个行李。意思是说你应该派人来慰问帮助我，我自己是解决不了当前的生活困难了。

困难到什么程度？《百忧集行》写到了：

入门依旧四壁空，老妻睹我颜色同。

痴儿不知父子礼，叫怒索饭啼门东。

如此情形下，看到的景色也不那么美好了。看看连续几首诗的诗题：《病柏》《病橘》《枯棕》《枯楠》，那真是满目凄凉。"野外贫家远，村中好客稀。"

恰恰此时，风雨也来作对。先是大风雨，把草堂附近一棵老楠木吹倒了。让杜甫悲怆了一回。接着，大风再起，造成新破坏，就有了后人传诵不绝的《茅屋为秋风所破歌》了。

怎么办？还是得找"厚禄故交"想办法。恰好听得人说，彭州刺史王抡和蜀州刺史高适都来成都开会了，赶紧写诗去联系。不好直接找高适，便找王刺史。诗题很长：《王十七侍御抡许携酒至草堂，奉寄此诗，便请邀高三十五使君同到》。王刺史大人你许诺过要带着酒到草堂来看我，今天我寄此诗来请，如果你能请到一同开会的高刺史一起前来就再好不过。王抡来了，"音书绝"的高适也来了。也写了诗,《王竟携酒,高亦同过,共用寒字》。注意这个"竟"字。发了邀请,但没想到要来,却竟然来了。三人一起喝酒,还一同用"寒"字韵作了诗。两位刺史来,不光是喝酒,还帮助他解决了生活困难。接下来,他马上又出游了,西去几十里去看蜀人在江上造竹桥。桥造好那一天,恰好遇到高适在成都公干完毕,回蜀州,两人又在这新桥上见了一面。细品这首诗,过去与高适酬唱往还时引为知己的披肝沥胆没有了,多的是一些客气话。

接着,这年冬天,四川又换了最高军政长官严武。严杜两家,上辈人就是世交。严的官职是成都尹兼御史大夫、充剑南节度使。西川最高首长。严武761年年底上任,次年春天,就主动写诗给杜甫表示慰问。《寄题杜拾遗锦江野亭》。杜甫马上回诗一首:《奉酬严公寄题野亭之作》,末两句说,"枉沐旌麾出城府,草茅无径欲教锄。"我这里少人探望,荒草都把路掩没了,为了你来,我要叫人把那些荒草都锄掉。

严节度使真的就来了:"元戎小队出郊坰,问柳寻花到野亭。"一方封疆大吏,只带了少许随从就来了。严武是真对杜甫好。不光是亲到草堂访问,生活上不断周济,还常邀他进城,诗酒唱和。一起在成都西城头晚眺,作诗。严武作了一道咏雨的绝句也要寄给他。严武还从城中捎去"青城山道士乳酒一瓶"。夏天,严武又放下繁忙的政务与军务,再来草堂探望。"严公仲夏枉驾草堂,兼携酒馔。"严武邀请他进城去,"严公厅宴,同咏蜀道地图"。两个人都是走过那北上南下的蜀道的,现在站在蜀道图前,各有感慨,又赋诗一首。用寒韵。我们应该记得,之前高适去草堂时,两人和诗也用寒韵。

好日子来得快,去得也快。762年,政绩官声人品都很不错的严武又奉命回中央任职，要离开成都了。无论是出于现实生活的考虑，还是出于真诚的相知之情，杜甫都有千般不舍。他不光写诗表达不舍离别之意，还一路相送，正是古诗中所说，"行行复行行，长亭连短亭"。不是送到城门，也不是送到城外十里八里，这一相送，就是好多天，一直相伴相送到涪江边的绵州，也就是今天的绵阳。也一路留下情真意切的诗篇让我们看到两人在绵州流连的情景。"送严侍郎到绵州，同登杜使君江楼宴。""奉济驿重送严公。"可见两人一直到出了绵州在一个叫奉济的驿站才真正分手。

好日子一去，坏日子就来了。

严武离开成都不久，人还在路上，一个叫徐知道的将领就在成都发动了兵变。成都陷入了动乱之中。成都是回不去了。妻儿还留在草堂，杜甫只身在绵州梓州一带流浪。此时，高适接了严武的班，任剑南西川节度使。杜甫写了首《寄高适》发往成都府，委婉动问此时能不能回成都。没有见到高适的回答。那时高适很忙，而且忙得焦头烂额。一上任就遇到徐知道兵变，先在成都平乱。乱刚平，西边岷山中的松州、保州、维州受到吐蕃大军的猛烈攻击，将要不守。当此关头，要他去照应一个诗人的衣食怕是有些不耐烦吧。

漂泊中的杜甫很怀念在成都草堂安居的日子，以至于写了一首寄给草堂的诗《寄题江外草堂》，并在题目中加了一句话："梓州作，寄成都故居"。他在诗中回忆了建筑草堂的过程，"诛茅初一亩，广地方连延。"当年是刈除了很多茅草，才辟出了一块地方。"尚念四小松，蔓草易拘缠。"从这句诗里，知道他当年栽下的是四棵松树，现在他想到草堂时最担忧的是这四棵小松树无人护理，会被荒草"拘缠"而死。他寄诗给草堂，草堂不是人，他当然不会希望草堂给他回信，告诉他那儿棵小松的消息。

杜甫只好继续流浪，四处就食。还把一家人都接去了。从他这一时期的诗作来看，日子过得还算不错，每去一地，当地大大小小的官员都招待他，大家诗酒往还。在涪江边观舟子打鱼；去射洪县凭吊陈子昂故居。去通泉县，去涪城县、盐亭县，去阆州。这一去，就是一年多时间。

和初建草堂时要在成都终老的想法不同，这期间他已经在做回故乡的打算了，所以特别关心北方战事进行的情况。杜诗中一首名作《闻官军收河南河北》，正是这种心情的最好反映。"剑外忽传收蓟北，初闻涕泪满衣裳。却看妻子愁何在，漫卷诗书喜欲狂。"还规划了回去的路线："即从巴峡穿巫峡，便下襄阳向洛阳。"杜甫在这首诗后有一条简短的自注："余田园在东京。"唐朝的东京就是洛阳。而且，在诗中，杜甫总是说自己老自己病，但这回，官军得胜了，收复了包括洛阳在内的河南河北，他不再称老称病了，而是"白日放歌须纵酒，青春作伴好还乡。"人都变得年轻了。只是，一两场胜仗并不代表战乱结束。战争还有起伏曲折，离真正的结束还有很长时间。

只好还带着一家人在今天三台县、当时的梓州一带盘桓。到763年冬天，他已经下定决心，要离开四川。洛阳还回不去，那就先到"吴楚"，也就是出长江往湖北湖南一带走。临行之前，他给对他颇多照顾的梓州章刺史写了一首诗："将适吴楚，留别章使君"。准备从今天的三台出发，到阆中，再从那里乘船，顺嘉陵江入长江出三峡。

就在这时，情况一变。

高适在与吐蕃的边境战争中打了败仗，丢掉了岷山中拱卫成都平原的战略要地松州、维州和保州。61岁的高适被免去节度使职调往中央任职。严武二次入蜀，再接剑南节度使职。这次是来当救火队长。得到这个消息，杜甫马上改变计划，不去吴楚，要回成都。高适当节度使，不肯认真理会他，但严武他是信得过的。有诗为证：《将赴成都草堂途中有作，先寄严郑公五首》。这次回来，才三十多岁的严武已经封了郑国公了。

"雪山斥候无兵马，锦里逢迎有主人。"你回来任务重啊，因为西边雪山中已经没有唐朝的兵马了，不过，我回成都倒是有好的主人了。雪山中无朝廷兵马，是高适造成的。前一年，没有对他表示欢迎的锦里主人也是高适。这就叫古诗章法中的"隐而不显""怨而不怒"。但这回严郑公回来了，诗人要重回草堂了。但那草堂一定都荒芜了："新松恨不高千尺，恶竹应须斩万竿。"当年栽的松树长得慢，如今也没长高多少吧，倒是那些疯长的竹子可能得砍去不少。"昔去为忧乱兵入，今来已恐邻人非。"当年离去，害怕草堂被徐知道的乱兵糟蹋，今天回来，又担心周围不再是那些熟悉亲切的邻居了。

又回到成都了！草堂还在，并未毁于兵乱。欣喜之余，写《草堂》记之。

> 昔我去草堂，蛮夷塞成都。
> 今我归草堂，成都适无虞。
> ……
> 入门四松在，步屧万竹疏。
> 旧犬喜我归，低徊入衣裾。

邻舍喜我归，酤酒携胡芦。

大官喜我来，遣骑问所须。

啊，回来了，草堂还是原来的样子。那四棵松树还在，环笼草堂的竹林也长得很好。这里的狗也还认得我，老邻居也拿着一葫芦酒来庆贺我的归来。他还为那四棵松树专写了一首诗《四松》。接着又为早前栽下的桃树写了《题桃树》。当年栽下的一百棵桃树都长大了。其中五棵靠近草堂的，横生的枝丫有点挡路，更因为枝叶繁茂遮住了屋里的光线，有访客来建议伐掉，但杜甫舍不得，因此写了《题桃树》。

更重要的是，"大官喜我来，遣骑问所须"。大官自然是已经回任的严武。听到诗人回归草堂的消息，马上就派人骑着马来问有什么需要。

杜甫似乎又过上当年初营草堂后那样的安稳日子，又开始写欣欣然歌颂成都美景的诗篇了。

《登楼》："锦江春色来天地，玉垒浮云变古今。"

《绝句二首（其一）》："迟日江山丽，春风花草香。泥融飞燕子，沙暖睡鸳鸯。"

《绝句四首（其三）》："两个黄鹂鸣翠柳，一行白鹭上青天。窗含西岭千秋雪，门泊东吴万里船。"

修复草堂需要钱，还是老路子，向人讨要。有个王姓录事官答应过要给杜甫些钱作为"修草堂赀"，但没有兑现。于是杜甫写了一首诗给他。《王录事许修草堂赀不到，聊小诘》。"为嗔王录事，不寄草堂赀。昨属愁春雨，能忘欲漏时。"幽默感又回来了。

严武不仅关心他的生活，还从朝廷为他求了个小官职：检校工部员外郎。这也算是有了一份工资收入。当然，杜甫也不可能到中央去上班，就到严武幕府中做些参谋性质的工作。杜甫去城里上班了，与严武的交往也更频繁，杜甫留下好几首诗记他们的交往。《奉待严大夫》："殊方又喜故人来，重镇还须济世才。"《严郑公阶下新松》。《严郑公宅同咏竹》。《奉观严郑公厅事岷山沱江画图十韵》。

严武二度镇蜀，其实是来收拾高适留下的烂摊子。最大的一件事，就是收复被吐蕃攻占的松、维、保三州，也就是屏障成都平原的今松潘、理县一带地方。杜甫对边境线上的形势是关注的，在他流浪梓州时，就写有《西山三首》："辛苦三城戍，长防万里秋。烟尘侵火井，雨雪闭松州。"高适任节度使时，对这些地方的防卫方略保守，杜甫则认为应该要取以攻为守的方法，才能抵御吐蕃的进攻。此间，他还写了一首《警急》，那时三城之一的松州城已经被吐蕃大军重重包围，但高适防守的决心并不坚定。所以流离中的杜甫写了这首诗："玉垒虽传檄，松州会解围。"这是安慰，只要坚持战斗，松州之围是可解的。接下来是劝告，劝告高不要和谈，不要对和谈抱有幻想："和亲知拙计，公主漫无归。青海今谁得，西戎实饱飞。"你看，过去与吐蕃搞和亲，先后嫁了文成公主和金城公主过去，但这有用吗？就看看以前是大唐属地的青海现在谁手里吧。那里已经被吐蕃大军占据，秋高马肥，原野上飞驰的是他们的兵马。杜甫这首诗是十月份在阆中写的。一定是写给高适，有向他建言献策的意思。但高适没有理会。十二月，松州就陷落了。

严武回来，马上就筹划向西山进兵，并率军于当年秋天收复了西山失地，稳定了边境局势。为此，严武写了一首诗《军城早秋》。

杜甫也写了一首诗相和,《奉和严大夫军城早秋》:"秋风袅袅动高旌,玉帐长弓射虏营。已收滴博云间戍,更夺蓬婆雪外城。"

所以,后世研究者讨论杜甫与高适及严武的关系时,就注意到影响杜甫与严武和高适关系的,更深一层,还有政见异同的原因。

严武早秋时节率军收复失地,回到成都,放松心情,还与杜甫等一干人出署游玩。杜甫也有诗记其事。《晚秋陪严郑公摩诃池泛舟》:"湍驶风醒酒,船回雾起堤。"

古籍《成都记》中记载,隋朝时筑成都城墙挖土形成一个大洼地,再注水成湖。后来,有个胡僧到了湖边,赞叹了一句"摩诃宫毗罗"。摩诃是梵语,其意是大。毗罗也是梵语,其意为龙。这意思就是有龙居住的大湖。

今天成都城中已无此湖,很长时间,具体位置也失其所在。这些年成都发展迅猛,建设繁巨,许多古代遗址也因建筑工程而被发现。摩诃池遗址也因此被发现,大致在今天后子门一带。

杜甫在严武幕中不久,又一次辞去工部员外郎的官职。杜甫"性疏放",心里自认与严武既是世交,也是朋友,但到了幕府中会有上下尊卑之分,他自然是不习惯的。所以史书中有他酒后触忤严武之说,但写到这里,文章已经太长。对这个问题,国内研究唐诗的权威傅璇琮先生和人著有《杜甫与严武关系考辨》一文,有兴趣的读者可以参阅。总而言之,杜甫在严武幕中的日子过得并不舒心。这也有他的诗为证。《宿府》,也就是上班时间不能回草堂,使他感到苦闷与孤独:"已忍伶俜十年事,强移栖息一枝安。"《遣闷奉呈严公二十韵》:"束缚酬知己,蹉跎效小忠。"

765 年正月间,杜甫又回到浣花溪边的草堂。这回,他是下定决心要在这里安安静静地过日子了。《营屋》，修整草堂。《除草》，把园中的荨麻，也就是蜇人的恶草除掉。"茅屋还堪赋，桃源自可寻。""凿井交棕叶，开渠断竹根。"那么，接下来杜甫和严武关系又会发生什么样的变化呢？可惜的是，我们看不到这个故事的发展了。这一年四月，才四十岁的严武突然在成都暴病而亡。这位能文能武的封疆大吏，就这样走了。《全唐诗》中存杜甫诗一千余首，严武诗只有六首。其中两首是因有杜甫相和而留下的。

这一回，失去庇荫的杜甫真的只好离开成都，离开浣花溪，离开草堂了。

五月，《去蜀》："五载客蜀郡。"759 年年底到，765 年初夏离开，差不多六年时间。"一年居梓州。"其间一年多时间是在三台、阆中一带度过的。"如何关塞阻，转作潇湘游。"

成都，这座建城史长达两千多年的古城，真正代表城市古老历史的物理遗迹基本都无迹可寻。城墙没有了，华屋没有了，杜诗中写到的张仪楼没有了，黄师塔没有了，石笋没有了，摩诃池也没有了。成都以一座文化名城的存在，主要凭借的就是文字的记录了。书写成都，最优美、数量也最多的，就是杜甫。此前，成都出了一个大文豪司马相如，他的《上林赋》是书写都市景象的名篇，但他出川致仕，写的是汉代长安。只有杜甫，在成都三年多时间，留下了那么多关于成都的诗篇。清澈的江水、丰富的植物、温润的气候、众多的古迹、时人的身影与生活场景、城市的气象，无一不在他笔下清晰呈现。没有杜诗，我们几乎无法描摹成都，没有杜甫，我们也几乎无法歌颂成都。

多么好啊，杜甫还留下了一座草堂，永驻成都。即便这座草堂并不真是杜甫当年那座草堂，但这座草堂的存在也表示了成都对杜甫的珍重。

杜甫让我们更爱成都，当然，我们也就更爱杜甫。

奥地利诗人里尔克说："从此以后，你爱上这个人。这意味着，你要努力地用你温柔的双手将他的人格的轮廓按照你当时看到的样子描绘出来。"那个其实不会好好种地的杜甫，那个渴望致仕却又不能躬身逢迎混迹官场的杜甫，他自己用丰富的诗作展现了自己，以至于用不着我们再费什么笔墨来描绘他。我们只要在锦江夜雨时轻声吟咏他那些诗作就好了。

回望成都

杜甫又走上他的流浪之路了。

他用诗为我们标注他东去的行迹。

他是从水路出川的。嘉州（乐山），宿过一个驿站叫青溪驿。戎州（宜宾），有杨使君请他喝酒，吃了当地产的荔枝。渝州（重庆），等一个朋友一起入三峡，没有等到，便先登船走了。忠州（忠县），喝了一种酒叫麴米春。

也是在这里，他得到高适死去的消息。《闻高常侍亡》："归朝不相见，蜀使忽传亡。"

盛唐诗凋零的日子到来了。

三年前，从四川出发的诗人李白死了。

现在高适死了，离开四川仅仅一年时间。

还有曾经在西域军旅中挥洒豪迈诗情的岑参，765年接到嘉州刺史的任命，本来是可以在成都和老友杜甫见上一面的。可是，严武一死，蜀中又陷于战乱，因道路不通，走到半途又回去了。直到第二年，才来到四川。再四年，公元 770 年，岑参死于成都。也是这一年，漂泊无依的杜甫死于去往岳阳的小船之上。是的，杜甫乘船东去，与四川渐行渐远时，盛唐诗——这个中国精神史、中国诗歌史上最伟大的众声合唱的时代，正在垂下终场的帷幕。我知道文学史上说盛唐诗不只是这几位诗人，但对我来说，当这几个我最喜爱的诗人消失，那个伟大的时代也就结束了。

在我眼中，盛唐诗歌的帷幕，可以说是在四川关上的。

杜甫在江上，还遇到了送严武灵柩回乡的船。《哭严仆射归榇》，与严武作最后的告别："风送蛟龙雨，天长骠骑营。一哀三峡暮，遗后见君情。"

人一死，曾经有过的怨怼都消失了，留下的只有对温暖友情的深深怀念。对严武如此，对高适也是如此。

对这两位故人的怀念，也触发了他对成都寓居岁月的怀念。

云安（重庆云阳）。杜甫在那里生病，卧床不起，却写了深情怀念成都的《怀锦水居止二首》。

万里桥南宅，百花潭北庄。
层轩皆面水，老树饱经霜。
雪岭界天白，锦城曛日黄。
惜哉形胜地，回首一茫茫。

还是卧病云安时，暮春初夏，他听到了杜鹃鸟的叫声。这又令他魂归成都，魂归使杜鹃的啼鸣有了象征意义的成都。那个意义是李商隐用"望帝春心托杜鹃"那句有名的诗揭示过的。

> 西川有杜鹃，东川无杜鹃。
> 涪万无杜鹃，云安有杜鹃。
> 我昔游锦城，结庐锦水边。
> 有竹一顷馀，乔木上参天。
> 杜鹃暮春至，哀哀叫其间。
> 我见常再拜，重是古帝魂。
> ……

我不是一个自作多情的人，但在成都春深、杜鹃花开之时，听闻浓荫深处传来杜鹃的啼叫，就会想起这首《杜鹃》诗，有时会忍不住热泪涌动。使杜甫再拜的是望帝之魂，使我泪流难已的，是杜甫优美深情的诗篇。

大历五年，公元 770 年，杜甫生命最后一年，也是堪与秦州岁月相比的最悲苦的一年。以中国之大，竟没有让最伟大诗人寄寓的一块土地，杜甫生命的最后一年基本上是在一叶孤舟上度过的。流浪的他，前途无依，只余回忆。

这年正月，他翻检行囊中的旧文稿，高适赠他的一首诗《人日寄杜二拾遗》，赫然呈现眼前。

> 人日题诗寄草堂，遥怜故人思故乡。
> 柳条弄色不忍见，梅花满枝空断肠。

身在南蕃无所预，心怀百忧复千虑。

今年人日空相忆，明年人日知何处。

高适这首诗写于 761 年春节，那时他刚到蜀州刺史任上不久。前面说过，那时杜甫对高适有情绪有意见。所以，那么勤于写作，甚至跟名声不好的暴虐的花将军酬唱都不止一次的杜甫，居然没有回复高适。在这正月的寒江之上，登岸几天便又登船漂泊，身陷战乱，饱尝世态炎凉的杜甫，想必有些后悔，当年自己对高适可能有些过于苛求了。

现在，他在公元 770 年，回复高适 761 年大年初七写给他的那首诗了。这时高适死去已经五年。那首诗写就的时间已经将近十年。他要写这首诗了：《追酬故高蜀州人日见寄》。他在序文中写道："开文书帙中，检所遗忘，因得故高常侍适人日相忆见寄诗，泪洒行间。读终篇末。自枉诗，已十余年。莫记存殁，又六七年矣！"

自蒙蜀州人日作，不意清诗久零落。

今晨散帙眼忽开，迸泪幽吟事如昨。

呜呼壮士多慷慨，合沓高名动寥廓。

叹我凄凄求友篇，感时郁郁匡君略。

……

这些旧友一走，天下就寂寞了。

"东西南北更谁论，白首扁舟病独存。"不要说自己老病如此，无助如此，即便是成都的春光，没有了高适这样的人，也是"锦里春光空烂熳"了。盛唐已成旧梦，盛唐一代的诗人也相继凋零。杜甫写下此诗后不久，岑参在成都死去。然后，这年年底，杜甫在舟中死去。

相对杜甫在其他地方的遭遇，四川厚待了杜甫，成都厚待了杜甫。杜甫则一如既往用诗歌回报成都。连他去世前写的最后诗篇也与锦城相关。他"追酬"故友高适的这首诗，更是贡献给成都一个节日中的节日：草堂人日——一个回味成都文化韵事的节日。

杜甫草堂那副对联写得好："锦水春光公占却，草堂人日我归来。"一座城市，无论是历史还是春光，只有经过书写与描绘了它的人才能真正占有，才能持久与永恒。不然都是稍纵即逝的过眼烟云，杜甫的诗揭示并决定了成都这座城市的审美基调。

红梅初放，柳色簇新，草堂人日，我们来了。成都，浣花溪畔的杜甫千诗碑正在建设。成都，人日游草堂已成风习。今年人日，我有幸担任本回人日祭祀的主祭人。作为成都市民，作为深爱杜诗的成都市民，这是我最巨大的荣耀。为此，还专门去做了一身庄重的衣裳，并亲写了祭文。今天，写成此文，已是 2017 年岁末了。就把祭文抄在这里，作为这篇向诗圣致敬的文章的结束吧。

维公元二〇一七年，岁次丁酉，正月初七人日，成都杜甫草堂博物馆、四川省杜甫学会、成都市中小学校，及社会各界人士，汇集于大雅堂前，谨备鲜花雅乐，敬祭杜甫先生之灵。辞曰：

中华文化，源远流长。起于夏周，盛于汉唐。文脉流转，群星璀璨。诗圣杜甫，继往开来，承上古雅正之义，张盛唐海纳风尚。公之一生，体圣人心，践圣人言，与国同运，与民同命。身在盛世，写大诗史。遭逢乱离，状真世情。苍生疾苦，笔底波澜。颠沛流离，来在成都，浣花溪畔，筑此草堂。植桃树竹，并留诗章。微风细雨夜，似听哀玉声。水槛遣心时，描摹锦城景。城中十万户，此处两三家。茅屋秋风破，西岭雪山青。栖乱离世，怀忧国心。出师未捷死，英雄泪满襟。漫卷诗书去千里，留此草堂万世名。今逢人日，梅蕊飘香。少长咸集，齐聚草堂。咏诗圣诗，体诗圣意。新柳弄色，红梅初放。光阴百代过，国体日日新。万里船正发，锦城景更明！诗圣有诗在，犹状新时代：星垂平野阔，月涌大江流。壮哉大中国，开天大画图！诗圣遗诗教，随风潜我怀。教我写时代，教我抒心怀，教我忧黎元，教我怀家国。诗圣精神，世代承传。文化复兴，再写华章。在此人日，来拜草堂。杜高酬唱，万古流芳。缅怀先生，想象容光。高山仰止，再咏华章。古柏森森，修竹篁篁。岷山皑皑，锦水长长。工部道德，拾遗文章。千载不灭，万古流芳。尚飨！

以一本诗作旅行指南

上篇：在智利

2017 年 6 月 12 日早晨，成都飞旧金山航班。

飞机爬升时，朝阳正破云而出。我打开王央乐翻译、上海文艺出版社出版的巴勃罗·聂鲁达的《诗歌总集》，心绪似乎已飞到了安第斯山中，在那些印加废墟层层叠叠的石头上了，甚至闻到了某种味道。那应该是一场雨后石上的青苔味道、森林的味道。

飞机飞得平稳了。窗外正是明亮的天空。窗玻璃自动变暗，造成一种夜色深沉的效果。机舱里的灯亮起来，这是早晨，乘务员递上的却是晚餐菜单。餐前红酒和生片火腿，主菜牛排。餐后还有红酒，还有奶酪佐酒。乘务员又来问明早的早餐，是西式的燕麦片还是中式的大米粥。我们逆着地球自转飞行。

在机舱中过一个模拟的夜晚。在美国西海岸再迎接一次本月 12 日的早晨。既如此，我就将它变成一个阅读的夜晚，与聂鲁达的诗共度这个夜晚。《诗歌总集》不是聂鲁达全部的诗，而只是他一部诗集的名字。这部诗集结集于1949年，那是诗人处于逃亡状态中的一年。

他在这本书的结尾这样写道：

> 这本书就在这里结束，在这里/我留下我的《诗歌总集》，它是在/迫害中写成，在我祖国/地下的羽翼保护下唱出。/今天是一九四九年二月五日，/在智利，在戈杜马·德·契纳，/在我年龄将满四十五岁的/前几个月。（《我是》）

一本书，应该从头读来。但我在二十多岁时常读这本书。知道结尾处有这样的句子，打开书，便忍不住翻到结尾先看一下。这也是这本长达七百多页的诗集中最平实朴素的几个句子。拉美作家的这一代人，大部分时候，小说家都是喧闹的，不惮繁复与铺排的，比如阿斯图里亚斯、马尔克斯。更何况聂鲁达是个诗人。他这本诗集叙写的都是拉丁美洲重要的史实和真实的地理与人物，但却并不因此使得修辞变得拘束起来。也没有因为受到迫害，而在逃亡过程中变得抑郁与悲观，他还是自由而达观地歌唱着：

> 我是警察追捕的逃亡者。/在明净的时刻，在寂寞的繁星之下，/我穿过城市森林，/村落，港口；/从一个人的家门走向另一个人的家门，/从一个人的手转向另一个人的手。/黑夜是那么肃穆，但是人们/已经放置了他们友好的信号。（《逃亡者》）

> 那时你赤裸裸地醒来，/被河流画满了身子；/你的潮湿的脑袋伸到高处，/向世界遍洒新的露珠。（《大地上的灯》）

我在这个刻意制造的夜晚重新进入了聂鲁达的世界。

我手里的这本书出版于 1984 年。我是在 1985 年得到了它，阅读了它。有几年，我常常重读其中的一些篇目。再后来，它就成了我书柜里的一个陈列品，一份对青年时代写作与阅读的忆念。我竖起金属梯在书柜中找寻某一本书，看到它时，我会伸手碰碰它厚厚的书脊。这次出行我带上这本书。因为我要去诗人的祖国智利。因为我要去的是诗人写作的祖国拉丁美洲。行前就想，关于智利，该带本什么样的书？对我来说，除了聂鲁达难道还有关于智利更好的书？

在这漫长的飞行过程中，我开始重读这本厚厚的《诗歌总集》。

这本书，二十多岁时经常背着它外出。尤其是背着它到大自然中去。骑马时，在背上。徒步时，在背上。在那些崎岖的山间公路上颠簸时，它也常在身边。这本书有些旧了，有些页码上还有那时留下的一些特别痕迹：一团黯淡了的青草汁液，一朵花更加隐约的印记。那时，我把花朵夹在他描写爱情的动人诗句中间。那时，惠特曼和聂鲁达是我描绘大自然和人类社会的教科书。我喜欢那样的风格：宽广、舒展、雄壮，而且绝不让令人悲伤的事实所压倒。那不是简单声张的乐观主义，而是出于对人性与历史的崇高信仰。

从机舱里的今夜，到十几天南美之行的路上，我要再次好好读它。我喝了一杯红酒。然后，把座椅放平，打开了阅读灯。

《诗歌总集》由十五首长诗构成。第一首《大地上的灯》。写的是殖民者发现和命名之前的拉丁美洲。那时的时代，聂鲁达的说法是："在礼服和假发到来之前……" 那时的世界，聂鲁达的说法是："我的没有名字不叫亚美利加的大地。"

一切开始变得有些恍惚。我读那些描写纵横拉美大地的河流的诗句，恍然真有河流在山影中轰鸣，而不是飞机引擎在轰轰作响。

他写低垂于南半球荒野上的星光，我仿佛就躺在那些星光下面，清清冷冷像一块露又像一片霜。

醒来，打开的诗集压在胸上。

我又举起书来读了一些句子，关于岩石，关于花朵，关于一片大陆所有的一切，我又睡着了。睡在诗歌的情境中。再醒来，我打开了电脑。我突然起意要把沿途读这些诗句和在这些诗句的指引下游历智利、游历南美的经过记录下来。文章的题目或许可以叫《以一本诗作旅行指南》。今天是专业知识与技术泛滥的时代。泛滥到什么程度？那就是在大地上行走，在人世间体验这种事情也弄出来很多专家。专家看了这样的题目肯定会很光火。一本诗作指南？那要我们这些专业人员做什么？这次我就冒险犯难一次，不靠旅游指南，而只靠一本诗的指引。

时间倒转，离开成都是北京时间 12 日早晨 9 点。现在，飞行几小时后，是旧金山时间 12 日早晨 3 点。

周围还有人没睡。一个人在看一本中文的美国历史。一个金发女人开始看第三部电影。主角都是一个，大嘴巴罗伯茨。这比上次飞行的邻居强多了。那次，一个女留学生，整个飞行途中，十三个小时，一分钟没有休息，看《康熙来了》。还有一对又像教授又像退休官员的夫妇，一起看一部抗日神剧。

这些节目都存他们自己电脑里。女留学生还好，高兴处，就自己咪咪发笑。那对老夫妻可就不同了。两个人用一副耳机看电视剧。

一人耳朵里塞一只。剩下一只耳朵可不闲着，用来听对方关于剧情的大声讨论。

准备睡了。旧金山，早安。至少，这时的人已经上街了。送早报的人也该上街了。不过，互联网时代，报纸日益式微，市民对早上门口有没有一份报纸出现应该不怎么在乎了吧。几小时前还刚看了一条消息，说《纽约时报》又要裁员，裁减编辑人员。

我醒了。这是机舱共和国的清晨。陌生的人们在这个狭小的空间中，一起睡了一晚，梦挨着梦，两尺不到，却又彼此不会看见。

厕所里不断响起冲水声。进去和出来的人都浮肿着脸。

舷窗变回透明模式，现出了外面黎明时分的天空。机舱里面的时间和机舱外面的时间同步了。窗外，静止的云海正被曙光一点点照亮。一切都还是冷色调的。本该蓝着的天空有些发灰。本该白着的机翼下方的云海又有些发蓝。一个圆圆的光轮就挂在这冷冰冰的云天之间。我先以为是太阳。后来我自己否决了这个判断。哪有这样发着冷光的太阳？是月亮。此前两三天，晚上在吕梁山中赶路，就见黄土梁后浮着这样一个光轮。

上早餐了。冷牛奶泡麦片。

飞机向下，扎进了云海。颠簸一阵后，便到了云层下面。现在，上面是云，下面是海。

我想算算自己是第几次降落这个机场了。数至第六次的时候，那个我认为是月亮的冷光轮突然放射出耀眼刺目的光线，使海水泛起了金光，给云层镶上绯红的边。原来，它是太阳。竟然，有时候——至少在高空中看去，太阳也不是随时随地都那么光华灿烂。

再起飞，是五小时后了。目的地是休斯敦。在那里，也只是再停留几小时，转飞智利首都圣地亚哥，这才是本次旅途的真正开始。机翼下是美国的大地。靠窗下望，是荒漠，然后那些荒漠渐渐披上绿色，其间闪烁着河流与湖水的亮光。聂鲁达在那首著名的献给林肯的长诗《伐木者醒来吧》中写过美国：

> 在你树木的钢那样沉重的气息里，/我行走，踩着大地母亲，/蓝的树叶，瀑布的石块，/像音乐那样颤动的飓风，/像修道院那样祈祷的河流。

那时，作为一个左翼知识分子，他对苏联抱有更多的希望。但他热爱林肯。意识形态使他描绘的苏联和美国都有失偏颇。远不如他所描绘的智利与拉丁美洲那样充满了真实的感受与情感。这也是今天艺术家与诗人视为教训的地方。他们说，聂鲁达是写政治诗的，所以，我们要避开政治。他们还说，作家要避开意识形态。他们避开政治的目的是什么？希望永恒。而事实则是，没有哪一个作家能真正回避政治，没有哪一个诗人能够真的不具有某种意识形态。就是石头也会有所选择。如果想长出苔藓，那就会倾向带着湿气的风。如果想长出一个光亮的前额，那就倾向阳光的明亮。好多时候，纯艺术其实就是犬儒的冠冕借口，有时也是无从把握复杂社会现象的漂亮开脱。

再登机，目的地真的是智利了。这时真正是夜里了。飞机来到了海上。机舱外，最后的晚霞正在消逝，舱内正在上餐前香槟。

早晨醒来，舷窗外又是一片紫红的霞光。霞光依着参差的山脊。山脊下还是一片黑暗。这是凌晨五点。我知道，那一定就是安第斯山了。望着那些霞光，脑子里有些关于此山的书写开始浮现。圣埃克苏佩里的《夜航》。

还有茨威格《人类群星闪耀时》，其中一篇写的是一个从大西洋出发，翻越此山脉发现太平洋的西班牙殖民者。这个人叫巴尔博亚，他为了发现大陆另一边的海洋，更为了寻找传说中的黄金之国，率领一支庞大的探险队伍（190个西班牙人和1000多印第安人），于1513年横越南美大陆，到了大陆的西岸，发现了太平洋。聂鲁达在《诗歌总集》的第三首长诗《征服者》写到了他：

> 巴尔博亚，你把/死亡和利爪带到了/甜蜜的中央大地的角落；/在一切的猎犬之中，/你的猎犬就是你的灵魂。/嘴巴血淋淋的莱翁西科，/抓回了潜逃的奴隶，/把西班牙的犬牙/咬进还在呻吟的喉咙。/狗的爪子下，/撕裂着牺牲者的血肉，/而宝石则落进了腰包。

对这个人，这个征服者，聂鲁达是否定的，无情地揭示其掠夺屠杀印第安人的罪恶。

掠夺与屠杀，是殖民主义深重的原罪。飞机下降，那些黑色的山脊线变成了白雪覆盖的群山。

> 只有山岭，其突兀的起伏之中，/飞鹰和积雪仿佛一动不动。（《大地上的灯》）

这样的高度，见不到飞鹰，但积雪的确在机翼下无穷无尽地铺展。飞机是从北方飞向南方。和北半球刚好相反。在拉美文学中，南方就意味着边缘与辽远。

飞机一头扎进了云层。我闭上眼，想象走出机舱门那一瞬间，涌到眼前的该是南美洲大地怎样强烈的阳光与气息。对这片大陆，我总有着浪漫而热烈的想象。尽管此前已去过这个大陆的三个国家，但此时仍然处于那种想象的状态。

机舱门开了。大地没有像巨浪一样猛扑过来。廊桥缓缓伸向机舱门。没有阳光，而是冰冷的雾气在弥漫。此时正是南半球的冬天。

过境证件查验。

取行李。在夏天的装束外罩上一件冬装。过海关，警犬来嗅行李，安检机扫描行李。这才与前来接站的孔子学院拉美中心的孙新堂主任会合。还有从墨西哥专门赶来这里的小范，她拿着我的一本新小说《蘑菇圈》。

进圣地亚哥城。高速路两边，一边是荒野，一边是积雪的安第斯山，这是从地图上知道的。雾气迷蒙，山和原野都不可见。触目可见处，都是沿海平原冬天凄清的风景。孙新堂作关于智利的初步介绍。在南美，智利是经济发展最好的国家，人均 GDP 是一万七千多美元。前面我说凄清是指冷雾中的天气。

路边掠过的一切，一棵棵树、一幢幢乡下的房舍、一条条城里的街道，以及车窗外一张张晃动的脸，都有着热情庄重的意味。更重要的是，孙新堂说，这个国家经历独裁反独裁的漫长血腥斗争，现今是南美民主化程度最高的国家，也是清廉程度最高的国家。我想，这也是聂鲁达们的理想。为了这个目标，诗人曾为之流亡、为之牺牲。诗人于 1973 年在右翼军事政变后的几个月内抑郁而终，不知这是不是他期待中的社会图景。

去到孔子学院。一幢建于上世纪初的殖民时代老建筑。一楼有一个图片展，关于海上丝绸之路。中国船和中国瓷。有人在布置桌椅，我的一个讲座就将在这里举行，他们正在为此做着准备。

看看手机上自动更替的时间。漫长的12号终于过去了。当下是13号上午10点。在酒店安顿好，急切地走到街上。

街景。

高大的悬铃木落尽了叶子，剩下很多黑色的果子在枝头无声悬垂。另一条街，楤木挂着更多的果实。这似乎是来自中国的树木，但与那些老建筑配搭在一起，似乎已经在这里站立了百年千年。

聂鲁达就是在这个城市里开始了他的诗歌之旅：

> 后来我来到了首都，迷迷糊糊地/渗透着烟雾和细雨。/这几条是什么街？/1921年的服装挤挤攘攘，/在煤气、咖啡、人行道的强烈气味之间。/我在学生里面生活，不能理解/四周的墙壁专注于我，每天傍晚/在我可怜的诗歌里寻找树枝。/寻找失去的水滴与月亮。（《我是》）

街景。

来来往往的人。表情生动，形态多样。带着不同种族或者明显或者隐约的印记，但没有我料想的那么多印第安人印记。这也是有缘故的。这里不是古代印加帝国的中心。人口相对稀少。加之当地印第安部落非常强悍，不畏生死，对入侵的西班牙殖民军拼死抵抗，战后，剩下的人口就更加稀少了，并退到这个国家的边远地带。今天，土著居民在整个国家占比也就百分之十左右。

这让我想到一个问题，聂鲁达以及与他差不多同一时代的那些拉美作家，阿斯图里亚斯、卡彭铁尔和马尔克斯他们，其实都是西班牙殖民者的后代，不仅血缘上是，文化上更是如此。即便是血缘也有过一些印第安血缘的渗入，但主要还是来自老欧洲的血缘。

文化意识中主体的部分还是欧洲文化的底子，但他们从什么时候产生了这样的意识变化：

认为自己直接上承了印第安文化的传统，并将其视为树立自己拉丁美洲意识的重要精神资源？从自己这一代开始，还是从更早的拉美国家摆脱殖民统治，建立独立国家时就已经萌芽？无论如何，找到这个立场，他就找到了真正的诗歌。

> 我，泥土印加的后裔，/敲着石头，说：/是谁/在期待着我？（《大地上的灯》）

> 在没有名字的亚美利加深处，/是在令人头昏目眩的/大水之间的阿劳科人，/他们远离着这星球的一切寒冷。（《大地上的灯》）

聂鲁达身上会有一点阿劳科人的血统吗？或者别的印第安族群的血统？我只是这么小小地猜想一下，而不是要去对他作血缘谱系考察。记得看过一篇西班牙诗人希梅内斯的文章，他问聂鲁达这个殖民者的后代，什么时候成了印第安人的代表？希梅内斯作为曾经的南美殖民地宗主国的诗人，对聂鲁达、对聂鲁达们这种拉美本土意识的产生是持怀疑态度的。但我对他们这种意识的产生由衷敬佩。在中国这个自古以来的多民族国家里，这个国家占主体的知识分子，基本意识还是单一民族或单一文化的。而聂鲁达和他同时代好些作家诗人，他们试图唤醒、使之复兴的美洲文化却正是几百年前他们来自西班牙的祖先们必须灭之而后快的。他们在反抗殖民文化的过程中，却因此感到耻辱。

他们没有选择站在祖先一边，而是选择站在被他们的祖先蹂躏的文化一边。聂鲁达在诗中所鞭挞所控诉的正是他们祖先的暴行：

科尔特斯没有老百姓；他是冰冷的光；/他是甲胄里一颗死去的心。/"我的王上，那里都是肥沃的土地，/还有庙宇，印第安人的手/给它装饰以黄金"。……于是他用匕首冲刺着前进……（《征服者》）

阿尔瓦拉多，用爪子和刀子/扑进茅屋，摧毁了/银匠的祖业，/劫掠了部落的婚姻的玫瑰，袭击了氏族、财产、宗教。/他是盗匪收藏赃物的箱柜；/他是残废的不露面的猎鹰。（《征服者》）

主教举起了手，/凭着他小小上帝的名义，/在广场上焚烧这些书籍，/把无穷的时日/所磨损的篇页，化成了轻烟。（《征服者》）

我在安详宁静的圣地亚哥城中行走时，心里回荡着这些诗句。这些诗句记录和反省的是这片南方大陆上演过的真实的血腥历史。

午饭，在一家中餐馆。本来，到一个地方该品尝当地食物，但在三十多个小时的连续飞行后，一路吃着美国联合航空的飞机餐，特别是下飞机前的早餐，一份蔬菜沙拉，一份冷牛奶泡麦片，这个胃确实在呼唤中国式的热乎乎的东西。

孔子学院安排周到，请来聂鲁达基金会的塔米姆先生。他送我一本基金会会刊。那上面罗列着基金会的主要工作：组织诗歌活动，资助诗歌出版。我关心的是基金会资金的来源：是社会捐助还是政府拨款。他说，没有政府拨款，会有一些社会捐助。主要的收入来自聂鲁达故居的门票收入。聂鲁达故居在智利一共有三处。一处在黑岛，一处在瓦尔帕莱索，一处就在圣地亚哥城中。塔米姆先生说，这三处故居一年共有三十万人参观。我帮他算了笔账，光门票收入一项，一年就是人民币一千多万，足可支撑基金会的良性运转。我说，我也要用参观故居的方式为聂鲁达基金会增加一些收入。塔米姆笑笑，没有说话。

我想这符合聂鲁达的意思。他在写于 1949 年的《我是》这首诗中就写了两节名为《遗嘱》的诗，就表达了要惠及年轻诗人的意思：

> 我把我的旧书，/从世界上的角落里收集来的/庄严地印刷令人起敬的旧书/遗赠给亚美利加新的诗人，/他们有一天/会在暂停的嘶哑的织机上/纺织明天的意义。

塔米姆戴着围巾，吃热了，解开一条，里面还围着一条。

塔米姆有一位素食的女朋友。这让我们说话时多少有些顾忌。她主动说，自己素食并不是由于宗教上的原因，我们就放松了。

塔米姆还拿出一张 A4 纸来，让我题字留念。我写了句倾慕聂鲁达的话。

聂鲁达故居背靠有名的圣母山。

前面是山间平原上的圣地亚哥城，城的东边，是拔地而起的安第斯山。我们到达的时候，阳光正在驱散浓重的雾气。城市，城市尽头的雪山都渐渐显现在眼前。

拐过一条小街，经过了几株巨型的仙人掌、几株树，经过两三面有五彩涂鸦的墙壁，故居到了。我往一扇铁门里张望时，一个过路青年做手势让我继续向前。那个年轻人跟很多我遇见的智利人一样，笑容灿烂。看来，这条街道上的人都知道陌生的游客到这里是要寻找什么。再往前几步，我遇到了一口水井，井里水很充裕，倒映着正在透出蓝色的天空。

再前几步，是几级半圆形的阶梯，透着点古希腊风格圆形剧场看台的味道。阶梯后竖着的几根光滑明亮的金属柱子又立即破掉了这种味道。登上这些台阶，绕过金属柱子。这回，我可以肯定聂鲁达故居真的到了。

卖门票的前厅，故居的工作人员看有中国人来了，说塔米姆先生来过电话，如果是阿来先生一行，不用买票。故居没有专职导游。

每个游客都可以领取一个电子收听器。收听器只有两种语言：西班牙语、英语。小范用收听器，我直接听她把收听器里的话译成汉语。

我随身携带的王央乐先生译的《诗歌总集》附录的《生平年表》也提到了这座故居。

"1955 年，与德利亚·德尔·卡里尔离异。同年，住宅'拉·却斯科纳'落成，与马蒂尔德·乌鲁蒂亚女士迁入新居。"

这里的人们更乐于说，聂鲁达早在离婚前就与乌鲁蒂亚女士是情人关系了。这座房子当初就是专门为情人所建。这个情人并不十分漂亮，却深懂艺术，深懂艺术家，能够不断给诗人带来新鲜的刺激与灵感。

聂鲁达以爱情诗登上文坛，那是流行世界的《二十首情诗与一首绝望的歌》。以后，他找到了更宽阔的表达空间，但也在继续歌唱爱情，依然是热腾腾的有身体在场、有身体投入的爱情。

> 你啊，你比蜜甜，比阴暗里/爱恋的肉体，更甜，更无止境；/从另一些日子，你出现，/在你的杯子里装满/沉重的花粉，那么快活/……我咬啮女人，我头昏目眩地/从我的力量沉落，我收藏葡萄串，/我出去行走，一个一个地吻，/联结着抚爱，抓住/这个冰冷的洞穴，/这些嘴唇吻遍的腿，/在大地嘴唇之间的饥饿，/以贪吃的嘴唇吞食。（《我是》）

不管情形到底如何，这座房子就此诞生了。故居里有一幅风景画。从画面中城东尽头的雪山来看，描绘的正是从这座房子窗前看到的景象。那时，故居前还没有街道，没有密集的建筑，而是一片怡人的点缀着棕榈树的旷野。

聂鲁达诗歌风格多样，摇曳多姿。不是固定于一种风格去表达不同的题材（像大多数精雕细刻的诗人通常做的那样），而是根据不同题材的需要尽情地自由地运用各种修辞。他这种随心所欲、自由不羁的做派也体现在他居所的建筑上。这座住宅是由他自己设计的。说不上有什么特别的匠心，也就是随性所至，随物赋形而已。眼前这所房子，如果选址稍低一点，本来可以建得规整有度。

但他偏偏选择了平地尽头的山坡。而且这山坡还颇为陡峭，应该在三十度以上吧。从右手进入院门，先得稍微往下几级。那是一座狭长的房屋。聂鲁达喜欢海洋，这座房子就模仿了船的形状。从外面看不出船的意思，只觉得房子太过低矮，我这样的个子也要弯了腰进门。进去了，这才真感觉是一艘船的舱房了。长条的桌子两边至少排列着十几把椅子，说明主人是个好客的人，也说明这里曾是圣地亚哥城中一个闹热的去处。现在，椅子上一个人也没有。游客正络绎进入，挤满了房间。他们表情严肃地举着电子收听器，戴着耳机，听着在这个房间里曾经发生的趣闻轶事。餐厅尽头有一扇小门，推开门是一个小房间，里面陈设着一些瓷器。一道狭窄的楼梯旋转而下，我想下去，但被工作人员坚决拦阻了。我的翻译听着耳机，同时把听来的西班牙语给我译成汉语。说聂鲁达有时也烦于应酬，就会趁客人不注意从这道小门悄悄溜走。喔，如果只从他的诗歌看，聂鲁达是喜欢喧闹的，何况，当美食铺陈，美酒在身体中持续发酵，本身就欢快响亮的西班牙语在这狭长的空间中响起，人们纵论诗歌、艺术、政治、爱情，但他还是会有厌倦袭上心头。他打开那扇小门，走下那道狭窄的旋梯，然后，又去向哪里？或许有一个地方可以独自眺望城中灯火，或者是一间密室，没有灯，没有光，只有黑暗，诗人躬身坐下，俯察自己的内心，却看到了幽微的光，看到越来越强的光明。

诗人曾经频繁周游世界。这个船形餐厅的两厢陈放着许多诗人从世界各地带回的与海洋有关的纪念品。

我得说，这个空间并不特别令人舒服。但诗人执意要让它模仿一条船。人一多，空气都有些污浊了，何况还有声音，尤其是我需要人把电子接收器里的西班牙语翻译给我。

这当然有些打扰到别的游客了。我向所有被打搅到的游客表示歉意：笑脸，摊手，对不起。

人们都表示非常谅解。一对白人夫妇，很有学问的样子，他们身材高大，在低矮的船屋里不太舒服地弓着腰，表情严肃。我在表达歉意前，他们嘴里就不断发出低微的嘘声，表达歉意后，他们也没有停止。我没办法，我也要参观，我也要听个明白，而且我们已经尽量小声了。我想，唯一的办法是与这样的人拉开距离，但故居就这么大一块地方。

尽管刻意规避，但免不了又在一个什么拐角处碰上了。他们又忙于让嘴巴嘘嘘有声。我想，既如此，那就跟定他们吧。既然他们喜欢扮演文明警察而无心参观，那就给他们尽职的机会吧。从此，就一处不落地跟定他们了。

本想问问他们是美国人、法国人还是德国人，但出了故居也就各自散去了。

聂鲁达造房子真是随心所欲！

船舱形餐厅是一座房子。出来，坡上，陡峭的楼梯通向另一座房子，墙壁是蓝绿色（也是海的颜色?），有点像塔楼的形状。

沿楼梯爬上去，进入一个不规则的房间。空间不规则，家具也故意不规则。站在落地窗前，居高临下，部分圣地亚哥城，以及城背后的安第斯雪山就尽收眼底了。这有点像在船长室中看尽风生水起的感觉。这座房子是孤立的。出门，路径曲折，经过一些花草树木，一丛芦荟正在开花。硕大的花朵呈宝塔形，也可以看作是火炬形，就视看花人怀着怎样的心情了。聂鲁达当年看到此花开放，想必是看成火炬的吧，不论是出于革命的还是爱情的激越。

另一座独立房子是酒吧。

里面也有超现实的光怪陆离的陈设。比如，一双超大尺码（三四倍寻常鞋子那么大），特别定制来，随意放在酒吧的地上。再走山坡路，到了他的书房。这里有些陈列，不多的手稿，不同版本的诗集。有一本中文的，台湾早年出的《二十首情诗与一首绝望的歌》，但没用这个名字。没有简体中文的书。想了一下，要把背着的这本《诗歌总集》留在那里，再想，这十多天里读什么呢？便把这念头打消了。

最后的节目，是看一段有关聂鲁达生平的视频。其实我不太需要看这些东西。一个诗人出名了，他在演讲，他在领奖，他在喜欢他的读者中间，他在享受成功的荣光。我倒宁肯去读他那些诗，宁肯知道他的诗歌背后那些磨砺、那些痛苦。那是诗人的盐。聂鲁达就喜欢在诗里写到盐。

> 盐取代了崇山峻岭的光辉，/把树叶上的雨滴，/变成了石英的衣服……（《大地上的灯》）

但在这段视频中，有最大的一撮盐。那一年，我十三岁，在中国报纸上读到过这个故事。左翼的阿连德总统被发动武装政变的右翼军人包围在总统府。阿连德总统誓死不降。从中国报纸上读到的消息是，阿连德总统手持冲锋枪战死。自那时起，阿连德在我心中就是一个英雄形象。现在，这个过程在一段黑白视频中真实呈现出来。总统府正被政变军队围攻。地面是坦克大炮，空中还有战斗机低空掠过发射火箭弹，总统府被滚滚硝烟笼罩。看到当年一条遥远传说一样的消息变成了残酷的战争实景，我尝到了盐的苦涩，感到了某种盐一样的结晶硌着神经的痛楚。这是 1973 年 9 月 11 日，那一年我十三岁，阿连德总统在硝烟中倒下。仅仅十二天过后，9 月 23 日，聂鲁达病逝于圣地亚哥。可以补充一点材料。聂鲁达曾于 1969 年成为总统候选人，后退出，转而支持阿连德竞选总统。后在阿连德政府中出任驻法国大使。他辞任大使回到智利一年后，政变发生，诗人辞世，时年 69 岁。

解说词说，自 1973 年政变发生，聂鲁达逝世后，故居也毁损，后来……后来，遗孀乌鲁蒂亚在政治生态允许后，其余生就致力于这所毁败建筑的恢复。也就是说，故居中很多物件也不一定是当年的旧物件了。如此说来，这故居与其说是一个真实的存在，倒不如说是一个女人对一个人、对一个时代的深长记忆。想到这些，我在这诗人故居中走动时，颇有些怪异的感觉。是在一个随心所欲的现代派建筑作品中穿行，还是失陷于一个诗人光怪陆离的梦境？但至少，这幢故居纪念了一段轰轰烈烈的爱情。

> 仅仅不过是爱情，在一个气泡的/空虚里，死亡的街道的爱情，/爱情，当一切都死了的时候，/只给我们留下了燃烧的角落。(《我是》)

回程中，见到一幢威严的殖民时期宏大建筑。就是刚才故居视频中被坦克轰飞机炸，当任总统死在里面那个总统府。当年政变领导人很快就修复了它，自己搬进去当了智利历史上任期最长的总统。朋友问我要不要下车，我说算了。只是让车缓行。总统府门口，无风，国旗低垂。卫兵们正在换岗。卫兵们肤色黝黑，又有西班牙人的鲜明轮廓。这种西班牙风格的广场上少不得会有一尊雕像。

南美大陆，这样的广场上多立着马上英雄。这里的金属雕像早已氧化成黑色，却不知他姓甚名谁，想必应该是该国独立时期的开国英雄吧。

次日夜里，在孔子学院拉美中心作一个演讲，题目是早定好的，《聂鲁达召唤我来到拉丁美洲》。

年轻时就喜爱聂鲁达。有一阵子喜欢的程度仅次于惠特曼。后来慢慢不读了，但这次出行，拿起来还不觉得这中间已经隔了差不多三十年时间。

我去某国某地旅行，不太读那些旅行指南一类的东西。而愿意读他们的文学。我国近旁的好些国家，旅行社大卖，但我就是不去，没有别的原因，没读过那里的文学，去了，就是一个傻了巴叽的游客。

这样的讲法，也可让异国听众明白，如今的中国人真的是虚心学习，不光学欧洲和美国，地无分远近，国无分大小，有好的，我们都学。相较之下，中国的东西他们真学得不多。

来的人不少。讲座后提问也大致靠谱。

只有一个秃顶先生，很客气的样子，期期艾艾地说，他不同意我在讲座中说阿连德是个英雄。他说，阿连德是自杀的，一个人就不应该自杀。我回答他，我以前知道阿连德是战死的，但即便自杀在我心目中也还是个英雄。我问他，你说他不该自杀，是基于宗教理由吗？秃顶先生说不是宗教原因。我说，我最不愿意做的事情就是人家出于宗教理由你还去和人争论。宗教是定见，你跟别人争什么呢？你说不是就好办了，那你为什么说他不该自杀。秃顶先生说那不等于放弃了社会责任吗？我说，好家伙，人家飞机坦克地上来了，就是剥夺你这个责任能力，自杀，不投降，不自取其辱，非常了不起了。

智利的晚饭是真正的晚饭。讲座完，大家还喝了些红酒，闲聊一阵，九点钟，这才开拔去吃饭。桌上有两位智利当地作家，说同意我对阿连德的看法。他们说，当年总统府被进攻的时候，阿连德总统通过广播对全国讲话，声明不会向叛军交出权力，不会活着走出总统府。如今，世界大幅度右转，当年如阿连德这样的壮举也成为质疑与解构的对象了。马尔克斯在诺奖颁奖礼上的演说中针对强势的西方问了一个问题："为什么在文学上可以毫无保留地赞同我们的独特性，我们在社会变革方面所做的尝试却受到种种怀疑而遭到否定呢？"其实，在这一点上，西方迄今并无任何明显的改变。我们还应该记得，阿连德总统牺牲后，并不是智利人的马尔克斯曾封笔五年，用文学罢工抗议这场军事政变。直到 1982 年，马尔克斯在他名为《拉丁美洲的孤独》的诺奖演说中，还对这一事件念念不忘："一位合法的总统以他那陷入火海的府第作堡垒，单枪匹马和整整一支军队作战，直到壮烈地死去。"那时，阿连德和聂鲁达逝世已经近十年了，但马尔克斯没有忘记他们。近年来，中国对聂鲁达的翻译几乎停止。我手里这本诗集完成于 1949 年，所以我不知道以后关于这次政变，聂鲁达有没有写过诗歌。但他在这本诗集《背叛的沙子》这首长诗里，把拉美诸国独立后迅速背叛人民的强权统治者全部写了一遍。这首诗中有一节《寡头政治》：

旗帜上的血迹未干，/兵士们还没有睡觉，/自由就改变了服装，/变成了财产和家当；/从刚刚播种的土地里/出来一个阶级，一伙/佩着纹章的新贵，/既有警察，又有牢狱。

　　在智利的这些日子，还有一些我认为有趣的事情值得记录下来。

　　去一个葡萄酒庄参观。冬天，架上的葡萄藤都枯萎了。园中很多树。来自世界不同地方的树，都长成了世世代代就扎根在这里的样子。其中有一株玉兰树，我说，这树的故乡在中国，但导游认真告诉我，园中有记载，这树是从美国来的。

　　驱车一百多公里去瓦尔帕莱索。

　　聂鲁达说："圣地亚哥是被冰雪高墙囚禁的城市。瓦尔帕莱索却向茫茫的大海……敞开了大门。"

　　去看太平洋。

　　去看聂鲁达的第二个故居。按计划，沿海岸公路二十多公里，走走停停，看太平洋的风景。然后，去广播电台接受采访。主持人迟到了——和这里很多人一样，他对迟到如此之久并不抱有歉意。逼仄的播音间里居然挤进了四个人。主持人、我、当翻译的孙新堂和圣托马斯大学的莉莲女士。其实我只说了很少几句话，主要是他们三个人在谈一个叫阿来的人的什么什么。西班牙语好听，但有些冗长。一句汉语过去，会变成一句半到两句不等的样子。从电台出来，已经没有去聂鲁达故居的时间了。我们必须赶一百多公里路回到圣地亚哥，六点半在天主教大学还有一个演讲。

　　离开的时候，夕阳正坠向西边的大海。蔚蓝的大海在身后闪闪发光。

瓦尔帕莱索的海，/孤独的夜晚的光波，/大洋的窗户，从中/探出了我祖国的身姿，/仍然用眼睛在张望。南方的海，大洋的海，/大海，神秘的月亮，/在橡树的可怕的帝国，/在鲜血保证的奇洛埃，/从麦哲伦海峡直到极地，/都是盐的呼啸，都是疯狂的月亮。/以及从冰中出来的星星的马匹。（《智利的诗歌总集》）

我们也迟到了。

智利天主教大学的讲座，我迟到了半个小时。

我在讲座中说我其实不大关心这个国家有多大面积、多少人口、多少矿藏。我关心的是这个国家的文学怎么书写他们的地理、他们的树木花草、他们的人民、他们人民的生活。文学家应该以文学的方式进入一个国度。

今天我就在瓦尔帕莱索的海边拍摄了不少照片。肉质叶的松叶菊，岩石间的仙人掌，海鸥，海狮，沙滩和波浪。

这些都是智利，聂鲁达的智利。

我们将飞往南方。那里的南方就是我们的北方，清冽的空气中满载着草木的芬芳、积雪的芬芳，以及沿着长长海岸线无声的波浪。目标是蒙特港，那也是诗人歌唱过的：

　　我记起了，在蒙特港，或者在岛上，/从海滩回来的夜晚，守候着的船只，/我们的脚在它的踪迹上留下了火，/一个发着磷光的天神的神秘火焰。/每踩下一脚就是一道磷光的硫。/我们用星星在大地上书写。（《智利的诗歌总集》）

到的那天晚上，是想到海滩上走走的，为了去看诗人笔下海上的磷光，但是天下雨。

这是多雨的凄冷的翠绿的南方。我在那座高岸上孤立的酒店里请大家喝威士忌。

　　杯子在颤动，有你的盐，你的蜜，/它是水的无所不在的空穴。（《大洋》）

雨一直在下。

一早起来，雨还在下，海天相接处乌云泛着铁灰的光。

撑着伞，从高岸上的酒店下到海边。

　　就像流水在石头上磨下痕迹一样，/它落在我们身上，轻柔地带着我们/落向黑暗……/你熟悉土地和雨水，仿佛我的嘴，/因为我们就是泥和水做成。有时候/我想：我们跟死亡一起在下面入睡，/在雕像的脚下的深入，瞧着那大洋。（《大洋》）

雨还在下。

但天边上现出了霞光。在寒意中肃立着眺望铁青色的海。不到十分钟，雨停了。天边的红霞一路扩张过来，从天上，从水中，一路亮堂到跟前的堤岸上，连那些湿淋淋的嵯峨的巨石上也泛起了些微的红光。

去圣托马斯大学分校演讲。

还是老题目，还是聂鲁达。

演讲厅窗外，是大学的院墙。院墙外，是一片墓地。大小不一的墓碑参差错落，好些墓前还摆放着鲜花。墓地尽头是海湾，铁灰色的海在视线里一动不动。

我说，墓地，以及海所代表的自然，都体现着永恒。人类的生命本身，以及人类的很多创造，都不能永恒，甚至探问与追求永恒的宗教都难以永恒，但诗人和诗歌却有永恒的可能。自然与肉体的寂静终点处，诗歌会闪烁着精神的光芒。

也有些事可以一记。

此时虽是冬天，四野却一片青碧。甚至有花开着。酒店对面一户人家的栅栏脚前开着一株铃兰。青碧的叶，玉色的花。托马斯大学分校楼前开着好几丛欧石楠：白色的，粉红的。这花夏天时曾在苏格兰尼斯湖边山上得见，不想在这里又碰见了。

这里的人们老在说一种树。很多很多年前，曾站满蒙特港周围的山坡。

这所大学有一个烹饪系。校长请吃饭。都是系里研发的创新菜。系里的总厨亲自掌灶，每上一道菜还来亲自介绍烹饪和品尝要领。我说在这样的大学当校长真有口福。校长说，来这里几年，待客还从来没有上过重样的菜。饭毕，校长送我一本画册《智利》。

他特意介绍封面上站在雪山前那几株高大的像松又像杉的树。说这是智利的国树，也正是他们一直在向我这个植物爱好者介绍的那种树。西班牙语的名字我不懂。孙新堂用了什么工具软件后告诉我，此树中文名叫桧木。

那我就知道是什么树了。台湾阿里山中，小火车载着游客去看的好几个人才能合抱过来的那些参天古木就是这名字：桧。

我们往更南边的拉巴斯港的湖上去。公路边某一处，司机特意放慢车速，让我们看一个叫"总统座椅"的老树桩。没怎么看清楚，车已经过去了。莉莲在手机上输入这个关键词，果然出来一大段西班牙文，这个我不懂，但随文的黑白老照片却懂。那是一个有两三米直径的中空的老树桩。好几个戴礼帽穿坎肩的男人坐在上面，中间那位是当时的智利总统。哦，几十年前，这里的桧木也就剩下这个树桩了。

沿途有一些老房子。顶子和墙都用的是木板，那木板都像瓦片那么大小，鱼鳞状披覆，覆盖着屋顶与墙面。司机是学校派出的一位女老师，她又说，桧木，桧木，这些都是桧木盖成的房子呀，百年都不坏不腐呀。

但有些老房子却明明显出了朽腐的模样。又是一座天主堂。所以来参观，也是因为"全是用桧木建成的呀！"从立在顶上的十字架，到里头精雕细刻的壁龛。

这一整天的行程真是看尽了最美的风景：湖，积雪的火山，整天就围着这个湖和湖边两座活火山转圈。直到黄昏，太阳收起落在湖上和雪山顶上的最后一抹光线。这天，终于在积雪的山峰下看到了活着的桧木。晚上在酒店，我对着画册封面上的那几株参天大树发了好一阵子呆。

我们还去看了一个蚊子瀑布。

顾名思义，我以为是一个很小的微观瀑布。如果不是看在去瀑布有一段林间徒步的分上，我是会拒绝去的。当走出森林，听得水声咆哮，水雾升腾，片片雪浪在河流跌落处涌起时，才想这是哪里……分明是我去过的巴西阿根廷两国间的伊瓜苏大瀑布的中型版嘛。这条河叫蚊子河，害得这么壮观的瀑布群也叫了同样的名字。不远处，还有一座富士山一般的洁净雪山陪衬着。这么大一条河叫这么个名字，原来是因为这河上产一种小蚊子，咬起人来却甚是厉害，因此得了这么个名字。不过，我们来的这个季节，蚊子早就销声匿迹，我们就只管站在阳光下凝望瀑布和雪山了。瀑布就在那里雪浪翻腾，轰隆作响。

> 不只是植物的尖锐空气在等待我，/不只是皑皑白雪上的雷鸣；/眼泪和饥饿仿佛两种热病，/爬上祖国的钟楼而轰鸣；/从那里，在氤氲的天空之中，/从那里，当十月勃发，南极的春天/在美酒的华彩之上奔流时，/却又有一阵悲叹，一阵又一阵悲叹，又一阵悲叹，/直至横越白雪、黄铜、道路、船只，/穿过黑夜，经过大地，/直至我流着血的喉咙把它听见。(《奥里萨瓦附近的愁思》)

极美的东西总是引发愁思。多看一会儿，感觉自己有点化在里面的感觉，也就是看得有些意思了。旅途匆忙，看出点这样的意思也就很够意思了。

旅游公路绕湖行走，两座雪山一直在视线之内。其中一座浑圆的锥形，像极了富士山的形状。这一天里，我无数次把镜头对准忽远忽近的它。据说，这是两座活火山，隔几年就喷发一次。最近的一次喷发就在两年以前。但这个湖区地理条件得天独厚，可以看见火山喷发的壮美景象，火山灰等有害物质却被太平洋上的风吹到山那边的阿根廷境内去了。这个湖区四周居住着德裔移民。民居，教堂，农场，小镇，一派欧洲风情。绕湖一圈，来到一个叫作草莓的小镇。立在湖边，晚霞映在湖上，对岸的雪山顶被夕阳照出一片绯红。不到十分钟，暮色在湖上弥漫开来，雪山顶上的绯红渐渐消失，隐去不见了，满耳都是湖水拍岸的声响。

这也是智利之行的尾声了。

明天飞行。

这里已经非常靠近聂鲁达在智利南方的故乡。他描写故乡的景象跟我眼前看到的一模一样：

> 在火山山麓，紧挨着常年积雪的地方，在几个大湖之间，静穆的智利森林散发着芳香……我就是从那片疆土，从那里的泥泞，从那里的岑寂出发，到世上去历练、去讴歌的。

智利，再见。

下篇：在秘鲁

蒙特港。圣地亚哥。利马。

又一个国家：秘鲁。

聂鲁达去过秘鲁，在他的诗中不止一次写到过秘鲁，古印加帝国的心脏。

他自己曾经说过："我感到自己是智利人，是秘鲁人，是美洲人。"这是拉美那一个时代的作家的共性。古巴的卡彭铁尔这么认为。哥伦比亚的马尔克斯这么认为。墨西哥的帕斯也有同样的意识。

飞机落地，人脸的拼图大变。没有那么多棱角分明的欧洲脸了。印第安人的脸错落着，黝黑发亮，饱满浑圆。

这个国家还有很多华人。有个统计数字，有华裔血统的人占总人口的百分之十。

这些华人脸和印第安人的脸叠印着，有些难以分辨。其实也无需分辨。遇到这个国家天主教大学里的孔子学院外方院长，华人，姓邓，讲着很好的中文，和我握手时，他说："我是秘鲁人。"

我在他的学院要作一个关于略萨的演讲。本来，想偷点懒，一路就讲聂鲁达好了。爆炸文学时期那些拉美作家，似乎没有人把自己当成某一国的作家，而是把自己当成整个西班牙语美洲的作家。

记起博尔赫斯的一首诗。是写他的曾外祖父苏亚雷斯上校的。

这个人是一位为南美洲摆脱殖民统治的战斗者。他不是为一个国家战斗。博尔赫斯曾经为他的一本翻译为英文的诗歌集作过很多注解。关于这首诗的注解也很长。他写了他曾外祖父的一生行迹。这位苏亚雷斯生于布宜诺斯艾利斯，1814 年参军成为一名掷弹骑兵。1816 年随军翻越安第斯山参加解放智利的战斗。"他曾经在恰卡布科作战（1817 年 2 月），几天后又领导了一次大胆的壮举，在瓦尔帕莱索港口俘获了一艘西班牙双桅战舰，他的十四名士兵和七名水手制服了船上的八十九名船员，这使他晋升为少尉。1818 年，他参加了在坎查·拉雅达失败的战斗（3 月）和麦普的胜利（4 月），在后面那场战役中表现极为英勇，因此立刻被升为中尉。第二年，他在比奥·比奥和契兰作战，1820 年又投身于秘鲁战役。12 月，他在那里的帕斯科战斗——仍然战功卓著，被提升为上尉。在此后的两年里，他参加了另外至少六次行动，再次提升了军衔。1824 年，在玻利瓦尔指挥下，苏亚雷斯在著名的胡宁战役中成为当日的英雄。后来他在阿亚库巧作战，被玻利瓦尔提升为上校。"

这或许可以说明拉美作家在国家意识以外还有一个强烈的泛南美的共同意识。在这里，有人提醒我还是讲一个秘鲁作家为好。

这么一来，我熟悉的秘鲁作家就只有略萨了。于是，我定下演讲的题目：《我就是略萨笔下的阿尔贝托》。

阿尔贝托是小说《城市与狗》中的一个人物。那些不安于现状的犯上作乱的军校生中的一员。这个人有写作爱好，在小说中的绰号就是"诗人"。他与书中人物的共同点是，他们所经历的一切他也共同经历：痛苦，迷茫，反抗，沉沦。他与书中人物的不同点是，在这个过程中，他渐渐对这种生活产生了质疑与反思。文学帮助人超越。在我看来，一个作家就是这样产生的。所以，我可以是阿尔贝托，我们所有人都可以是阿尔贝托。台下，坐满了印第安面孔。我想，那些腰扎武装带的军校生们，也应该是这样的面孔。

印第安人，从他的皮肤/逃往古老无限的深处，从那里，/有一天像岛屿那样升起：失败了，/变成了看不见的空气，/在大地上裂开，把他/秘密的记号撒在沙地上。(《亚美利加，我不是徒然呼唤你的名字》)

作完这个演讲，几个听讲的人还共同送了我一份礼品：一瓶当地酒和一件印加风格浓郁的小工艺品。

接下来，要去里卡多·帕尔玛大学。

这是一所有名的私立大学。校长和我见面，照例介绍一些学校的历史，说大学的命名用的是创建者里卡多·帕尔玛的名字。接下来，这所大学的孔子学院外方院长罗莎女士请我去一个叫山海楼的"吃饭"去吃饭。这话是不是有点夹缠不清？"吃饭"是一种中餐馆。一百多年前来到秘鲁的那些华人创造出来的一种秘鲁化中餐馆。所有这种秘鲁化的中餐馆都有一个共同的名字"吃饭"。虽也有好些中国菜式，主打通常是炒饭。比在中国，炒饭中多了肉，重盐。这也是入乡随俗吧。

罗莎女士以前也教过文学，谈起略萨并不陌生。她打着手势对我说，聂鲁达是左派，略萨是右的。我说，略萨先是左倾的，后来转向右边了。罗莎女士说自己也是左派。她说，年轻时代，中苏关系破裂以前，她也见过些中国人，在莫斯科。这让我有些奇怪。后来是别人告诉我，罗莎是乌克兰人，美国籍。她长得金发碧眼，个子高挑，风度翩翩。在肤色和头发都一片黑色的秘鲁人中显得鹤立鸡群。她问我还读过哪些拉美作家，我说了一串名字，说到墨西哥的富恩特斯，她说，年轻时见过。她又问我去过南美的哪些国家。我说墨西哥、巴西、阿根廷和智利。

她又问，还想去哪个国家？

我说，古巴。

她又说，年轻时候就认识现任的执政者劳尔·卡斯特罗。她问我如果在古巴见了这位卡斯特罗准备说什么。

我说，改革。

她笑着翻翻手掌：我倒希望他继续革命。

我想问她，因为这个所以她作为一个美国籍的乌克兰人就一直待在秘鲁？

但话到嘴边却没有说出来。话题又回到文学回到作家身上。她说，正在跟中国有关方面合作，要把这所大学的创建者里卡多·帕尔玛的作品译为中文。她要我留下地址，说那书一出来，就马上寄赠给我。我松了一口气，没有读过里卡多·帕尔玛的作品是因为还没有中文版。

现在以孔子学院的师资为主打，在这所大学开了一个西汉翻译班。

在这个班上，我把那个已经讲过的关于我们都可能成为阿尔贝托的演讲又重复了一遍。

在利马，从下榻的酒店出来不远，就来到了海岸边上。那是一道近百米的高岸，太平洋在下边。每天早上，海岸边雾气弥漫。那是太平洋上的热洋流带来的水汽遇到海岸上的冷气流而形成的。

利马几乎不下雨。当太阳升起来，这些冷飕飕的雾气就被驱散了。

海洋在远处融入蓝天。近处，是城市的建筑。离开城市，就进入了赤裸裸的黄色荒漠。离开城市，是为了去看荒野上古代印加帝国的遗迹。村落和神庙的废墟。被发掘过的墓地的遗迹。神庙遗迹上建筑起来的西班牙殖民军的军事堡垒也成了废墟。远处，是绿色的田野和安静的村落。

那些田野是由安第斯山上融化的冰雪水灌溉出来的。

那些水流还未入海就被干旱的土地吸取干净了。

海上的风吹过来，扬起了荒漠上的沙尘。

风吹动着，几只羊驼在荒漠中啃食耐旱的灌木。

城中的博物馆。陈列着那么多的印加文物，黄金的、陶的、石雕的。关于神，关于生产，关于生活，关于性的神秘与欢愉，还有麻和羊驼毛的精美绝伦的纺织品。

关于那些陶器，聂鲁达写道：

黑色的奇迹，神异的材料，/被盲目的手指举升到光明。/在小小的塑像身上，土地以/最秘密的东西，为我们开放了它的语言。(《智利的诗歌总集·陶工》)

关于那些纺织物，聂鲁达写道：

在那里，织机一根线又一根线地/摸索着重新建造起花朵，把羽毛/升上它艳红的帝国，交织进/宝蓝和番红，火的线团/极其强烈的亮黄，/传统的闪电的深紫，蜥蜴的沙砾似的碧绿。(《智利的诗歌总集·织机》)

还有这些说得很好的话：

我们也感到了搜集古老梦想的使命。这种梦想沉睡在石雕上，在古老的断碣残碑上，以便将来别人可以在上面安置新的标记。

我们继承了数百年来拖着镣铐的人民的不幸生活。这里最天真的人民，最纯洁的人民，曾经用岩石的金属造就了奇迹般的塔楼和光彩夺目的珠宝的人民，突然被至今尚存的可怕的殖民主义时代征服并使之失去了声音的人民。

利马，古老的印加文化除了博物馆里的那些，已经颓然风化。
利马，新城是现代化的。水泥，钢铁，玻璃。
利马，旧城，是西班牙殖民时期所建。旧城的中心是武器广场。

据说，利马城的构筑就是从这里开始的。武器广场上最重要的建筑是一座天主教堂。殖民者当年在美洲出现时，先是刀剑，继之以上帝和圣母以及十字架。

> 一万名秘鲁人，/在十字架和利剑下死去，/鲜血染湿了阿塔瓦尔帕的锦袍。/皮萨罗，埃斯特雷马杜拉的残忍的猪，/缚住了印加的胳膊，/暗夜犹如一块乌黑的火炭，/已经降临到秘鲁。（《征服者》）

> 从皮萨罗这一次/在领土线内的奔驰，/产生了目瞪口呆的沉默。（《征服者》）

皮萨罗这个目不识丁的西班牙人，于1532年9月，带领177人和62匹马登上秘鲁海岸。他的小股部队穿越安第斯山脉向印加卡哈马卡城进发。印加国王阿塔华尔帕本和一支4万人的军队驻在该城。1532年11月15日，皮萨罗的部队到达卡哈马卡城。次日，他请求与国王谈判，并要求对方只能带5000非武装的士兵。天真的印加国王阿塔华尔帕本居然答应了皮萨罗的请求，前往谈判。结果皮萨罗抓住时机，令部下袭击已放下武器的印加人。这场不如说是屠杀的战斗，只持续了半个小时。西班牙人没有损失一兵一卒。阿塔华尔帕本被俘。

皮萨罗成功了。当印加国王成为战俘，皮萨罗又向印加人索取了价值约2800万美元的金银财宝作为赎金。勒索赎金的具体情形，也出现在了聂鲁达笔下：

强徒们在那里/画了一根红线。/三间屋子/得要堆满金子银子，/直堆到他用血画的这条线。/金子的轮子在旋转，夜以继日，/殉难的轮子在旋转，日日夜夜。/人们刮着地皮；人们摘下/以爱情和泡沫做成的宝饰；/人们将下新娘手镯臂钏；/人们舍弃他们的神像。/农夫交出了他的奖牌；/渔翁交出了他的黄金水滴……（《征服者》）

用这样的方式，印加帝国交出了赎金，以赎回他们的国王。皮萨罗得到赎金后，却将印加国王处死。殖民者渴求黄金与财宝，但他们不是仅为此而来。

1535 年，皮萨罗开始建筑利马城，作为秘鲁的新首都。最初就是从武器广场四周这些象征新权力形态的建筑开始。走进广场上的教堂。石头构建的建筑有沉甸甸的分量。教堂入口右手边，一幅巨大的壁画，主角就是身穿甲胄、腰挎利剑的皮萨罗。

教堂里面，地下室内，堆砌着成千上万的头骨。

据说，这些都是印加人的头骨。我没想到这些是印加人的头骨，但的确是。被征服的人们改信了基督。他们觉得葬身在教堂可以得到新神灵的佑护。后来，埋骨在此的人实在是太多了，以至于不得不把死人身体的其他部分清除出去，以便容纳更多死去的信徒。这些头颅层层叠成墙。空空的眼洞，空空的口腔。上面一层，烛火摇曳，管风琴声回荡。

临出教堂前，我又一次站在征服者皮萨罗的画像前。看着那个包裹在皮和铁的甲胄中的人。聂鲁达应该也在这画像前站过，他有一句诗，说那具甲胄里什么都没有，只有死亡。皮萨罗这个印加帝国的毁灭者，这个利马城的缔造者，最后也死于非命。他因为殖民者内部的争斗而被杀。聂鲁达的诗句又像拍击利马城下高岸的海浪一样发出轰鸣。这是《征服者》这首长诗中的一节《全都死了》：

> 海水和虱子的兄弟们，食肉行星的兄弟们，
> 你们看见没有，船桅终于在风暴之中
> 倾斜？看见没有，石块
> 在疾风粗粝的疯狂雪片下被压碎？
> 终于，你们得到了你们失去的天堂，
> 终于，你们得到了你们该诅咒的城堡，
> 终于，你们空气中的邪恶的幽灵
> 在吻着沙滩上的足迹。
> 终于，在你们没有指环的指头上
> 来了旷野的小小太阳，死亡的日子，
> 正在战栗，正在它波浪的石块的医院里。

走出教堂，利马城阳光普照。

一个在秘鲁工作的年轻的中国人主动来做导游。我们穿过老城，每一座建筑都是一段历史。好些窗台上，红色的天竺葵正在开花。我们来到新城，这位青年朋友告诉我，哪几条街道正是被略萨写进《城市与狗》这本小说中，是书中的阿尔贝托和他的军校同学们出来闲逛和追求爱情的街道。说是新城，但从街边的行道树看，它们站立在这里，看人来人往，也有上百年时光了。

明天，将前往当年印加王国的都城库斯科。

向南飞行。

从海岸向高海拔的秘鲁腹地飞行。

飞机降低高度，我看见了连绵的群山、平旷的高地，看见了穿行其间的闪闪发光的河流。我喜欢这样的高原景象，超拔尘世，阳光带着金属的质感。

机场很小。会有两个人在这里等我，预先雇好的司机，还有一个导游。预先告知会穿着有旅游公司标识的马甲。出机场口，寻找一阵，找到了那件马甲。那是一个沉默的印第安人，矮壮的身体，黝黑的皮肤和头发。

他递给我两片干燥的干树叶："古柯，古柯。"

这不是毒品吗?

"嚼几口可以抵抗高原反应。"

我没有高原反应，但我还是把干树叶塞进口中，咀嚼，并期待着某种反应，但什么事情都没有发生。我们穿过闹哄哄的人流去往停车场。作为中国人，我虽然不喜欢这样的纷乱，但很习惯这样的喧嚷与纷乱。车开上街，一直在爬坡，横切过一条横街，下一条街道还是继续往上，让人觉得这座城市是斜挂在山坡上的。街上拥挤不堪，走过一支又一支盛装的游行队伍。游客也因此蜂拥而至。导游说，这里正在过一年一度的持续一周的太阳节。我不太喜欢这种过于喧闹拥挤的被称为"节日气氛"的气氛。导游不知道这个情况，他说，我们今天不在库斯科停留。我们今天的目的地是乌鲁班巴，印加文化的伟大遗迹。这一天是 6 月 21 日。导游说，回来那天，6 月 24 日是节日的最高潮。我明白他的意思是说，已经为我短促的行程作了最合理的安排。

就这样，车子在人潮涌动中穿过一直上坡的街道，导游在说话，他的手指向一座座殖民时期的建筑，他在介绍景点，我没有太注意听。我的手指按着地图上的一个名字，乌鲁班巴。那是一个具体的地名，也是一条河流的名字。这是今天的重点。我正在穿过库斯科城，在日程表上，是此次秘鲁之行的高潮，也是尾声。

终于到了街道的尽头，城市落在了身后。雄浑壮阔的高原景色扑入眼帘。起伏的旷野尽头矗立着雪峰。道路攀上蜿蜒的山脉，又盘旋着进入土黄色的山谷。六月，是南半球的冬天。河谷中的田野上除了一些待收割的金黄燕麦，大片翻耕后的土地裸露在暖烘烘的阳光下。高大的桉树立在山前，龙舌兰一丛丛地长在路边。一个个村庄的基调也是土黄色的，因为它们的墙体大多由黄土夯筑而成，虽然房顶上是工业时代的廉价的色彩艳丽的覆盖物：蓝色的玻纤瓦或红色的带波纹的薄铁皮，还有墙上的涂鸦和广告，依然不能改变其土黄色的基本色调。

> 我的梦并不是梦，而是土地，/我睡眠，包围在广大的黏土之中；/我活着的时候，我的手里/流动着丰饶土地的泉源。/我喝的酒并不是酒，而是土地，/隐藏的土地，我嘴巴的土地，/披着露珠的农业的土地，/辉煌的菜蔬的疾风，/谷物的世系，黄金的宝库。（《亚美利加，我不是徒然呼唤你的名字》）

这就是关于这片土地的辉煌诗章：强健的、雄阔而舒展的。

乌鲁班巴到了。

一个聚集了上千户人家的巨大村庄，斜挂在一个平缓的山坡上。

黄色的夯土墙构成了低矮的房屋、院落和复杂的街巷，高原的阳光落在墙上，增强了质感。穿过这个巨大的村庄，是一个游客中心。俯临峡谷的平台上，铺着干净桌布的咖啡座，干净整洁的卫生间。旅游业在落后地区强行植入一个代表另一种文明的世界。一些人来观看，一些人被观看。今天，我就是观看者之一。我在这平台上站立片刻。这是一个很好的观景平台，脚下深切的峡谷，对面是积雪的高山。转过身，那个巨大村子的全景就展现在眼前。阳光和同样是由阳光制造出的阴影，使得这个村庄显出史前时代般的沉寂。

村子的乌鲁班巴。

继续出发，公路沿着缓坡向上爬行。

然后，那个地方到了。

脚下的土地陷下去一块，仿佛一个火山口，呈漏斗状。在这个巨大的漏斗中，从最底部开始，是一圈圈平整的梯田，整齐的石阶，裸露在阳光下的干燥土地。几十层台地环环向上，越来越高，越来越宽阔，越来越开敞。难道这里曾像古罗马斗兽场一样有过血腥厮杀？或者像古希腊的圆形剧场一样，上演庄严戏剧？导游摇头说，都不是。不是斗兽场，不是希腊式的圆形剧场，也不是古印加帝国祭神的场所。

这是古老的印加帝国留下的最伟大遗迹。

古印加人在这里培育各种植物。可以果腹的农作物，可以装点花园的开花植物。这个漏斗状的封闭的地形中，形成了独特的小气候。在这里，从低到高的台地上，居然可以模仿不同的海拔高度，保存和培育适于在不同海拔上生长的作物种子。因为背阴与朝阳的不同，土地干湿不同，还可以种植不同的耐旱或喜阴的植物。原来，这里是印加的种子培育基地，是一个原始的基因库！

　　我下到这个地坑的底部绕行一圈。想起以后遍布世界，也在中国土地上生根而养活了那么多人口的来自美洲大地的植物。这是一个不短的清单：玉米、马铃薯、番薯、西红柿、辣椒……当然，还有烟草。我在想，这些植物中的哪一些，全部或者某几种，曾经在这里被栽培、被驯化、被改良？

　　我站在两丛龙舌兰中间，点燃了一支中国造香烟，插在梯阶的石缝间，然后自己再点上一支。

　　　　一股新的弥漫的香气/充满了大地的隙缝，/把呼吸变成了芬芳的烟；/原来是野生的烟草，抬起了/它那梦幻般的花朵。
　　（《大地上的灯》）

　　卖旅游纪念品的小摊上，也有植物种子出售。一串十来个塑封小包，不同品种不同颜色不同形状的豆子。一串十来个塑封小包，是不同颜色、不同大小的不同品种的玉米。

　　在车上，我入迷地把玩这些美丽的植物种子，有所想，也一无所想，只是痴迷于它们包孕着沉睡生命的神秘的美丽。

　　　　玉米出现了，它的身体/脱下米粒又重新诞生，/散布玉米粉向四方，/把死者收在它的根下，/然后，在它的摇篮里，/看着植物之神生长。/胚胎与乳汁沉重的光/把风的种子播撒在/延绵的崇山峻岭的羽毛上；/这是黎明还没有睁开眼睛的曙光。
　　（《大地上的灯》）

这就是住所，这就是地点；/在这里饱满的玉米粒，/升起又落下，仿佛红色的電子。(《马克丘·毕克丘之巅》)

　　种子库乌鲁班巴。

　　道路变得险要起来、陡峭起来，贴着山壁盘旋向下。这样的道路让人坐直了身子，表达对危险的敬意。

　　车突然靠边停下。

　　我看见了又一个乌鲁班巴。

　　在种子培育地和庇护所的乌鲁班巴之后，看到了盐的乌鲁班巴。

　　那是像一幅巨画一样斜挂在峡谷对面山壁上的闪闪发光的盐田。看上去，像是云南哀牢山中的哈尼梯田。从高处泉眼里流出的盐泉把一块块池子灌满。泉水不是在灌溉青翠的稻子，而是正在阳光下蒸发水分，变成一池池正在结晶的盐。"盐取代了崇山峻岭的光辉，把树叶上的雨滴，变成了石英的衣服。"那些盐池因为沉淀于盐中的矿物质的不同，而呈现出不同的颜色。有点暗绿的是松绿岩的颜色："你石阶上的松绿岩，是祭司的太阳宝石里，刚刚产生的光亮的蛹。"有点泛红是铜的颜色："铜装满了青绿的物质，在没有埋葬的黑暗里。"更多的盐田被太阳辉耀，闪烁着金色的光芒。还有水晶一样透亮的白色，光芒一样的白。也像是固体，"是徘徊的月亮的石块"。

　　远观一阵，我们驱车靠近盐田。循着窄窄的小道，循着渠中汩汩流淌的盐泉，走进盐田，被淡淡的硫磺气味所包裹。站在盐田中间，还可以望见山坡下方的峡谷。那是低海拔的平整宽阔的峡谷，那也是乌鲁班巴。平畴沃野的乌鲁班巴。乌鲁班巴河灌溉着万顷良田的乌鲁班巴。印加帝国时期，这里就是王国丰饶的粮仓，因此名为"圣谷"。

良田沃野的乌鲁班巴。

下到圣谷时，来到乌鲁班巴河边，天已经黑了。

旅馆在隔镇子有些距离的一个安静的院落里。餐厅的茶台上，摆着一只装满古柯叶的篮子。我加了两片在热茶里。看着干枯萎缩的叶子在水中慢慢舒展开来。除了和其他树叶一样形态完美，青碧可爱的视觉效果外，喝到肚子里，也没有产生什么特别的效果。

第二天，乘坐旅游火车顺乌鲁班巴河而下，去往马克丘·毕克丘。

起先是林木稀疏村落稠密的开阔原野。越往低海拔走，峡谷越狭窄，两边的山壁越来越陡峭。河岸边不时出现一些层层石阶垒出的梯田。印加人是善用石头的大师。有些梯田还有人耕作，有些显然已经废弃许久了。但那些规模宏大的石阶依然岿然不动，在海拔较高的地带，它们依然裸陈在干旱的土地上。当海拔越来越低，山谷中的风变得潮湿起来，这些石头建成的遗迹，就被繁茂的雨林淹没了。

火车在一个喧闹的小镇上停下。出站口有另一个导游在等待。同样，我凭借那件马甲上的旅行社标识认出了他。还是一个矮壮黝黑的印第安人。这是马克丘·毕克丘站，他说马克丘·毕克丘不在这里。镇子分布在一条湍急溪流的两边。镇子对着一面巨大的高达数百米的悬崖。导游望着背后的山坡说，马克丘·毕克丘在那上面。他还告诉我，上山的旅游车一小时后出发。然后，他就消失了。我们用二十分钟就走完了这个满是餐馆、客栈和卖廉价旅游品的小摊的镇子。然后就沿着铁路走出好长一段。我爱路基下碧绿的河水，有时雪浪飞溅，有些变成碧绿宝石色的深潭。雨林中空气潮湿，充满了那些异国植物的芬芳。一些色彩艳丽的鹦鹉停在高大的我不认识的热带树木上。我后悔没有随身携带一本热带植物指南，来帮助我认识这些瑰丽的树木。因为我以为，来到这里，有一本聂鲁达的诗集就足够了。

在汽车站，导游又出现了。他陪同我们登上大巴车，沿着盘山路，在丛林中向着高处攀爬。

> 于是，我在茂密纠结的灌木林莽中，攀登大地的梯级，向你，马克丘·毕克丘，走去。（《马克丘·毕克丘之巅》以下未经标注出处的诗句都来自这首诗。）

马克丘·毕克丘，现今通常的译法是马丘比丘，但我读的王央乐先生译的《诗歌总集》译为马克丘·毕克丘，这也是我二十多岁时第一次知道这个伟大印加遗址时的译法，所以，至少在这篇文章中，我也跟从这个译法。

马克丘·毕克丘距库斯科 120 公里，坐落在安第斯山上最难通行的老年峰与青年峰之间陡窄的山梁上，海拔 2400 米。马克丘·毕克丘是印加统治者帕查库蒂于 1440 年左右建立的。一般认为是印加王室贵族的避暑地。旅游指南上推荐一条从库斯科翻山越岭到这里的徒步路线，据说就是当年印加人使用的古道。这个地方因为其遗世孤立，皮萨罗于 1533 年攻陷库斯科后，也没有被他们发现。此后，印加王室的遗族还在这里避居了三十多年，以后，这些人突然消失，巨大的建筑群被雨林吞没掩藏。至于这个遗址为什么被遗弃，那些印加人又去了哪里，则成为一个巨大的历史谜团。三百多年后的 1911 年，它才被美国探险家重新发现。

今天我们所走的路径正是美国探险家开辟的路径。

也是当年聂鲁达来到这里时攀爬过的路径。

> 跟我一起爬上去吧，亚美利加的爱。
>
> 兄弟，跟我一起攀登而诞生。
> 给我手，从你那
> 痛苦遍地的深沉区域。
> 别回到岩石的底层，
> 别回到地下的时光，
> 别再发出你痛苦的声音，
> 别回转了眼睛。

聂鲁达在这条山道上攀登是 1943 年，他在自传中说，他觉得应该给自己的诗的发展增加一个新的领域。于是，在秘鲁盘桓，登上了马克丘·毕克丘遗址。当时还没有公路，他是沿着这条山道骑马上去的。

我坐在车里，周围是来自世界各地的游客。车停下，停车场上簇拥错落着更多不同肤色的面孔，数十种不同的语言如泡沫翻沸。四周还是雨林高大的树木，从这里开始步行，一步步接近那个伟大的遗迹，道路仍然在上升，这正合我意，我想我需要长一点的时间来靠近马克丘·毕克丘。但是，当道路横向一道山梁，毫无准备，那片在电视、在图片上已经看见过无数次的石头遗址就出现在眼前。轰然一声，一片光芒就在眼前辉耀。大片的强烈阳光反射在那些层层叠叠的石头建筑之上，在我的脑海中回荡，仿佛火焰颤动的声响。导游在身边说着什么。咕咕哝哝，口音浑浊，仿佛一只小口陶缸里沸腾的马黛茶。虽然是第一次抵达，这里的一切早就熟稔于心，这是世界上少有的几个我不需要别人来解说的地方，但我需要他的声音，我也需要自己手持相机时连续响起的快门声音，不然，这里就太寂静了。虽然有那么多游客，有些在身边，有些已经迫不及待地进入了废墟，但一切还是显得那么寂静。这些石头压着石头的建筑自有一种宏伟的力量，用寂然无声宣示出来。今天是 2017 年 6 月 23 日。聂鲁达来到这里的时间是 1943 年 10 月，也是 23 日前后。年谱上只说他 10 月 22 日到达利马，然后前往库斯科和马克丘·毕克丘，11 月 3 日已经回到智利圣地亚哥。虽然不知道他到达这里的具体时间，但眼前所见却还和当年一模一样。

他在自传《我承认，我历尽沧桑》中写道：

> 我从高处看见了苍翠的安第斯山群峰围绕的古代石头建筑。急流从多少世纪以来被侵蚀、磨损的城堡处飞泻而下。一团团白色薄雾从维尔马卡约河升起。站在那个石脐的中心，我觉得自己无比渺小，那个荒无人烟的、倨傲而突兀的世界的肚脐，我不知为什么觉得自己属于它。我觉得在某个遥远的年代，我的双手曾在那里劳动过——开垄沟，磨光石头。

是啊，完成这样辉煌的建筑需要多少劳动、多少劳动者。

那么多的巨石，预先经过打磨，使之平整而光滑。垒成了墙体后，两块巨石之间的缝隙中甚至插不进一把最锋利的刀子。这些建筑是瞭望哨，神庙，祭坛，粮仓，王的宫殿，侍从和卫兵们的居所。穿行其间，有或明或暗的水道和曲折复杂的通道一起把分布广泛的建筑联结成一个整体。这些五六百年前就被打磨光滑层层垒砌的石头建筑，墙体大多完好无损，但都失去了顶盖。它们向着天空敞开。每一个房间都是一个空格，排列在一起就构成了一种奇特的图案，似乎有某种寓意，又或者就是一种几何图案，并没有意味什么。这个房有一块石头，当太阳从窗口照射进来，落在石头的某一部分，人们就会读出季节与时间。现在，那块石头中央的低洼处积存着一些昨夜的雨水，正在被强烈的阳光蒸发。这里，建筑群中央的高处，还有更大的巨石，是向太阳神献上人牲的祭台。现在，石头是那么光滑洁净，散发着雨水的味道。这座凝聚了印加人智慧、劳作和财富的建筑，成了可以吞没所有声音的废墟，寂静，以寂静获得永恒。

"独一深渊里的死者，沉沦中的阴影。"墙头上长出一丛仙人掌，我就站在它多刺的宽大叶片的阴影之下。

导游还跟在身旁，还在嘟哝解说词，其中最频繁的那个词是：印加。

"印加，印加。"仿佛咒语一般。

可是印加已经死了。他们曾经非常伟大。现在，是一个印加的后裔，靠在游客耳边不断重复印加这个名字来谋取衣食。旅行社配发的 T 恤不怎么合身，他表情漠然的脸上有悲伤的浓重影子。

不如听聂鲁达对印加人说话：

从殷红色的柱头，/从逐级递升的水管，/你们倒下，好像
在秋天，/好像只有死路一条。/如今空旷的空气已不再哭泣，/
已经不再熟悉你们陶土的脚，/已经忘掉你们的那些大坛子，/
过滤天空，让光的匕首刺穿；/壮实的大树被云朵吞没，/被疾
风砍倒。

　　等到黏土色的手变成了黏土，/等到小小的眼睑闭拢，/充
满了粗粝的围墙，塞满了堡垒，/等到所有人都陷进了他们的洞
穴，/于是就只剩下这高耸精确的建筑，/这人类曙光的崇高位
置，/这充盈着静寂的最高容器，/如此众多生命之后的一个石
头的生命。

　　石块垒着石块；人啊，你在哪里？
　　空气接着空气；人啊，你在哪里？
　　时间连着时间；人啊，你在哪里？

是的，人道，激情，创造，文化，就是要在废墟中呼唤人的觉
醒。没有人能回到过去，即便在过去辉煌的现场也是如此。但可以
渴望新生，新的生机，新的成长。文化的要义是人的成长、人的
新生。

　　"我只看见古老的人，被奴役的人，在田野里睡着的人。"

　　告别的时候到了，我站在一堆当年未曾用完的巨石的边上（未
完成使命的石头，未产生意义的石头），下面，是平整的草地。这些

草地以前是王室花园。花园漫过山脊，滑向另一边的山坡，又出现了，那些石阶造就的平整的条状梯田。直到悬崖边上。我有恐高症，看着悬崖下面很深处的河流，头晕目眩。

太阳已经当顶，是离开的时候了。

但我还想驻足凝望。

　　我看见一个身体，一千个身体，一个男人，一千个女人，/在雨和夜的昏沉的疾风之中，/与雕像的沉重石块在一起；/石匠的胡安，维拉柯却的儿子，/受寒的胡安，碧绿星辰的儿子，/赤脚的胡安，绿松石岩的孙子，/兄弟，跟我一起攀登而诞生吧。

　　我来，是为你们死去的嘴巴说话；在大地上集合起/所有沉默的肿胀的嘴唇/……为我的语言，为我的血，说话。

是的，巴勃罗·聂鲁达，他自觉担负起使命，为一切喑哑，说话。

临行时，我往水瓶里灌了些马克丘·毕克丘冰凉的泉水，在回程的路上，我往瓶中插上一枝雨林中的热带兰花。紫色的，在纹理清晰的茎上仿佛振翅小鸟的兰花。兰花的仿生学，模仿飞行姿态的仿生学。

回程的火车上，它一直在我手中摇曳。

黄昏时分，回到库斯科。

当夜，睡在床上，听着窗外街道上人声喧哗，听着窗外街道上人声渐渐沉寂。

2018 年 6 月 24 日，在秘鲁的最后一天。被阳光惊醒。

出门又是上坡路。导游告诉今天的行程，先上山，再下山。先城外，再城里。

行李也一并收拾好装在车上，游览结束，就去机场。

库斯科是古印加帝国的首都，海拔 3410 米。十一世纪，印加人就兴建了这座城市。之后，经过一系列的战争，印加帝国达到它的顶峰，库斯科发展成为印加帝国辽阔疆域内的政治、经济、文化及宗教中心。在印第安克丘亚语中，库斯科的意思是"肚脐"，引申的意义是世界的中心。在以哥伦布发端的地理大发现前，印加人把库斯科当成世界中心，就像中国就是中央之国的意思一样。

城外的山顶，又一个印加古代遗迹，名字叫作萨克塞瓦曼。这里累积着更多的巨石。据说，有些石头一块就有 300 吨的重量。我们在这些石头中间穿行，但完全不知道这些废墟以前的用途。导游说，因为印加人没有发明文字。站在巨石阵中间的广场上，一边震惊和赞叹当年的印加人如何开凿加工这些岩石，如何把这些巨石运输到这里，如何将其垒成墙、门和某种用途的建筑，一边又感到不明所以，想问这些盘弄巨石的人目的何在？这样的感觉，在埃及的金字塔前，在英国索尔兹伯里平原的巨石阵前有过，在墨西哥玛雅文化的废墟上也同样有过。

然后我看到了那个高大的白色的耶稣雕像。

他站在废址边缘的一座小丘上，迎着太阳闪闪发光。这样的情景，在天主教的美洲不止一次见过。前些日子，在圣地亚哥，从聂鲁达故居出来，上山俯瞰山谷深处的圣地亚哥城，遥望城市另一边的安第斯山积雪的山峰。在我身边，就站着一尊同样颜色的高大圣母像，只不过，她面朝的是城市的另一边，她也在俯瞰城市里渐渐亮起来的灯火，朝着夕阳坠落的太平洋的方向。在巴西，里约热内卢，一座更加高大的耶稣像站立在城市的至高点上，俯瞰着蓝色的海湾和海湾边体量巨大的城市。

我站在库斯科的这位耶稣身边，东方群峰之上，太阳正在升起，照亮了那些平缓的土层深厚的峡谷。太阳照亮古印加强大的基础，它丰饶的农业地带。

> 我睡眠，包围在广大的黏土之中；/我活着的时候，我的手里/流动着丰饶的土地的泉源。/我喝的酒并不是酒，而是土地，/隐藏的土地，我嘴巴的土地，/披着露珠的农业的土地，/辉煌的菜蔬的疾风，/谷物的世系，黄金的宝库。（《亚美利加，我不是徒然呼唤你的名字》）

阳光也照亮了山坡下方的库斯科城。

库斯科城是砖红色的。

印加的库斯科城不是这颜色。

印加的库斯科城是闪着金属光泽的石头的颜色。

1533 年，西班牙殖民者攻破了这个城市，使之遭到毁灭的命运。掠夺者为了得到黄金与宝石，毁掉了宏伟的神庙。当然，也不只是黄金，更重要的是要用他们自己的神代替印加人的神。新的神君临了库斯科。我现在就站在他的造像前，和他一起俯瞰着早晨灿烂阳光下西班牙人建造的砖红色的库斯科。

西班牙人在印加人太阳神庙的废墟上建筑教堂和修道院。印加人的广场改变为武器广场。又是武器广场。几个月后，在古巴，我在哈瓦那旧城中心也到过一个武器广场。殖民时期的库斯科因为波托西的银矿开采而繁荣，而 1650 年的大地震使这个城市毁于一旦。1670 年，城市按照巴洛克风格重建，这就是我们今天看到的库斯科。除了需要超拔高度的教堂和市政建筑，这个城市所有的屋顶都覆盖着赭红色的瓦，这是整座城市红色的基调的来源。

聂鲁达曾经站在这里俯瞰过我眼前的景象吗？也许有，也许没有。不管他站在哪里，看到的，缅怀的，深怀同情的，还是古老印加。他在这里歌唱过那个他已视为精神源头的印加。

库斯科天亮了，

仿佛高塔和谷仓的宝座；

这个脸色浅黑的种族，

它是世界思想的花朵；

在它摊开的手掌上，

跳动着紫晶石帝国的冠冕。

高地上的玉米，

在田畦中萌芽，

人群和神祇，

在火山小径上来往。

农业，使厨房的王国

弥漫着香味，

在家家户户的屋顶

披上一件脱粒的阳光的外衣。

诗中所写，是 1533 年前的印加。我们下山，朝着今天的库斯科，要进入那片泥土被焙烧过后的红色。

城里已经人山人海，水泄不通。太阳节在今天达到高潮。游行的队伍一队接着一队，奏乐、歌唱、舞蹈。游客挤满街边的人行道，每前进一步都需要很多身体接触，需要付出很大的努力，来挤过那些身体：柔软的，坚硬的；肥胖的，瘦削的；暖烘烘的，冷冰冰的。终于到达了武器广场的边缘，又一队游行队伍且歌且舞地过来了。鲜花围绕的肩舆上，端端坐着一尊圣母像。人群向着圣母所来的方向拥去，人群又随着圣母所去的方向跟随。

这使得我终于可以走上武器广场前库斯科大教堂的台阶。

我问了导游一个问题，不是太阳神的节日吗？为什么抬着圣母游行？

导游说了句什么，他的声音低下去，我没听清，其实也没打算听清。

聂鲁达写过这样的情形，在《背叛的沙子》这首长诗里有一节《利马的迎神赛会》：

人真多，他们用肩头/抬着神像，后面跟随着的/人群那么密集，/仿佛大海涌出，/发着深紫的磷光。

整个秘鲁都在捶着胸脯，/仰望这尊圣母的塑像，/只见她一本正经，装模作样，/打扮得天蓝粉红，/在汗臭弥漫的空气中，/乘着她糖果蜜饯的船，/航行在攒动着的千万人头之上。

我穿过武器广场，身后，武器带来的圣母正被簇拥着远去，我走进教堂。

真是一座辉煌的教堂。那么多纯净的黄金在穹顶下闪闪发光。神像在闪闪发光。壁龛，布道台，一幅幅宗教绘画的边框都在闪闪发光。那是黄金的光芒。这些黄金，曾经装点过太阳神的威严，曾经是印加国王的荣耀。现在，都在这座天主教堂内闪闪发光。

我们在一幅幅绘画前流连，那是在印加之后展开的历史。新世界的历史。

导游提高了声音，他提醒我注意一些绘画和建筑的细节。他说，当初修建这座教堂，使用的大多是印加工匠。他们不甘心于印加文化的湮灭，所以，悄悄地在天主教建筑中加上一些隐秘的代表印加文化的符号。

我们浏览那些带着隐秘符号的地方，最后，站在了这座教堂最有名的那幅绘画前。

这幅绘画名叫《最后的晚餐》。这幅画和达·芬奇的同名画描绘同一个故事。耶稣和他的门徒们一起吃饭。他在画中平静地告诉他们，你们其中的一个人向罗马人出卖了我。库斯科教堂这幅画正是对达·芬奇名画的模仿。唯一不同之处，是耶稣和他门徒面前的食物，餐桌上摆的竟是印加人的佳肴——豚鼠。而且是一整只剥了皮的光滑滑的豚鼠，躺在盘子里，还龇着啮齿类动物的尖利牙齿。对那个画家来说，这意味着什么？本土化？还是反讽？这个已经不得而知，也不重要，反正那幅画就醒目地挂在那里。

有趣的是后来的解读。我的印第安导游说，这是本土文化对殖民文化的反抗。而另一种更官方的解释是说，包括大教堂在内的整个库斯科的建设，都考虑了西班牙风格和印加风格的融合。

也许是的吧。也许都是的吧。

我倒是愿意重温聂鲁达的诗句：

　　我不买教士们出售的/一小块天堂，也不接受/形而上学家为了/蔑视权势而制造的愚昧。（《我是》）

一个半小时后，我将坐上飞机。利马。休斯敦。旧金山。成都。不管飞行多么漫长，但我此次有聂鲁达相伴的行程已经结束。

聂鲁达在他的自传中说得好："他们带走一切，也留下一切。他们给我们留下词语。"

秘鲁，再见。

秘鲁，还是用聂鲁达的诗作为结束吧。用《诗歌总集》最后一首诗《我是》的结尾来结尾吧。这篇旅行中的读书记，以这段诗开篇，也以这段诗作为结束。这纯粹是一个巧合：

　　我这些歌的地理，
　　是一个普通人的书，是敞开的面包，
　　是一群劳动者的团体；
　　有时候，它收集起它的火，又一次在大地的船上
　　播撒它火焰的篇页。
　　这些话要重新诞生，

也许在另一个没有痛苦的时光，

没有那污秽的纤维

沾染黑色植物在我的歌中；

我的炽烈的星星那样的心，

将又一次在高空燃烧。

这本书就在这里结束；在这里

我留下我的《诗歌总集》；它是在

迫害中写成的，在我的祖国

地下的羽翼保护下唱出。

今天是 1949 年 2 月 5 日，

在智利，在戈杜马·德·契那，

在我年龄将满 45 岁的

前几个月。

Chapter 3

出
行
记

一起去看山

　　有好些年没有去四姑娘山了。汶川地震前两年去过，地震后就没有去了。加起来，是超过十个年头了。

　　但这座雪山，以及周围地方却常在念想之中。

　　这座藏语里叫作斯古拉的山，汉语对音成四姑娘。这对得实在巧妙。因为那终年积雪美丽的山确实是有着四座逸世出尘的山峰，在逶迤的山脊上并肩而立，依次而起，互相瞩望。后来又有了关于四个姑娘如何化身为晶莹雪峰的传说，以至于人们会认为这座山自有名字那天，就叫作四姑娘了。却少有人会去想想，一座生在嘉绒藏人语言里的山，怎么可能生来就是个汉语的名字呢？在这里，我不想就山名作语言学考证。而是想到一个问题，当我们来到一座如四姑娘山这般美丽的雪山面前时，我们仅仅是只打算到此一游——因为别人来过，我也要来上一趟，这确实是当下很多人出门旅游的一个重要原因——还是希望从长长短短的游历中增加些见识，丰富些体验？

有一句话在爱去看山登山的人中间流传广泛。那句话是："因为山就在那里。"

这句话是上世纪二十年代一位名叫马洛里的英国人说的。这个人是个登山家，登上过世界好几座著名的高峰。然后决定向世界最高山峰珠穆朗玛挑战，如果成功了，他就是全世界第一个登上珠峰的人。那时，随队采访的记者老问他一个问题，为什么要登山？就像今天旅游的人要反问，我去一个地方为什么就该懂得一个地方？马洛里面对记者的问题总是觉得无从回答。一个人面对一座雄伟的山峰，面对奥秘无穷的大自然，感受是多么复杂，怎么可能只有一个简单的答案。一个内心里对着某种事物怀着强烈迷恋冲动的人怎么只有一个简单的答案。唯目的论者才有这种简单的答案。终于有一天，面对记者的问题他不耐烦了，就用不耐烦的口吻回答："因为山在那里。"

确实，山就在那里。那样美丽，沉默不言，总是吸引人去到它跟前。看它，读它，体味它，如果能力允许，甚至希望登上山顶去看看那里是什么样子，从那样的高度眺望一下世界。杜甫诗说："荡胸生曾云，决眦入归鸟"，追求的就是这样一种雄阔的体验。四姑娘山最高峰海拔六千多米。我没有那么好的身体去追求这种极致的体验。但从低处凝视、想象，也是一种美妙的体验。想象自己如果化成一座山，或者如一座山一样沉稳，宠辱不惊那是什么境界。

山有自己的历史。山的地质史。山化身为神的历史。如果要为这后一种历史勉强命名，不妨叫作地方精神史。山神的存在，是藏区一个普遍现象。为什么每座山都是一个神？这当然是一部地方史的精神部分。没有精神参与，一座山就不会变成一个神。四姑娘山就是这样。本是一座山，在历史空间中，生活在周围的人因为它庄严、毫不动摇的姿态，软弱的人因此为它附丽了与其姿态相似的人格，并为这样的人格编织了故事。某个人为了保卫美丽的自然，保卫家园，自愿化身成一个地方性的保护神，担负起神圣的职责。四姑娘山的故事也是这样，但突破了故事模式的是，这座山是四个美丽姑娘所化。创造这个故事的人当然是受了自然的启发，因为四个山峰就在那里。那四个姑娘当然美丽，因为雪山本身就那么美丽。那四个姑娘当然也善良。美就是善，这是哲学家说过的话。

多山的四川有两座特别有名的山。一座是贡嘎山，一座是四姑娘山。一座是男性的，一座是女性的。一座是蜀山之王，一座就是蜀山王后。这两座山我都去过多次。我在年轻时代的诗里就写过："传说那座山有神谕的山崖，我背着两本心爱的诗集前去瞻仰。"亲近瞻仰贡嘎的历程略过不谈。

这里只想谈谈四姑娘山。

八十年代，二十多岁的时候，一次从小金县城去成都。一大早起来，乘长途客车摇晃到日隆镇上吃早饭。冬天滴水成冰，石灰墙都冻得更加惨白。一车人围着饭馆里一只火炉跺脚搓手，再吃些东西，身体总算慢慢暖和过来。这才有了闲心四处打量。留给我深刻印象的是墙上好多面旗子，都是日本旅行团留下的。上面好多字。"四姑娘山花之旅""白色圣山之旅"等等等等，下面还有全体团员的签名。那时的想法是日本人跟我们也太不一样了。我们还在为坐汽车怎么不受冻而焦虑，他们却跑这么远，就为看一眼我们山里的花。那也是中国经济高速发展刚刚启动的年代。如今，我们也一天天过上了未曾梦想的生活。从生下来那一天起，我生活经验里的出门远行的理由很少，机会更少。我一直到了二十岁，还没有去过离家一百公里以外的地方。1985 年，我出公差，先从马尔康到小金县城，然后再经省城去苏东坡的老家眉山开会，已经是很远很丰富的一次旅行了。算算四姑娘山离我的老家距离不到两百公里，但我在小金县城出差这回，才第一次听说这座山的名字。记得是在县文化馆看一位画家写生的风景画，说画中的山是四姑娘山。那些雪峰、山谷、溪流、树，对我这双看惯了山野景色的眼睛也有很强的冲击力。那时，当地专门要到某地去看看特别美景的，也就是画画或摄影的人。所以，过两天经过四姑娘山下的日隆镇，在唯一那家国营饭馆里看见满墙日本旅行团的旗帜以及那些赞美雪山与花的留言时，心里想的还是，这些日本人出这么远的门，就为来看几朵花，也实在是太过奢侈了。虽然那些花肯定是非常漂亮，也是值得一看的。也是在那一时期，才知道有一种出门方式叫旅游。我们这一代人就是这么过来的。很多东西，刚听说时还是一个抽象的概念，不久也就成为我们的生活方式了。

很快，中国人也开始了初级旅游，大巴车拉着，导游旗子摇着，把一群群人送到那些正在开发中的景点。四姑娘山也成了一个边建设边开放的景区。过几年再去，日隆镇上那个人民食堂已经消失不见。有了些为接待游客而起的新建筑。我自己就在一座临着溪涧的木楼里住了几宿，听了几夜溪流的喧哗。坐车去双桥沟，骑马去长坪沟。那是晚秋时节了。蓝天下参差雪峰美轮美奂。但四姑娘山的美其实远比这丰富多了：森林环抱的草地，蜿蜒清澈的溪流，临溪而立的老树，尤其是点缀在岩壁与树林间的一树树落叶松，那么纯净的金色光芒，都使人流连忘返。

去长坪沟的那天早晨，太阳从背后升起，把我骑在马上的身影，长长地投射在收割后的青稞地里，鸟们在马头前飞起来，又在马身后落下去。云雀的姿态最有意思。它们不像是飞起来的，而是从地面上弹射起来，到了半空中，就悬浮在头顶，等马和马上的人过去了，又几乎垂直地落下来，落到那些麦茬参差的地里，继续觅食了。麦茬中间，好多饱满的青稞粒和秋天里肥美的昆虫，鸟们正在为此而奔忙。附近的村庄，连枷声声。这是长坪沟之行一个美好的序篇。山路转一个弯，道路进入森林，背后的一切就都消失不见了。落尽了叶子的阔叶林如此疏朗，阳光落下来，光影斑驳，四周一片寂静。而森林的寂静是充满声音的。那是很多很多细密的声音。岩石上树上的冷霜融化的时候，会发出声音。一缕一簇的苔藓在阳光下舒张时也会发出声音。起一丝风，枯草和落叶会立即回应。还有林梢的云与鸟，沟里的水，甚至一两粒滑下光滑岩壁的沙砾都会发出声音。寂静的世界其实是一个充满了更多声音的世界。都是平时我们不曾听过的声音。是让我们在尘世中迟钝的感官重新变得敏锐的声音。早晨太阳初升的那一刻，只要峡谷里的风还没有起来，那些声音就全都能听见。太阳再升高一些，风就要起来了，那时充满峡谷的就是另外的声音了。

那一天风起得晚，中午，我们在一块林中草地上吃干粮时，风才从林梢上掠过，用潮水般的喧哗掩去了四野的寂静。

那是我第一次去到四姑娘山下。

一个朋友带一个摄制组，来为刚辟为景区不久的四姑娘山拍一部风光片子，我与他们同行。山谷看起来开阔平缓，但海拔一直上升。阔叶林带渐渐落在了身后。下午，我们就是在那些挺拔的云杉与落叶松间行走了。还是有阔叶树四散在林间。那是高山杜鹃灌丛，绿叶表面的蜡质层被漏到林下的阳光照得发亮。

夕阳西下时分，一个现成的营地出现了。那是一间低矮的牧人小屋。石垒的墙，木板的顶。在小屋里生起火，低矮的屋子很快就变得很温暖了。天气晴朗，烟气很快上升，从屋顶那些木板的缝隙中飘散在空中。若是阴天，情形就两样了。气压低，烟难以上升，会弥漫在屋子中，熏得人涕泪交流。但今天是一个好天气。同伴们做饭的时候，我就在木屋四周行走。去看小溪，溪流上漂浮着一片片漂亮的落叶。红色的是槭，是花楸。黄色的是桦，是柳，还有丝丝缕缕的落叶松的针叶。太阳落到山背后去了，冷热空气的对流加剧，表现形态就是在森林上部吹拂的风。此时在林中行走，就像是在波涛动荡的海面下行走。森林的上层是一个动荡喧哗的世界。而在森林下面，一切都那么平静。云杉通直高大的树干纹丝不动，桦树的树干纹丝不动。吃过晚饭，天黑下来。大家都是爱在山中漫游的人，自然就谈起山中的各种趣闻与经历。爱在山中行走的人，在山中更是要谈山。就像恋爱中的人总要谈爱。于是，夜色中的山便愈发广阔深沉起来。爬了一天山，袭来的疲倦使得大家意兴阑珊时，就都在火堆边睡去了。我横竖睡不着，也许是因为过于兴奋，也许是因为太高的海拔。这时风停了，月亮起来了。用另一种色调的光把曾短暂陷落于黑暗的群山照亮。我喜欢山中静寂无声的光色洁净的月亮，就悄然起身，把褥子和睡袋搬到了屋外的草地上。我躺在被窝里，看月亮，看月光流泻在悬崖和杜鹃林和落叶松的地带。我花了更多的时间凝视一条冰川。那道冰川顺着悬崖从雪峰前向下流淌——纹丝不动，却保持着流动的姿态，然后，在正对我的那面几乎垂直的悬崖上猛然断裂。我躺在几丛鲜卑花灌木之间，正好面对着那冰川的断裂处。那幽蓝的闪烁的光芒如真似幻。我们骑乘上山的马，帮我们驮载行李上山的马，就站在我的附近，垂头吃草或者咕吱咕吱地错动着牙床。我却只是静静地望着那几乎就悬在头顶的冰川十几米高的断裂面，在月光下泛着幽蓝的光芒。视觉感受到的光芒在脑海中似乎转换成了一种语言，我听见了吗？我听见了。听见了什么？我不知道，那是一种幽微深沉的语言。一匹马走过来，掀动着鼻翼嗅我。我伸出手，马伸出舌头。它舔我的手。粗粝的舌头，温暖的舌头。那是与冰川无声的语言相类的语言。

然后，我就睡着了。

越睡越沉，越睡越温暖。

早上醒来，头一伸出睡袋，就感到脖子间新鲜冰凉的刺激。睁开眼，看见的是一个银装素裹的白雪世界！我碰落了灌丛上的雪，雪落在了颈间，那便是清凉刺激的来源。岩石、树、溪流、道路，所有的一切，都被蓬松洁净的雪所覆盖。一夜酣睡，竟然连下了一场铺天盖地的大雪都不知道！

那天早晨，兴奋不已的几个人也没吃东西，就起身在雪野里疾走，向着这条峡谷的更深处进发。直到无路可走。最漂亮的景色是一个小湖。世界那么安静，曲折湖岸上是新雪堆出的各种奇异的形状。那些形状是积雪覆盖着的物体所造成的。一块岩石，一堆岩石，雪层杜鹃花的灌丛，柏树正在朽腐的树桩，一两枝水生植物的残茎，都造成了不同的积雪形状。纹丝不动的湖水有些黝黑。湖水中央是洁白雪峰的倒影。这是我离四姑娘山雪峰最近的一次。她就在我的面前，断裂的岩层，锋利的棱线，冰与雪的堆积，都历历在目，清晰可见。

回来写过一篇散文《马》。不是写进山所见，是写那些跟我们进山的动物伙伴。还做了一件文字方面的事情，就是为这次拍的纪录短片配了解说词，在当时中央电视台一档叫《神州风采》的栏目中播出。也算是为四姑娘山早期的宣传做过一点工作。

后来，还在不同的季节到过四姑娘山。

春天和秋天，不同的植物群落，会呈现出丰富多彩的色调。

春天，万物萌发。那些落叶的灌丛与乔木新萌发的叶子会如轻雾一般给山野笼罩上深浅不一的绿色，如雾如烟。落叶松氤氲的新绿，白桦树的绿闪烁着蜡质的光芒。那些不同的色调对应着人内心深处那些难以名状的情感。从那些时刻应了光线的变化而变幻不定的春天的色彩，人看到的不只是美丽的大自然，而且看到了自己深藏不露的内心世界。美国诗人惠特曼的诗句："拂开大草原上的草，吸着它那特殊的香味，我向它索要精神上相应的讯息。"说的就是这样的意思。

秋天，那简直就是灿烂色彩的大交响。那么多种的红，那么多种的黄，被灿烂的高原阳光照亮。高原上特别容易产生大大小小的空气对流，那就是大大小小的风，风和光联合起来，吹动那些不同色彩的树：椴、枫、桦、杨、楸……那是盛大华美的色彩交响。高音部是最靠近雪线的落叶松那最明亮的金黄。高潮过后，落叶纷飞，落在蜿蜒的山路上，落在林间，落在溪涧之上，路循着溪流，溪流载满落叶，下山，我们回到人间。其间，我们有可能遇到有些惊惶的野生动物，有可能遇见一群血雉，羽翼鲜亮，我们打量它们，它们也想打量我们，但到底还是害怕，便慌慌张张地遁入林间。

当然不能忽略夏天。

所有草木都枝叶繁茂，所有草木都长成了一样的绿色。浩荡，幽深，宽广。阳光落在万物之上，风再来助推，绿与光相互辉映，绿浪翻拂，那是光与色的舞蹈。那时，所有的开花植物都开出了花。那些开花植物群落都是庞大家族。杜鹃花家族、报春花家族、龙胆花家族、马先蒿家族，把所有的林间草地、所有的森林边缘，变成了野花的海洋。还有绿绒蒿家族、金莲花家族、红景天家族都竞相开放，来赴这夏日的生命盛典。

　　而这一切的背后，总有晶莹的雪峰在那里，总有蓝天丽日在那里。让人在这美丽的世界中想到高远，想到无限。记起来一个情景，当我趴在草地上把镜头对准一株开花的棱子芹时，一个日本人轻轻碰触我，不要因为拍摄一朵花而在身下压倒了看上去更普通的众多的毛茛花。我也曾阻止过准备把杜鹃花编成花环装点自己美丽的年轻女士。这就是美的作用。美教导我们珍重美。美教导我们通向善。

　　冬天，雪线压低了。雪地上印满了动物们的足迹。落尽了叶子的森林呈现一种萧疏之美。

　　写到这里，就想到我们很多主打自然景观的景区工作中比较疏失的一环，那就是对自然之美挖掘不够深入细致。旅游是观赏，观赏对象之美需要传达，需要呈现。自然之美的丰富与细微，必先有旅游业者的充分认知，然后才能向游客作更充分的传达。对游客来说，自然景区的观光也是一种学习。学习一些动植物学的、地质学的知识。更不要说当地丰富的人文资源了。游历也是学习，是游学。所谓深度游、专题游，我想就是在这种向学的愿望与兴趣的基础上产生的。自然景区旅游是欣赏自然之美的过程，是一种审美活动，需要景区进行这个方向上的引导。

前些日子，四姑娘山的朋友来成都看望我，多年不见的黄继舟也得以谋面。还记得当年他曾陪我游初夏的四姑娘山。一起去拍摄那些美丽的高山开花植物。黄继舟长期在四姑娘山景区工作，他是一个有心人，长期深入挖掘景区的自然人文内涵，有很多自己的发现。这次，他带来一本摄影集，都是他在景区多年深耕积累下来的作品，题材也关涉到景区的各个方面。寻觅美，捕捉美，呈现美，可以作为游客于不同季节在景区旅游的一个指引。我也相信，沿着这样的思路做下去，四姑娘山所蕴蓄的美的资源会得到更精准、更系统的呈现，游客依此指引，可以在景区作更深度的探寻与发现。大美不言，可涤心养气；大美难言，仰赖审美力的提升，而自然界是最好最直观的自然课堂。如果站在这样的角度上思考景区的功能，四姑娘山自然就有需要不断前往，如今交通情况大幅改善，这个大都会旁的自然胜景，自然前途无量。

下次，我们可以带着这本书，去看四姑娘山。

春日游梓潼七曲山大庙记

春二月末梢，去梓潼。

车出成都，一路艳黄的油菜花田，开在平原，开在丘陵脚下和腰间。溪边或村前，一树树李花开放，辉映着春日的淡淡阳光。心旷神怡时，时间过得飞快。佛经中形容时间短暂，常用"刹那"这个概念。唐玄奘在印度取经时向长老讨教，一刹那到底有多长，如何度量？长老的回答是，一个念头初起的时间，就是刹那。看来，这不是个确切的物理时间，而是可长可短的心理时间。那我坐在车中前往梓潼的两个多小时，就满眼的黄花和间或的一树白花，在阳光下熠熠发光，陶醉春光，心中一念不起，这时间就连一刹那都算不上了。反正，一路的色照眼，香沁心，色流香溢中，梓潼就到了。

过潼江，眼前景色一换，并不峻急的山在前方隆起，山上林木茂密，在夕阳的光照中，更显深远。那些浅山后，是更远更高大的山，隐约竖在后面，如画屏一般。画屏中满是中国山水画的浓墨淡烟。以前没有到过梓潼，所以来前要做点书上的功课，预习一下当地的地理人文。虽然不能确认，但知道眼前这些山有叫长卿的，是出川北上长安的司马相如盘桓流连过的。还有座叫兜鍪的，因为山峰的形状像顶头盔，自然就有了中国人都明了的某种象征性。主人明白指出了七曲山。这是明天将去访问的地方。路蜿蜒上升，已经望得见七曲山上蓊郁密闭的柏树林，在暮色中更显得凝重深沉。晚上，和主人饮酒说话，听他们介绍梓潼，听得最多的一句话，是"平来坡往"，这话也可倒着说，"坡来平往"。说的是梓潼的地理，处于四川盆地和秦岭山区的过渡带上，北上的人是从平地来，往山上去。反之，北来入川的人，则从坡上来，往平地去。一百多年前，德国地理学家李希霍芬就把秦岭定为中国南北的分界线，那现在我们所在的平地将尽，群山伸出山脉的长臂之处，就正是南方将尽、北地方始的古道之一金牛道的起点了。

第二天上山，柏油公路依着山势蜿蜒，我没有问主人这路是不是沿了金牛道的路线。但每一次停车驻足，遭逢的都是历史遗迹。从书上读到关于古道的文字，在这里都化成了一个个具体可感的真实存在。

翠云廊，古人就赞美它"三百长程十万树"。正是古蜀道上由参天古木护持的一段。古人修筑或维护古道时，会同时在古道两旁栽下行行树木，"植木表道"。古木全是柏树，每一树都亭亭如盖，树树枝柯相连。从七曲山下开始，一路向北，越过剑门雄关，这条古柏夹峙的道路绵延了三百余里。当年，拓路植柏的人们却是从北方开始修筑这条道路，当他们面前出现了四川盆地平坦无垠的千里沃野时，这条古道便到了终点。当地有一个传说，路修到这里，接下来已是一马平川，那些没有用尽的柏树就都栽到了七曲山上。于是这座山就由千棵万棵的柏树荫蔽起来。今天，走在那些古柏的阴凉中，古道上那些铺路石上，还深印着车辙与马蹄印。那些"霜皮溜雨"的古柏的枝柯间传来清丽的鸟鸣，仿佛听见了穿越千年时光而来的驿马銮铃声，忽高忽低，似近又远。

然后就来到了上亭驿。

这是一段顶部平坦的山梁，路旁有两户农家，几树樱花，几块油菜花田。道路另一边，临着山涧，旷地上立着一通石碑，上书"唐明皇幸蜀闻铃处"。原先，这里曾有过一座名叫上亭的驿馆。安史之乱爆发，唐明皇仓皇出逃，经历马嵬兵变，穿越幽深险峻的秦岭，到此处，已然不见刀光血影，兵戈之声也远在秦岭以北，惊慌失措的唐玄宗这才稍稍定下神，安下心来，时在公元 756 年农历七月十七日。那时这山里已经有些淡淡的秋意了。那时，天空中一定有一轮明月高悬，正是白居易所写"夜半无人私语时"，风摇动檐前驿铃，在唐明皇这个痴情皇帝听来，都是那位"宛转蛾眉马前死"的杨玉环，一声声急，一声声慢，还在叫着"三郎……三郎"。现在，立在碑前，却只见道旁坡下古柏森森，有蜜蜂在菜花间振翅吟唱。历史太过久远，这样的故事已经激不起情感波澜。上亭驿也不存片瓦块砖。古道上来来去去过那么多人，都比路更快地掩入了荒烟蔓草，消失不见，只有少数人留下真伪难辨的故事还在流传。更多最终会在路上消失不见的人，会传说那些故事，为发一点幽微诗情，为得一些道德教训。而唐明皇的这个故事，显然是两者都兼备了。至于人们是否真能从这样的故事中得到真正的教训，那又是另一回事情了。

但我们都还愿意做那个传递故事的人，同时也就处在故事的氛围中了。

这是七曲山为游人进入它的主题故事准备的一个序篇。

离开上亭驿，再上路，古柏苍翠的七曲山就在眼前了。一路上，香客络绎于途，进入古柏林中不多时，就已经看见了密林深处现出了重阁飞檐，听见了笙箫之声。庙旁广场上有一座戏台，一些穿了旧时衣裳的人，正在合奏作于七曲山的篇幅浩繁的道教音乐《文昌大洞仙经》。高亢时是在赞颂神仙，低吟时是在劝谕众生。进入庙中，一重重殿，一座座阁，供奉着多神信仰中不同的神，也是中国古庙的气派与格局。但占着最重要地位的，就是那位主管人间文运的文昌帝君。香花、炷香、红烛，大都奉献在这位也叫奎星或魁星的文昌帝君神位之前。看那些签上之词，看那些还愿供物上的文字，无一例外，都是为在各种升学考试中得到好的成绩。未考之前，来乞求好运。还有考好了，前来还愿。学生、家长，熙熙攘攘。中国人兴文重教的传统，延续了几千年。崇拜孔子之外，一地方，冀文运昌盛；一个人，一个家庭，望科考顺畅，既崇孔子，也拜文昌。现在，裹入人流，自己的心情也变得虔敬庄重了。这些都是题中应有之义。

在重视教育的中国，孔庙之外，文昌宫也是到处都有的。但现在，我们来到的七曲山大庙，叫作文昌祖庭。也就是说，遍布海内外华人世界的文昌崇拜，都是从此地起源。出得庙来，庙侧的广场上，洞经音乐还在继续。音乐声中，人们正在置高案，铺红毯，明天，这里将举行两岸同胞共同参加的文昌祭祀大典。

也许是文昌帝君要让我多知道些他的故事，才让我在这里遇到一位熟识的老作家。他是专程来为这次大典撰写祭文的。眼下，祭文已成，他又到这重阁柏影中来走走看看。找了间茶室，窗前柏影森森，杯中绿茶青碧，我们谈论着从梓潼七曲山肇端，最后广布华人世界的文昌信仰。

文昌，是中国古人智慧天空中的星宿，封为道教神灵后便主司人间文运。

可是，在荒蛮的古代，道教还没有产生，天上的某个星座还未有文昌的命名。这里就有了原始的神灵崇拜。那时梓潼当地有一个从狩猎转为农耕的强大部落。首领名叫亚子。那似乎是连文字都还没有产生的时代。亚子却已经用善恶观来统领他的部落。一个今人称之为"祠"的宗教建筑在现今的大庙所在地出现了。祠中没有神像，而是陈放着一些画上符号的木板。一个人做善事好事，刻一个符号在上面；一个人做了坏事，也有一个相应的符号。这个板叫"善板"。亚子让部落民众相信，做善事多者，得善报。作恶多者，将被一种叫"雷"的神秘力量惩罚。后来，梓潼部落灭于更强大的蜀国。亚子死难。他被部落民刻木成像，穿上他在世时的衣服，供奉进"善板祠"，化身成了梓潼神。人们相信他有神力保佑一方土地没有瘟疫，风调雨顺，五谷丰登。再后来，就接续上了唐明皇避乱入川的故事。唐玄宗夜宿驿馆时，也没有一味陷入思念杨贵妃的悲情中间。他终于还是睡着了，梦见了叛乱的平定。虽说是别人的浴血奋战平定了叛乱。他在北回长安路上，再次经过七曲山，想起那个当时曾给他些许抚慰的梦境，认为他得以北返长安应是亚子显灵的结果，便封这位梓潼神做了"左丞相"。唐朝是中国史上强盛的帝国，梓潼神亚子受封却是在唐朝皇帝最为凄惶之时。而被更凄惶的人

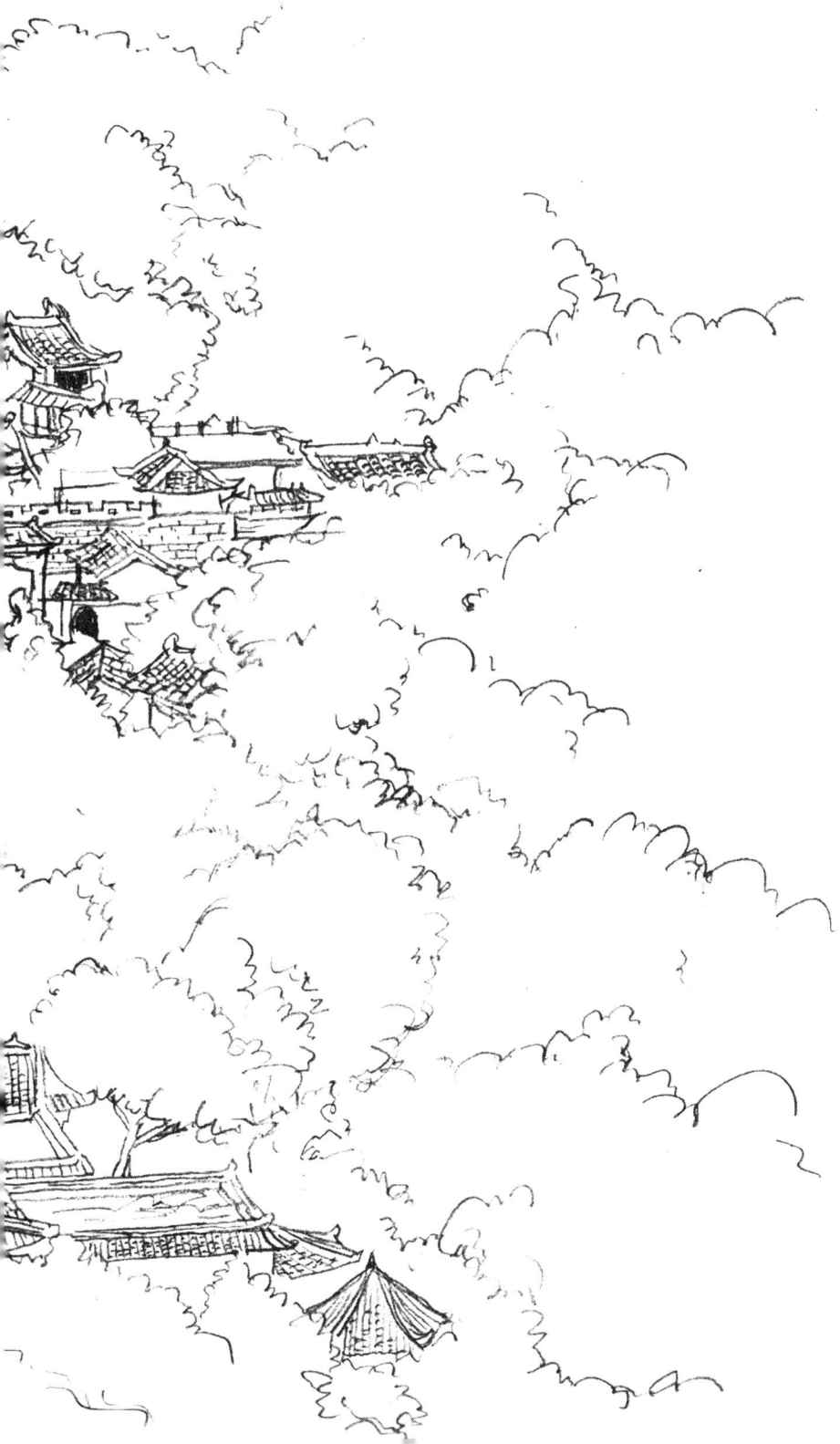

赐封号的故事还会发生。也是唐朝故事。那是最后一位唐朝皇帝了，他被黄巢起义军逼入四川避乱。逃亡在古蜀道上的唐僖宗夜梦亚子请缨平乱，于是，在七曲山将亚子封为"济顺王"。这两位唐朝皇帝，仓皇辞庙之时，众叛亲离，最缺的是忠勇的武将保护，亚子便应势而成为一个护佑皇家的武神。

等改朝换代完成，天下稍安，便要偃武修文，于是，亚子便应了这样的政治需要开始向着文神转化。先是南宋高宗皇帝封他为"神文圣武孝德忠仁王"，再是元朝皇帝仁宗封其为"辅元开化文昌司禄宏仁帝君"，从此被正式纳入道教的多神系统，终于完成了一个地方神向道教神的转化，也完成了一位武神向文神的转化。从此，一个蛮荒时代的部落首领终于演化成了主宰地方文运与学子前程的文昌帝君。

追踪这个变化过程，我们看到的其实是一条文明演进轨迹。也可以看到人在什么样的情境下，会转而寄望于超自然的神力。中国有几千年兴文重教的传统，也为读书求知定下了不同的目标，有"格物致知"，有"明心见性"，最终还是"修身齐家治国平天下"这样的倡导，与科举制度高度合拍，人文理想的实现先得在自下而上的考试系统中出人头地，取得功名。这也是梓潼的亚子由人而神，并得到越来越广泛崇拜的过程。文昌帝君对应的那个星宿本名为"奎"，在七曲山大庙也就大书为魁首之"魁"了。

文昌崇拜只用数百年时间就广布天下，这期间，文昌神的形象也在不断重新塑造。在七曲山大庙看到用文昌帝君口吻所写的《阴骘文》一通。文章开篇就点明梓潼神亚子曾不断重返世间："吾一十七世为士大夫身"，从部落首领变成了士大夫了。其自述的功德是"救人之难，济人之急，悯人之孤，容人之过"。这是一个复杂的形象。有道家的影响，有佛家的情怀，也是儒家的修为。由此可见，这位道教之神的形象塑造中有诸多对儒家与佛家道德观的吸纳。《阴骘文》其实是一篇劝世文章，"于是训于人曰"种种行善积福的事例。有"救蚁而中状元之选"，有"埋蛇而享宰相之荣"。更直接提倡广行三教，"或奉真朝斗，拜佛念经"，在道德层面求善并没有一门一教的门户之见。而提倡"诸恶莫作，众善奉行"，倒是又与亚子所创"善板祠"的动机一脉相承了。文昌帝君是皇家诰封的尊重身份，信仰的内涵却是民间色彩浓重的道德教化。看起来无非是劝教向善，真做起来却也是知易而行难。所以，信众也需要一个切实的酬答，不是道教许诺的长生成仙，也不是佛教报以往生西天极乐世界，而是现世的报答。按《阴骘文》所说，是报应于现世的"驷马之门""五枝之桂"。这是一条寒窗十年后，一举成名致仕的光荣路径，既适应国家体制，更符合国民心性。今天，科举制度虽已废除一百多年，但普通人最主要还是通过教育改变命运。更普及的教育带来更多的考试，考试的成功意味着更多有关前程的选择。对于一个人、一个家庭，考试的重要性显而易见。于是，相比于道教众神殿中其他神灵，主管文运的文昌帝君自然就得到更多的信仰。拜这个神可以白日飞升，拜那个神可得长生不老之术，在面对着更多迫切现实焦虑的老百姓看来，非但结果难以验证，实行起来也有重重困难。倒是文昌帝君所司所管，是中国每个家庭的心心念念。这一点，非关制度，而是一种文化的定命。所以，明天就要举行的一年一度的文昌帝君的祭典，才有来自海峡两岸的那么多人前来参加。我和一群作家同行也接到参加这个盛典的邀请。明天，我也将排列在奉祭的行列中，向文昌帝君献上一束鲜花。

夕阳余晖中，和朋友在七曲山古柏林中散步，离热闹的大庙越来越远，听着掠过树梢的风声，看着春日里道旁已经开放的迷蒙花和照眼的千里光，心里想着明天献花时该对文昌帝君说句什么样的话。

海与风的幅面

——从福州，到泉州

去海边，往福建的海边。那里，海与风有更宽阔的幅面。

临上路前，我正在中国的另外一端，西部高原。

大多数时候，我都在亚洲内陆的高原上穿行。高原上，风横吹，山脉不动，荒野却在汹涌。荒野上面的草、树，还有沙尘，相互征逐。然后，是夜的降临：星光淅沥，寒气下降，一切都凝结，霜花闪烁，星星点点。连水都静下来了，一条条奔流的河，泻入内陆的咸水湖，静止，凝结，如酥酪，如硝盐，如水成岩。水成岩，就是水中物质凝结成的石头，只剩下一个人，在时间的深渊旁，思绪明灭，犹如星光。居住在高地上的人们，相信自己可以俯瞰世界。换个角度看，也可说很容易被封锁在一个难以突围的世界中间。难以逾越的雪山，参差在四周。在当地语言古老的修辞中，这些雪山被比喻成栅栏。栅栏是人类基于防范的发明，别人进来不易，这物化的东西竖立久了，即便作为物质的存在已然腐朽，化为了尘，却依然竖立在灵魂中，别人进来已无从阻挡了，但那东西的影子·毒刺一般立在自己心中，反倒成了自我的囚笼。

离开高原前的某个夜晚，我一个人站在高地上那些四围而来的奇崛地形中间，一半被暗夜淹没，一半被星光照亮，脚下是土层浅薄的旷野，再下面是错落有致的水成岩层——那是比人类史更长的地理纪年。以千万以亿为单位的地理纪年告诉说，脚下的崎岖旷野，曾经是动荡的海洋。间或，某个岩层的断面上会透露出一点海洋的信息，一块菊花石，或者一枚海螺的化石。但是，从这化石中已经无从听到什么了。一枚海螺内部规律性旋转的空间也填满了坚固的物质，那是上亿年海底的泥沙，已然与海螺一样变成了石头。本来，从一个空旷的海螺壳里，确实可以听到很多声音回荡。我相信那是海的声音：宽广，幽深，而又动荡。

因此，我总向往着要去海上旅行，或者需要不时抵达那种可以张望海洋、听得见海潮鼓涌的地方。

那些有腥膻海风吹拂的地带，和中央高耸、四围无际的陆地大不一样。在那里，陆地只是一个开敞的狭长的地带，濒临着宽广与魅惑的海洋。那里通行另外一组词：信风、洋流、异国、远航——即便是帆已破碎，却未能抵达目的地的远航。那里的陆地也会对海洋采取防守的姿态：用岩岸，用盐沼，用红树林，用长长的防波堤。同时，那里的陆地也向着海洋敞开。在每一条河流的入海口，在那些三角洲上，大陆向着海洋敞开。那是内陆社会以外的另外的壮阔景观：港口、船、潮水，还有灯塔，口音奇异的人群，他们依靠另外的词汇交谈。他们站在陆海的交接线上劳作交谈时，远处，水天相连，浑茫无边。

我这个骑马民族的后裔，虽然已经告别游牧，坐在书房，因为海洋经验的缺乏，只能在生起海洋之想象时，以别人的诗章浇自己的块垒。我想起聂鲁达《大洋》中的诗句：

> 这不是最后一排浪，以它盐味的重量
> 压碎了海岸，产生了
> 围绕世界沙滩的宁静；
> 而是力量的中心体积，
> 是水的伸展的能量，
> 充满生命不能动摇的孤独。

我愿意直接从高原上下来，越过那些深陷于山间平原与丘陵间洼地的内陆省份，直接就落脚在腥风扑面的狭长海岸线上。航空业为这个愿望的实现提供了可靠的支撑。当飞机越过深陷的内陆时，我昏睡。临近海岸时，我醒来，凭窗俯瞰。曲折的海岸线，孤悬的岛，与大陆藕断丝连的串珠般的群岛，蓝色海洋，用波浪、用沙滩给每一座岛镶上一道飞珠溅玉的花边。

我还想起一本古代的阿拉伯地理著作中关于海浪的描述。在这本地理书的修辞中，把海浪说成"海水在膨胀"："海水在膨胀如大山之后，它们又落下去如同深谷一般。但这种海浪不会碎成浪花，从来也不会覆盖如同人们在其他海中发现的那种泡沫。"

正是这样起伏的海浪构成了海洋与陆地截然不同的富于张力的表面。也是因为这张力，使得阳光下的海以及向海敞开的河口，闪烁着金属般的光泽。

飞机在降低高度，那大河的出口越发清晰。

陆地沉黯，水，闪闪发光。越发开敞的河流闪闪发光。浩渺的海洋更加闪亮。

事前细读过地图，知道现在机翼下缓缓流向海洋的水流是闽江。在自身造就的小平原上，闽江舒展开了身子，一分为二，造出一个岛，还在岛的两个对岸造出更宽广的土地，让人们在河流即将入海的地方造一个城。这座城叫作福州。然后，再合而为一，流向海洋。而在即将入海的地方，又一分为二，再造出了一个大岛和若干小岛。所有那些迂回曲折，是要造成一些深水区，让向往海洋的人们营建港口和船厂。

走出机场，车上高速公路，木棉花盛开，台湾相思树树冠华美，凤凰树羽叶飘摇，看不见海，东南风吹送，充满我鼻腔的已是来自大海的味道。当天晚上，在福州城，朋友请茶。茶自武夷山来，那里是闽江源头地区。饮茶的深夜，我想，这时，闽江正浩浩荡荡奔向海洋。在它的入海处，某一处港口，正有一艘大船，解开了粗缆，发动了轮机，正缓缓起航。众多的货物中，有一宗最古老，也最新鲜，还带着初春山林气息的货物，叫作茶。密闭在集装箱里，要随船去往异国，去往他邦。在异邦的另一条河口，某个海港，已经有茶叶抵达，巨兽般的吊车启动，把东方的货物环抱上岸，而某一家高鼻深目的主妇，正在准备合适的桌布与瓷器，来迎接中国的神奇树叶。因为这些茶叶，还有丝绸与瓷器，一本古老的阿拉伯地理书的作者揣测说："流经中国的河流跟幼发拉底河和底格里斯河一样大。"那位古代的阿拉伯地理学家一定认为，没有浩大的有航行之便的河流的驱动，人类就不会航向海洋。没有大河的驱动，人类就不会想到，要从没有陆地的海上，去寻找另外陆地上的国家与城邦。

尽管我们早已知道，仅仅只是流程短促的闽江，就可能比那些在阿拉伯沙漠中流淌的河流更加水量丰沛，却又不能不承认，是他们早于我们开始对与水相关的世界的探索与想象。那个叫马苏第的古代阿拉伯人早在公元十世纪就写下了上述所引的文字。据说，他曾经从巴格达出发，穿过印度洋，直到马来群岛，到达过南中国海上。

这次福建之行，几乎所有的参观项目，都与海洋相关，更准确地说，是与中国人如何走向海洋密切相关。

为了叙述的方便，我得打乱一下参观路线上时间与空间的顺序，为的是，不必让那些历史相互交叉的线索过于夹缠。

福船博物馆在福州著名的三坊七巷。博物馆坐落于一个重门深户的古老民居中，套叠数进的传统院落，正好构成一个递进的关系，成为一个以空间展开时间的场所。在这里，我们看见了濒海的人类建造船舶的历史。从简单的独木舟，到深谙流体力学的，状若展翅飞鸟，下有分隔的水密舱室，上面耸立楼层的曾经远航到大洋之上的福船。我们既直观地看到造船工艺的演进，更可以想象一代一代的弄潮人，怎样驾着这些船，驶向远方广阔的海洋，在一条条陌生的海岸线上，靠近一个又一个远方的岛屿与大陆。博物馆中还陈列着来自异邦的船舶。我注意到，解说员不断强调，以福船为代表的中国船，采用的是飞鸟的造型，而西方的船舶采用的是鱼的造型。船舶的航行，凭借的是风与水两种动荡的流体。福船那飞鸟展翼般的造型，显得更轻盈，其中既包含对自然之力的充分理解，更体现出中国人审美中一以贯之的飘逸之感。我恍然看到现在停靠在博物馆、被精心布置的灯光所照亮的福船，正在海上航行。那姿态仿佛一只正拍击着翅膀准备从水面起飞的大型海鸟，开展而上翘的船头犁开海面，激起浪花，又压碎了浪花。季风到时，顺着洋流，那船是怎样轻盈地飞掠在宽阔的洋面。

中国的文化本来是多元的。在大河的上游，高原上游牧的民族，也以马背为舟，席地幕天，即便身处蒙昧，也追求着一种宽广的生活，而在河的下游，向着海洋敞开的三角洲，也哺育出另一种更具冒险精神的文化，激情被未知的宽广所激荡。如果中国一直以这样多元的文化相互激发，而不是日渐以河流中游农耕文明哺育的文化一统天下，那该是一种什么样的景象？

航海人去向远方，往南，是南洋，过了南洋，再往西，是印度洋。

航海人去向远方，往东，是台湾，过钓鱼岛等一系列岛屿，是琉球，是更为宽广的太平洋。

当一个族群总是去往远方，远方的族群也会来到你的面前。

在福州城里，就有一处专门招待"远人"的所在。那里，老榕树笼罩的阴凉隔绝了近处大街上喧哗的市声，也庇护着一座古老的建筑：柔远驿。这是一座始建于明代，又在清代重建过的驿馆。据当地有关海洋交通的史料，那个时代，正因为有了福建所造那些适于远航的福船，明中叶之前，琉球群岛和中国大陆间的交通以直航福州港最为便捷。加上从事中琉贸易的人很多是明代初叶移民到琉球的福州河口人，因此前来中国的琉球人，无论朝贡还是通商，往往先在福州港靠岸。于是，当时福州官方便在城东南建好廨舍，专供琉球人驻足盘桓，福州民间称之为琉球馆。明朝成化八年（1472年），正式设立怀远驿以接待琉球来往人员，其地址就在原琉球馆附近。明朝万历年间，怀远驿更名为柔远驿。其意取自《尚书》中的"柔远能迩"，寓意优待远人，以示朝廷怀柔之至意。

现在，柔远驿四周高楼林立，出了树荫浓重的小街口，市声沸腾，但远方来人也早绝了行迹，已经改造成一座博物馆的古老馆驿静寂无声，只有一些经历了历史上重重劫火而得以存留的文物在顽强证明中国古代也有过何等开放的文明。上世纪八十年代初，我曾在中学课堂上照本宣科过中国历史。那些历史教科书中，有一个不容置疑的结论，那就是封建王朝的闭关锁国。其实，那时才是重门深锁后国门初开。我们在意识深处只是从一道门缝中好奇地向外张望，而没有想过要超越一元论史观，全面地打量自己国家历史更复杂的局面。这种影响，在国人思维中其实一直延续至今。所以，当我在柔远驿改建的博物馆中看到两张记录道光十六年（1836年）和道光十七年（1837年）琉球和福州间往来商品的详细记录时，心理感受要说是"震动"也是毫不为过的。

所以，我愿意不避文章的冗长将这物品清单抄录在这里，因为，很长的历史时期以来，我们总是急于对历史进行意识形态的定性，而对于丰富的细节以及包藏其中的意味过于忽视了。

道光十六年琉球使者从海路输送到福州港的主要物品：

海带菜，一十五万七千余斤；海参，二万三千斤；鱼翅，七千斤；

鲍鱼，二万九千余斤；目鱼干，五千二百余斤；

酱油，五千三百斤；铜器，九十斤；

棉纸，一百二十余斤；刀石，一千余斤；

金纸固屏，二架；白纸扇，一千把；

木耳，一百余斤；夏布，三百二十匹。

道光十七年从福州港输往琉球的物品更加丰富多样：

绒毯，三千六百斤；药材，二十一万余斤；砂仁，八千四百斤；

茶叶，七万二千斤；粗瓷器，三万五千余斤；白糖，六万五千斤；

沉香，八千三百斤；徽墨，八十斤；线香，一万一千余斤；

锡器，一千一百余斤；玳瑁，一千一百斤；甲纸，二万零五百斤；

虫丝，八百斤；棉花，三千五百斤；粗夏布，三千四百匹；

油伞，九千把；毛边纸，十一万六千余张；

针，二十五万根；织绒，六十匹；油纸伞，二万二千余把；

大油纸，三千四百张；篦箕，八千个；漆茶盘，六千个；

哔叽缎，二百丈；中华绸，二百九十余匹；绉纱，二百三十四匹；

小鼓，二十余面；旧绸衣，二百余件。

愿意不厌其烦，抄录这张贸易物品清单，因为这是历史生动而丰富的细节。从这张清单上，可以揣想那个以外邦藩属朝贡、朝廷赏赐为主，民间自发贸易为辅的贸易体制的面貌。也可以从这份清单看到中国以精细的农耕和手工业技术为核心而对周边藩属之国保持的延续了上千年的技术优势。中国的商船扬帆出海，周围的藩属之国还在从陆上、从海上络绎前往中央之国。但是，这时已是道光十七年，大清国正在从其天朝大梦中滑向迟暮之年。与此同时，那些比传统外邦更加遥远的殖民帝国正四围而来，鲸吞，或者蚕食由朝贡体制维系的中国周围的藩属之国，将他们改名换姓。正如《剑桥插图中国史》所说："当世界力量的平衡慢慢移动时，没有任何中国人给予足够的关注。"乾隆皇帝在答复英国国王要求通商的信中是这样说的："天朝物产丰盈，无所不有，远不借外夷货物以通有无。"这是以朝贡羁縻藩属之国而得到的经验。上述的物品清单正是这种意识的有力支撑。道光十七年（1837 年），在福州，与琉球的海上贸易还在进行，琉球的使者与商人还出入于柔远驿中。但更大宗的与正在兴起的海上殖民帝国的贸易却被朝廷限定在广州。"中国人不按欧洲商人希望的数量购买其羊毛、刀子和钢琴"，而对欧洲人来说，工业革命后，购买力增加，不但传统的丝绸与瓷器需求更加强劲，新的消费习惯又形成对于茶叶的需求。"山雨欲来风满楼"，柔远驿里进出的人们感觉到了风暴的来临吗？中国的中央朝廷感受到了这种危机的迫近吗？那些琉球的朝贡使与商人感到他们最终将像脱离了引力的陨星被更强悍的引力场所虏获吗？我想，末梢神经总是敏感的，总是会感受到危险的迫近。只是，把这些信号传递给中枢的途径已被阻塞，又或者，那个本来拥有多元文化信息来源的中央大脑，早已习惯于接收与处置陆地农耕文明的信息，而将本国文化中本就具备的源于海洋文明的传来的种种信息顽固地屏蔽了。如果没有工业文明的兴起，没有西方列强的次第东来，那么，看看张挂在当年的柔远驿墙上中国输出物品的清单，就知道，那一切，对于一个自给自足的社会来说，似乎真的是不需要什么了。那些物品，是足可以维持一种稳定而且雅致的生活了。

但这时，一套由西方人制定的游戏规则已经在全世界运行，"他们希望中国放弃朝贡贸易，通过特使、大使、商约和已经印行发布的关税率处理与他国的关系"。但这样的声音让依然以为自己处于世界中央的大清国朝廷没有听见。读书人还在书斋里背诵孔子的语录："远人不服，则修文德以来之。"是的，周围的藩属之国总还要从海上，从陆上络绎而来。但三年后的道光二十年（1840 年），鸦片战争一声炮响，他们都要日渐疏离了，失去这些藩属屏蔽的中国，漫长海岸线上所有通向内陆的河口都将在强力的驱迫下，不情愿地敞开。

　　一个悲情时代正在到来。

　　在福州，很多纪念性的处所，都是温习这段悲情的课堂，但我不想花太多时间去重温那些悲怆。我更愿意重温中国人，至少是东南沿海的中国人频繁而自信地出入于海上的时代。也是在柔远驿，和当地朋友交谈时，听到了番薯如何进入中国的故事。当地史志中记载："按番薯种出海外吕宋。"其实，番薯和今天我们习以为常的很多食材，如：辣椒、玉米、西红柿、马铃薯等来自更遥远的美洲。番薯也是一样，先是被殖民者带到欧洲，再传到吕宋，然后，被明万历年间到吕宋进行海上贸易的福建人陈振龙发现。他见当地遍植番薯，并了解到此种作物耐旱、高产、适应性强，生熟皆可食用。一本欧洲人所著的叫作《改变历史的贫民美馔》的书中说："甜薯，是牵牛属的一种蔓性植物，在哥伦布登陆海地之后，便跟着他回到了西班牙。""自 1493 年开始，西班牙的船只从海地及其他地方陆续回到欧洲，并引进了甜薯。"最初的欧洲人并没有充分认识这种植物的食用价值，而是被西班牙国王作为观赏植物栽培在花园中。后来，他们又将这开花植物赠送给英格兰国王。这个国王是亨利八世，"也非常喜欢甜薯，却是为了一个终将让他失望且沮丧的理由：他以为这是一种春药"。这个甜薯，就是福建人口中的番薯。我们已不知道此种作物又如何传播到吕宋诸岛，却确切地知道，恰恰是在番薯进入欧洲的一百年后的 1593 年（明万历二十一年），陈振龙将番薯从吕宋引种到了家乡福建。我们还知道，那时番薯的经济价值已经被殖民国家充分认识，所以，其种苗和种植技术不是自由传播的。陈振龙是靠把番薯藤编织在船上所需的众多的索具中，才避过了出境检查。他经过七昼夜航行回到福州，随即在住宅旁的空地上开始试种。这时正逢闽中大旱，五谷歉收，陈振龙促其子陈经纶上书福建巡抚金学曾，报告吕宋番薯可以救荒。金巡抚允许试种，俟收成后呈验。当年，试种成功，金巡抚即于次年传令遍植闽境，解决荒年缺粮问题。闽人感激金学曾推广之德，一时间曾将番薯称为金薯。今天，中国凡气候适合之地，已遍种此物。并在中国不同的方言区中有了更本土的名字：比如地瓜，比如红苕。今天人们不仅食用其淀粉丰富的块茎，其藤叶，也成为一道餐桌上常见的健康食品。这次行于福建沿海，有虾蟹鱼蚌的餐桌上，也总有一盘嫩绿的薯藤在丰富的动物蛋白中加添几缕植物疏淡的清香。今天的贸易的主流，是技术与资本，而在古代，从陆上丝绸之路到海上丝绸之路，来自不同方向的众多的外邦植物改变了中国的农业与中国人的食物结构。

　　一个番薯故事，足可让我们体会到开放与贸易带给人民的福祉。

　　所以，我更愿意先来写写此行在曾经因开放而繁盛了好几百年的泉州的所见所感。

　　十来年前，去过一次泉州。唯一的原因，就是从书上看到这座城市曾经的一个名字，刺桐。字是中国字，词是中国词。但不知为什么，却觉得那是一个异国风味十足的名字。和读历史中那些用非汉语的字眼对音而成的地名一样有着别样的风情。那些引起我同样兴趣的地名是汗八里，是花剌子模。是暹罗，是占城。那是中央朝廷还没有动不动就兴起海禁之想的时代里流布于汉语典籍中的名字。

刺桐，这种春天开满红花的树木和番薯一样，也从南洋而来。这种极具观赏性的高大乔木，至少在唐代，就已经完全改变了一个中国城市的面貌。读过一本写中国古诗中植物的书，说刺桐在唐诗中已经大量出现。

> 海曲春深满郡霞，越人多种刺桐花。

那时，阿拉伯人早已从海上来到过中国。

前面说过，生活于十世纪的那个叫马苏第的阿拉伯人在他的地理学著作《黄金草原》中，已经有了关于中国的描述，他说，从阿拉伯出发，要经过七个不同名字的海，"第七海是中国海"。那似乎也是他们向东航行的极限，"在中国已远，于大海下侧既没有已知的王国，又没有已被描述过的地区，惟有新罗及其附属岛屿例外"。

《黄金草原》作为一本古代的地理书，大部分篇幅说的是海，是船，是海路，和海路通往的那些传说般遥远的国家，却偏偏命名为草原。把海洋当草原，游牧其上，那人内心里鼓荡着的是怎样一种浪漫精神！这位地理学家甚至用阿拉伯语给中国的皇帝重新命名。比如奈斯尔塔斯、比如阿温、比如艾赛敦。他还记述了一位他命名为赫拉丹的中国皇帝，"该王令人建造了大船，让那些负责出口最为典型的中国产品的人登上了船，以前往信德、印度、巴比伦等远近不等和通过海路可以到达的地区。他们必须以他的名义向这些地区的君主们奉送珍奇的和价值昂贵的礼物。在他们返回时，又为他带来了在食品、饮料、衣服和毡毯方面最为珍贵，甚至是最为罕见的物品。此外他们还负有致力于了解他们曾参观过的所有民族的政府、宗教、法律和风俗习惯的使命。"

这些文字记述的大约是唐代时的中国。陆疆与海疆都高度开放的中国。但是，今天已经很少遇见唐代的文化遗存了。在泉州游走，总是会跟郑和劈面相逢。在地面上，一座面海的山丘，还竖立着一座高塔，传说郑和下西洋前，屡上此塔眺望海上浩渺的烟波。在地底下，前些年出土了一座被海边的风潮掩去的寺院。在这座重见天日的佛寺中，循例该有的佛教众神殿中的那些佛菩萨外，还有妈祖和郑和雕像，作为那些时常去往无边的海洋上闯荡的泉州船民们的庇佑之神，与佛教的偶像一起在同一座大殿中享受香火。郑和的先祖是中亚细亚人，从陆上丝绸之路来到了中国。到郑和从中国海航向阿拉伯海的时候，除了伊斯兰信仰，他已经是一个百分之百的中国人了。泉州当地史志中还有关于率船队扬帆远航前到灵山圣墓行香的记载。

灵山圣墓，坐落于泉州城东灵山南麓。唐武德年间，即公元七世纪初叶，伊斯兰教初创，即有伊斯兰教创始人穆罕默德门徒四人随商队东来中国传教。正如《古兰经》经文所说："船舶在海上带着真主的恩惠而航行。"这四位伊斯兰贤人到达中国后，三贤、四贤便在泉州居留传教，并在此终老落葬。这两座并排安卧于泉州的伊斯兰式墓葬，就是在整个伊斯兰世界看来，也是现存最古老、最完好的圣迹之一。

郑和下了西洋。他的航迹最远处究竟抵达何处，在今天的世界重又成为人们热心争论的话题。

这其实并不十分重要。

要紧的是他们的行为方式与目的，带着那么强烈的中国文化印记，正如马苏第在《黄金草原》中的记述："他们还负责激发外国人对宝石、香料及他们祖国器械的热爱。大船分散于各个方向，在外国靠岸并执行委托给他们的使命。在他们停泊靠岸的所有地方，这些使者会以他们随身携带来的商品样品的漂亮程度而引起当地居民的赞赏。"于是，"大海流经其疆土的国家的王子们也令人造船，然后载运与该国不同的产品而遣往中国，从而与中国国王建立联系，作为他们获得该国王礼物的回报也向他奉献贡礼。这样一来，中国就变得繁荣昌盛了……"

唐代或更早前的中国人如何扬帆去往海外，从中国的典籍中已经很难寻觅翔实的记载，但在这些早于郑和下西洋五六百年的记述中国人航向世界的文字，仿佛正是对郑和们所做功业的详细描摹。

至今，在泉州当地还有遥远的锡兰王子因故不能归国，而长留泉州，其家族世代繁衍而最终化入中国的美好故事。

漫步泉州城中，四处都有海洋文明所带来的多元文化的遗存。

伊斯兰教的清净寺创建于北宋，据说是仿照了大马士革著名的礼拜堂的形制。如今这座寺院已基本损毁，但有着鲜明阿拉伯风格的门楼依然高耸。倾圮的礼拜堂有了更中国化的名称：奉天坛。但四围的墙壁仍在，其西墙正中还有拱形的壁龛。内壁上镌刻的阿拉伯文仍清晰可见。专家告知，这些文字都是《古兰经》中的警句。今天，信众们的礼拜之处是屡塌屡修的明善堂，已然是一个中国风味十足的砖木结构的建筑。

浓重的树荫背后，开元寺双塔雄峙的身姿缓缓从天际线上升起。

眼前情景正合了李太白的诗意："宝塔凌苍苍，登攀览四荒。顶高元气合，标出海云长。"不由不听了主人的导引去往开元寺。

刚刚来到庙前，我的目光便被一块石雕所吸引。这块花岩石雕砌入廊下的石阶。那狮身人面的雕像显然不是佛教众神殿中的造像。其强烈的风格让人想起印度教万神殿中的造像。然后，在这座佛寺中，我们又相继见到了多个印度教风格的神像和建筑构件，它们或者单独陈列，或者已经作为建筑材料嵌入了佛寺的整体构造。就是这样一些物件，透露出生动的文化气息：在这座佛寺建立之前，印度教也曾在这块向着海洋敞开的土地上传播，并构建过自己敬奉众神的神庙。活跃在这个城市的外邦商人，兴许也有接受了这种宗教的当地人，在这里以香花敬神，以歌舞娱神，以猛烈的祈祷求得神灵的佑助。有史料显示，唐代的时候，随着贸易的人流，从陆上和海上两条丝绸之路来到中国的，也有世界各地信仰坚定的传教者们络绎不绝的身影。他们带来了伊斯兰教、犹太教、摩尼教、袄教、景教，在泉州开元寺，我又看到了印度教也曾到访，并试图扎根中国的确切物证。印度教当时流行本地的景况已渺不可考，却想起撰于唐代的《大秦景教流行中国碑》的文字，想必也可大致构想当时印度教流布的情形：

"或重广法堂。崇饰廊宇，如翠斯飞。更效景门，依仁施利，每岁集四寺僧徒，虔事精供，备诸五旬。饿者来而饭之，寒者来而衣之，病者疗而起之，死者葬而安之。清节达娑，未闻斯美。"

今天，景教与印度教在中国土地上几乎断绝了踪迹，但同样自西而来的佛教依然在中国大地上香火旺盛。熙熙攘攘的信众，正依了佛经的教导，"见佛塔庙，作礼围绕"。

出得庙来，在佛寺之侧，我见到高过殿檐的几株菩提树，微风过处，那些有着七到八对明晰叶脉的绿色叶片便敏感地振动起来，发出细密的声响。佛教的创始人释迦牟尼就是在此树庇荫下悟得佛教精义，因此，菩提树在虔敬的佛教徒那里也是圣物，风动振叶，所发声音，亦可当成是梵呗之音，有称颂礼赞，有消除业力的无边功德。我辈俗人，不是阿难，不是迦叶，也仿佛听见佛所教导："谛听！谛听！汝当谛听！"

我静心谛听，不是佛教徒，未感受法力的加持，却似乎从历史深邃处看到文化强劲的光亮。

那天，还在树下发现数茎结构简约精巧的蓝色小花，如星光闪烁，这花的名字，也包含有远方消息，名字唤作阿拉伯婆婆纳。

终于到达海边了，去寻访马可·波罗出海处。立在泉州海边，退潮时分，夕阳西下，有长桥通往烟水迷茫处；身旁，在坚固的水泥码头上有起重机举着集装箱在轨道上徐行。

恍然看见中国风的福船正在扬帆出海，看见阿拉伯风格的船正在靠岸，水手们正在徐徐地落下一面面风帆。

脚前因退潮而裸露的滩涂上有小生物在匆匆奔忙，山脚前，刺桐和芒果树正在开花。芒果树以结果为要，花虽繁密却又朴素至极。但是刺桐，不着一叶，却以苍劲的枝干高擎着一簇簇艳红的花朵。仿佛为了表明来自异邦的身份，那一枚枚花朵都采取了弯曲的象牙的形状。又仿佛为了表达与这片土地的亲和，每一朵花，都闪烁着丝绸的质感。

我来到这里，还因为这些滩涂上淤积的泥沙中，曾有一艘古船重见天日。然后，我在泉州海上交通博物馆中见过了那艘发掘于滩涂泥沙下的漂亮的大船。

那是一艘宋船，船的前半部尚还完整，果然是在福州听人介绍福船时状若飞鸟的形象。果然如古典的记述"上平如衡，下侧如刃"！船的尾部已不可见，船上的桅、桅上的帆亦不可见。馆内也没有风，只有冷光源静静地照耀。

有宋一代，也许由于陆疆逼仄与局促，反倒激发了海疆的开放。高超的造船术之外，还发展出一整套的关于远航海上的知识与技术系统。

晚上翻看得自当地的《泉州古代海外交通史》，那些与航海知识与技术有关的文字真让人生出旷远之想。

　　大海弥漫无边，不识东西，惟望日、月、星宿而进。

　　舟师识地理，夜则观星，昼则观日，阴晦观指南针。

　　以针横贯灯心，浮水上，亦指南。

　　今既论潮候之大概于前，谨列夫神舟所往岛、洲、苫、屿而为之图。

　　每暑月，则有东南风数日，甚者则旬月而止，吴人谓之曰："舶舻风。"

　　船舶去以十一月，十二月，就北风；来以五月六月，就南风。

其实，航海业的发达，除了航海技术本身的发展，还有更深刻的原因。

北宋时期，泉州一带兴建许多水利工程，并从越南引进占城稻种，大面积种植。同时，棉花、甘蔗、茶叶等经济作物也开始大面积种植，并发展出成熟的种植与加工技术。更重要的还有蚕丝织造与造窑烧瓷技术的发展。唐宋时期，中国社会经济重心与人口渐渐南移。有资料表明，早在公元 742 年进行的全国人口普查中，中国南方人口所占比重就由一百年前的四分之一，增加到了接近一半。

"产自南方的茶叶不再被当作药材，而主要用于提神。全国各地的人都开始饮茶，从此茶叶成为主要商品，随着中国东南沿海及东南亚一带的海上贸易激增，广州、泉州和福州等南方港口城市发展起来。"《剑桥插图中国史》中说，"宋朝成立之初，就鼓励对外贸易，尤其是海外贸易。朝廷官员出使东南亚地区，怂恿他们的商人来中国，中国商贾也主动出击。在宋朝，载着中国商人航行在南海上的中国船只，取代了南亚和西南亚的商船……各省城市的增长速度也是前所未有的……福建北部的建康是个内陆城市，居民可能有20 万之多。福建南部的沿海城市泉州更大，其知州在 1120 年声称，该市加上乡村有 50 万居民。"

元代，泉州港繁盛的剧目还在继续上演。

所以，马可·波罗到达泉州时自然要发出赞叹："运到那里的胡椒，数量非常可观。但运到亚历山大港供应西方世界各地需要的胡椒，就相形见绌，恐怕不过它的百分之一吧。"

所以，十四世纪来到元代中国的摩洛哥人伊本·白图泰会留下这样的文字："我渡海到达的第一座城市是刺桐城……该城的港口是世界大港之一，甚至是最大的港口。"

只是，西方人所说的作为"世界中心"的中国的黄金时代行将落幕了。

明朝皇室对待海洋似乎有一种奇特的态度。

一方面，有郑和率官方庞大船队七下西洋的壮举。另一方面，又出台种种限制海洋贸易的措施。原通于万国的泉州港此时被规定只能与琉球通商。于是，当官方限制或禁止民间的海上贸易时，逐利的商人成为走私者，甚至成为海盗。在大明朝廷开始封禁海疆之时，日本的海盗，以及从事殖民贸易的荷兰人、葡萄牙人已经相继前来叩击关门了。而支持郑和七下西洋的朝贡贸易体制，终归因入不敷出，而被廷议所中止。海禁的时代到来了。

终于，随着主管海上贸易的官方机构市舶司迁往福州，泉州湾中，那些曾经帆樯如林的港口，被泥沙渐渐淤塞。还看到过一则史料，刺桐城的衰落，还与农耕时代过度开发造成植被破坏，严重的水土流失导致那些深水港被泥沙淤塞有关。总之以刺桐之名获得世界性荣耀的城池，火红的刺桐花终归是渐渐凋零了。

刺桐花谢刺桐城。

泉城已渺刺桐花，空有佳名异代夸。

所以，在福州城的柔远驿中，我知道，那张道光年间与琉球间通商物品的清单，已是辉煌落日中最后的一道余晖了。那时，中国的船队不再远航，那些不断前来朝贡的藩属之国，也行迹日疏，如陨星般一一消失了。1871 年，琉球国被日本吞并，1875 年，日本政府命令断绝琉球与中国的朝贡关系。今天，再看到琉球的消息，其名字已是非常日本化的名字叫作冲绳。连从福州去往琉球海路上的中国的钓鱼岛也被声称为"日本的领土"了。

也是在道光年间，继荷兰人、葡萄牙人以后，英国人和法国人又相继出现在中国的海岸。传统的丝绸、瓷器之外，中国的茶叶，特别是产自福建的红茶，使得这些殖民者对于闭锁海港的中国欲罢不能。这时来到中国人面前的欧洲人，不但一如既往地具有殖民者的野心，更重要的新兴的英法等国经过工业革命与资本主义革命的技术与制度革新的双重锻造，比那些老牌的殖民国家更加强大。"因为中国不愿意按照欧洲的模式组织贸易，而英国有力量迫使它接受自己的条款。"这一结果，当然是鸦片战争。西方历史学家说，这场发生于道光二十年（1840年）的战争，"为后来的战争定下了调子，而且逐渐给中国带来了重大的象征意义"。那位叫伊佩霞的美国历史学家说，这样的战争成为"一个鲜明的例子，说明国际上的以强凌弱和把不同的道德取向强加给那些试图做正义事业的人。这种道德尺度反过来使中国人很难看清自己应从西方文明中吸取什么"。

对照当时中国泛道德化的知识界主流的声音，对照当时朝廷中枢的种种反应——无论是出于国族自尊而义愤高蹈的主战派，还是因不知世界格局剧变而震愕，而懦弱，不得不在不平等条约上签字的投降派，西方历史学家的这种论断确乎道出了某种历史的真实。

中国文化中向来具有多元的基因，只是一直占据上风的大一统思想对于边缘的声音总是忽略的。中国地域辽阔，地理与官僚机构的设置总是使陆疆与海疆的声音显得微弱而遥远。在世界剧烈变化的时代，首当其冲的海疆总是更加敏感，而中枢的反应却疲惫而迟缓。

海上台风迫近，当然是身在海边的人首先感受气压的变化，首先看见天边的乌云翻滚。那时候，宋元时代曾航行天下的福船已然折戟沉沙，直面海疆危局的人，从帝国梦中惊醒，首先想到的自然是"师夷之长技"，学习西方先进技术，制造坚船利炮。

于是，左宗棠、沈葆桢这些直接面对海疆深重危局的地方大员，才要首倡设立船政局，引入西方的新技术来武装自己，力挽颓势。

我们去到马尾，当年船政局首开西法造船的地方。在博物馆中，看到左宗棠上奏朝廷，请求自欧洲"购买机器，募雇洋匠，设局试造轮船"的奏文："窃维东南大利，在水而不在陆。"其中的见识，并不是一般的应急反应，而是在"防"之外，还看到更深远的"利"。所以，制造新式战船，武装水师，不是单一的防守，而是"欲防海之害而收其利"，而要达此目的，"非整理水师不可，欲整理水师，非设局制监造轮船不可"。而要施行这些措施，非得改变一些陈旧的意识，"泰西巧而中国不必安于拙也，泰西有而中国不能傲于无也"。

回顾唐、宋、元时代，中国尤其福建一带海上贸易的繁盛，一来自是开放的襟怀，背后更有当时领先世界的造船技术和发达的农业与手工业作为的可靠支撑。

古老的罗星塔，曾是当年频繁的航海活动的见证，当福船的风帆落尽，塔下的江湾中，又一轮试图振兴的努力开始了。虽然左宗棠创立船政局不数月，就被调往伊犁捍卫西部陆疆，但他的继任者们确实做出了不小的实绩。1866 年，船厂开建。1869 年，中国第一艘千吨级机器轮船万年清号在马尾下水。1872 年，当时远东地区自制的最大兵舰扬武号首航。

船政局还充分意识到"船政根本在于学",设立船厂外,还设立船政学堂,学制五年,用法国人和法文教材训练制造人才,用英国教师和英文教材培养驾驶人才。

1866年,船政学堂初开,一个出身于当地中医世家的年轻人考入学堂,学习海船驾驶。这个人就是在中国近代促使中国人思想开放方面有大功德的严复。在马尾船政学堂学习五年期满,严复以优等成绩毕业后在军舰上开始其海上生涯。1877年到1879年,严复等被公派到英国留学,先入朴次茅斯大学,后转到格林威治海军学院。留学期间,严复对英国的社会政治发生兴趣,涉猎了大量资产阶级政治学术理论,并翻译出版了赫胥黎的《天演论》和亚当·斯密《原富》等思想性著作。相对作为洋务派的左宗棠们,严复辈对中国的自强之道有更深的认知:"自强于今日,以开民智为第一义。"有西方历史学家说:"严复一度认为,中国的困境只有百分之三十是由洋人引起的,大部分都是由自己的毛病造成的,故而可以通过中国自己的努力得到补救。"正因为有些识见,严复归国后即在天津创办以英国《泰晤士报》为范本的《国闻报》,传播新知,呼吁改革。

在那个危机重重的时代,中央王朝以及内陆的官员与学人们大多仍囿于陈规旧识,但在那些面向海洋的地方,"一个更加积极的地方精英阶层正在形成,他们渴望参与政治秩序的重建"。日本历史学家菊池秀明在《末代王朝与近代中国》一书中指出:"近代中国是中国历史上第一次从南方开始复兴之路的时代。""洋务运动、维新变法运动等改革运动以及新思想、新文化的接受与创造,亦多由南省出身的人物担任骨干,或以在此时代发展起来的南方边地城市作为其衍生发展的舞台。"

福州城中现有严复故居一处，那也是他大半生漂泊在外的落叶归根之处。他 1920 年回到福建，便在此宅中居住，次年，便与世长辞。那时，大清朝败亡，中华民国初创，新文化运动方兴未艾，随着《新青年》杂志的创办，中国思想史开启了陈独秀、胡适之、鲁迅们的新时代。在严复度过生命中最后两年的福州郎官巷西段北侧 20 号院中，我看到一副严复手书的对联："团扇初开长眉始画，落花入领微风动裾。"优雅，闲适，甚至情色。不知这副对联写于他生命中的哪一时期，其中透露的中国古典文人气息，倒与严复启蒙思想家、翻译家的形象有些矛盾，但这也正是人的复杂与丰富的一个例证吧。无论如何，在他的暮年，无论航程多么曲折诡异，中国这艘航船已经迎着来自海上的时代风潮，重新起航了。

　　这些日子，在福建的沿海游走，一直听当地朋友说两个字，也许是因为是那个简化的词组对我而言还过于陌生，也许是因为当地朋友的普通话总有些闽人特别的口音，直到行程即将结束，我才恍然大悟，他们不断重复的那两个音节是"海丝"，即海上丝绸之路的缩略的表达。从语言学的角度看，简洁缩略的表达方式的出现，意味着这种表达所指称的事物被普遍认知，或者这种表达所指称的观念已成这个语言群落的共识。

　　当年，面对老大帝国的重重危机，中央与地方，官员与学者，曾有"海防"与"塞防"之争。其实，国家安全首先就是领土与领海的完整，所以，当年左宗棠得离开刚刚创办的马尾船政局，从东到西，横穿了整个中国，率军收复伊犁，巩固陆上边疆。而今天的中国，开放自沿海口岸始，三十年后，已经是海陆边疆的全面开放。

所以，"海丝"之外，"一带一路"，这个缩略语的流行，也显示了开放观念在今天已是如何深入人心。

突然想起，去年，我曾有海上岛国斯里兰卡之行。所带的枕边书，是法显的《佛国记》。法显是东晋时代的僧人，公元 399 年，以六十多岁高龄从长安出发，经陆上丝绸之路去往印度取经学佛。后来，他由印度乘商船到狮子国（今斯里兰卡），居留两年，再乘商船东归，中途经耶婆提（今苏门答腊岛或爪哇岛），再换船北航回到中国，成为有史可考的中国同时游历了陆上丝绸之路与海上丝绸之路的第一人。在斯里兰卡期间，我常去海边徘徊，寻找当年法显东归的登船处。当然，确切的地点自然已无迹可寻了。但是，在科伦坡，面海的长堤尽头，一个崭新的港口正在兴建。港口的兴建者，是一家中国公司。港口建成后，持有该港口相当股份的中国公司还将参与海港的管理与运营。

是的，今天距福州城中柔远驿的关闭已将近一百五十年，距离严复先生在福州辞世也近一百年。面临大海的中国，在开放与禁锢中又犹疑过、摇摆过，但终于还是向着世界敞开了所有口岸，所有向着海洋的三角洲都成为新的出发地，成为新的文化与经济思想的发生地。

当然还有那一条条江河的三角洲，敞开的河口向海洋交出了陆地，敞开的河口以宽广接纳应时而至的潮汐，纵切过排排横波的是船。诗歌的记忆里的帆船，不是"野渡无人舟自横"的那一种，不是"孤舟蓑笠翁"那一种，不是那种停在农耕的村庄边的船，不是从这一村到那一村的船，是不够静谧的诗，是动荡鼓涌的诗！是海船，是去往空阔无际的大洋上的船，惠特曼写过那种船：

看哪，这无边的大海，

有一只船起航了，

张着所有的帆，

甚至挂上了它的月帆，

当它疾驰时，

航旗在高空飘扬，

它是那么庄严地向前行进，

——下面波涛竞涌，恐后争先，

它们以闪闪发光的弧形运动和浪花围绕着船。

只是现在，那些船都去掉了帆，而采用了更可靠稳定的机械动力。机器的心脏，每一次转动，都输出强劲的脉动，驱迫着沉重的钢铁躯壳钢铁骨骼的船舶，去往远方。重新航向世界的中国船来到了海洋之上，带着历史晦暗或光辉的记忆，来在了海上的中国船已经日益谙熟于洋流与信风，前方徐徐展开的前景，扑面而来的海与风，正是中华复兴理想最舒展的幅度。

桂花香里说丰年

十月，我要来说一种以单字命名的花：桂。

我在某篇写成都花事的文章里说过，差不多所有以单字为名的植物，一望而知，都是古老中国的原生种。那时书写介质得之不易，用字都省。检阅古籍，知道桂花树，在中国最早的神话和地理书中就出现了。《山海经》中就有"招摇之山，临于西海之上，多桂，多金玉"这样的记载。

这个招摇之山位于何处，《山海经》的叙述邈远迷离，我不敢臆测那个可以用作参照的"西海"是今天的哪一片水面。但至少可以知道，那个时候的人们就已经识得桂树，欣赏桂花了。不然，那时候山上草木远比今天繁多茂盛，何以独独提出桂这一种树来和地下的宝藏金玉并列呢？坡上坡下，有了这么些宝贝，这座山是值得"招摇"一下的。古往今来，金是有点俗气的。但这种香气四溢的花与温润生烟的玉并列在一起，也自是一种风雅。

某年中秋的第二天，在一座临海的山上，就看到了桂花盛开。那海是东海。山叫莫干。漫山竹林之间，凡有大路小径，都立着树形浑圆的桂花树。只是当时只顾看竹林，没怎么在意桂花。晚上了，坐在宽大的临着峡谷的阳台上看浑圆硕大的月亮，突然有香气袭来，月色如水，俯瞰山下平原，都笼罩在朦胧的月光中间，正是古人诗中的意境："桂子月中落，天香云外飘。"

脑子里闪出一个词：桂花！抬头再望月亮时，心里就有了吴刚。有了吴刚被罚在月宫中砍伐那一株永远不倒的桂树的神话。

又想起杨万里写桂树的诗：

> 不是人间种，移从月中来。
> 广寒香一点，吹得满山开。

杨诗人干脆直接声称这树本不在人间，是从"月中来"的。现在，原先广寒宫中凝结的一点冷香，来到温暖的人间，被热气熏蒸，被风吹送，就这样弥漫开来，充满世界。这个世界不单是指外部，是包括了我们内心情境的那个世界。

过几天，从浙江回到成都。桂花真的是盛开了。

坐在十楼上开窗看书。楼下两株桂花散发的香气不时扑鼻而来。忍不住下楼去看桂花。看了这两株不够，又开车去城北的熊猫基地，那里有起伏的山丘、迂回的小径、葱郁的林木。从那里望出去，还可以看到这座城市残留的犄角乡野，总之是成都一处可以尽情欣赏花树的好地方。

喜欢这个地方还有一个原因。园子大，还有一两个角落在不通往熊猫馆舍的路上，人少，有些荒芜，因此有山野的自然意趣，不像其他公园，太多人，太多人工刻意的痕迹。进了园子，先看到四季桂在道边出现。桂花细小，又隐在繁密的叶下，如果不是香气盈溢，很难引人注意。特别是四季桂，植株本就矮小，还时常被修剪成树篱状，顾名思义，虽然四季都在开放，却不像有些品种的桂花那样香气浓郁，被人注目的时候，自然不多。

但今天，我却是专程来寻看桂花开放的。只不过，不是这种四时都开却不起眼的四季桂，而是秋天开放的丹桂与金桂，还有银桂。

不等看到花树出现，已经有香气袅袅飘来，循香而去，便见几株桂花树和一些女贞、一些栾树相间着站在了面前。

桂花在植物分类上属于木樨科。

至少我认识的木樨科的植物都花朵细密，同时香气浓烈。比如丁香和女贞。在花繁香浓这点上，桂花也与同科的丁香与女贞相仿。也有不同，就是桂花远不如丁香与女贞花那么繁密，以至可以形成一个个引人注目的圆锥花序。

桂花，用植物志上的话说是"花序簇生于叶腋"。这里，有必要解释一下这个"叶腋"的意思。植物学上的定义还是很专业的——"叶片向轴一面的基部称叶腋"。没有植物学基础的人还是不太明白。但大家都看见过叶子长在树上的样子。桂花是一种阔叶树，所以我说的不是松树那样的针叶树长叶的样子，而是阔叶树长叶的样子，比如茶花树长叶的样子。这一类的阔叶树，叶子从树干或树枝上长出来的时候，每枚叶子，用四川话说，都有个"把"，然后，叶子才展开在这把上。也就是在"叶柄"上展开。而叶柄与树干间，就有了一个夹角，就像人的胳肢窝——"腋"，叶腋。腋，这个比方，就是从人身上取譬来的。是的，桂花就是从桂树叶子的腋间长出来，紧贴着枝干，相当低调地隐身在闪烁着革质光亮的对生叶下。所以，平视或俯视的时候，往往只见一树纷披的绿叶。好在桂花树总能长得比较高大。所以，一旦站在高出我们身量的树前，那些叶子就失去了掩蔽的功能，稍稍仰视，淡黄或橙黄的簇簇桂花就显现在眼前了。

常见的桂花因花色可分为三种。

开橙黄色花的叫丹桂，颜色较为艳丽，香气却若有若无。

开淡黄色花的叫金桂，颜色淡雅，香气十分浓烈。

花色再浅一些，就是银桂了。

植物界的普遍现象是，花色艳丽者并不若我们想象的有那么浓烈的香气。而香气浓烈的花，未必花色绚烂。这是因为，颜色和香气，其实都是花朵吸引昆虫前来传粉的招数。对头脑简单的虫子们来说，不必两招并用，色彩和香气，用上一招，就足够诱惑了。因为对植物来说，最耗费养分与能量的，就是开花这件事儿了。

桂是先野生而后被栽植的。朱熹写过桂花：

亭亭岩下桂，岁晚独芬芳。

叶密千层绿，花开万点黄。

都说宋诗说理多而意趣少，朱熹是那个时代产生的理学大家，但这首诗却只是观察与呈现。我看这是一株野生的桂花。成都这个地方，西面靠着横断山，北面靠着秦岭，这两个山区，是很多原产的中国植物的故乡。桂花也是中国的原生种，其老家，也就在靠近成都的大山里面。

据说，桂花驯化引种是在汉代。汉初引桂树于帝王宫苑，获得成功。唐、宋以来，桂花栽培开始盛行。特别是在唐代，文化人植桂十分普遍，因为对于需要通过科举考试走向成功的人来说，考试高中叫作蟾宫折桂，就是从月亮上吴刚砍伐不休的那株桂花树折得一枝馨香的花枝了。故有人称桂花为天香。但无论如何，馨香的桂花是来到人类身边了，进到人家的庭院了。"桂花留晚色，帘影淡秋光"，这样的诗句描摹的，已经是桂花站在人家窗前的情景了。

陆游诗"重露湿香幽径晓，斜阳烘蕊小窗妍"，写的也是桂花进入庭院中的情形。

传统上，成都看桂花最好的地方是桂湖。

那里有杨升庵这位俊才年少得意时种植桂花的传说，但是，真实性却难以确定。但他留下的一首咏桂花的诗却是真的：

> 宝树林中碧玉凉，秋风又送木樨黄。
> 摘来金粟枝枝艳，插上乌云朵朵香。

呵，由此知道，那个时候，女子们是喜欢把馨香的桂花插在美丽的头发上的。那时，"插上乌云朵朵香"的，就不仅是桂花本身了。

国庆大假刚过，我又得到邀请去温江寿安镇岷江村看桂花。寿安镇以及邻近的万春镇，以前去过好多回。因为两个镇的农家随着城市建设热潮的到来，稻田都改为栽培园林植物了。一家一户，各擅其长，种植不同的绿植：雪松、罗汉松、银杏、紫荆、樱、梅、海棠。去那里，可以欣赏植物之美，更能坐在林荫中享受农家美食。"故人具鸡黍，邀我至田家。"别人邀过我，我也邀过别人。农民有智慧，一鸡多吃。一只鸡多个做法，一个个本为供应城市绿化美化的种植园，同时开发餐饮民宿，吸引城里人去大饱口福，同时也饱赏植物之美、田园之美。

这回去的是寿安镇岷江村。

顺着新建的乡村绿道行走不远，便感觉温润的水汽弥漫。隔着树影看见了流水潺潺的江安河。都江堰分岷江河水为若干条灌渠穿过成都平原，江安河正是其中一条。这个村子叫作岷江村，是有饮水思源的意思在吧。江安河再分支渠，将这个村子的一部分围绕起来，成了一个岛：乌龙岛。一道索桥渡我们到岛上。刚上岸，就被满世界的桂花树包围了。现在流行一个词，叫作升级换代。几年不来这种地方，真的是升级换代了。道路、房屋、园林都换了模样。最引人注意的是环境卫生，干净到不敢相信这是在乡下、在村里。以前到乡下，种种的好处不说，但必须做好与种种垃圾相遇的准备。垃圾污染，不仅是视觉上的，更是嗅觉上的。比起城里，农村在生活垃圾之外，生产上所用的肥料和农药的包装，四处弃置，形成公害。制造污染的还有家禽与家畜。但今天，在一座座苗圃中，在一户户农家庭院间穿行，所有宽窄不一的道路都整洁干净，加上空气湿润，绿植覆盖，真可以说是一尘不染。尤其是水边，过去总是积满了种种垃圾。有些来自上游，有些就是附近农家随意弃置。现在，沟渠两旁掩映着干净深绿的草与树，水，缓缓流动，稍有波澜处，如有乐音响起。不像从前，桂花开在树上是香的，树下河边的垃圾却是臭的。

当然要向主人动问原因。

书记和镇长都不掠美。叫来了村长。

村长是一个熟人。精干的中年妇女陶勋花。我和她同是全国人大代表。我说我是来看你们村的桂花来了。她说，可惜桂花已经谢得差不多了。这个不怕，第一我知道桂花盛开是什么样子。第二，此时的桂花也并未凋落殆尽，还有暗香浮动。我问村子如此干净整洁的缘由。她答是垃圾分类。上个月，在上海出差，那里刚开始垃圾分类，我就听到许多人抱怨因此带来的种种不便、种种困难。我以为他们学上海学得真快。陶勋花笑说，整个寿安镇，几年前就着手治理乡村环境污染。生活垃圾的污染，生产垃圾的污染。不采取措施，新农村建设、乡村振兴就要打折扣。岷江村大，几千口人。居住却又分散。他们发明了一种新型的村民自治的组织——院落制。邻近的人家组成一个院落，民选院落长，政府引导，民主讨论，制定乡规民约。最首要的一件事，就是垃圾分类。农村垃圾分类，比城里更加复杂。生活垃圾之外，还有生产垃圾，各种农药与肥料包装。有些有毒，有些无毒，有些可降解，有些难以降解，有些回收后可以作为再生资源。引导、示范，更重要，政府要出手，把农民分类出来的垃圾运走，能再生的再生，不能再生的进行无害化的处理。

去访问了乌龙岛上的一个院落长。院落长人称余伯。管着 23 户人家。坐在他家院中清凉的树影下交谈，余院落长说，他不是官，不用行政命令，有事全院落的人一起商量，民主议事。院落墙上的村规民约中有八个字好，我抄在这里：文明倡导，柔性调节。用这种方式启发并形成了全体村民的行为自觉。

再移步，就是一家掩映于绿树丛中的民宿了。这已经不是十来年前的农家乐了。民宿保持了一些当地民居元素，同时又充满了现代感。从整个建筑与环境的关系，到建筑空间的功能设计与装饰，莫不如此。如果放在城里，打个四星是没有问题的。在一楼轩敞的空间中午餐，中式菜肴，却是西式的分餐制。还有酒。按理，工作时间不能饮酒。但主人还是给我上了一杯。因为这是村里自己生产的桂花酒。既是来赏桂花，来观摩使这个村子过上富足生活的桂花产业，自然也就想品尝产业链上延伸出来的桂花酒。

宋诗中有吟桂花酒的："大门当得桂花酒，小样时分宝月圆。"

我面前的这一杯，沁满桂花的金黄，色泽清洌饱满，真仿佛是桂花开时满月的清辉荡漾其间了。这一饮，除了桂花的香气，也分得一汪圆月的明光了。

桂花除了观赏价值外，还有作为香料的实际用途。岷江村每年收摘的桂花以数十吨计，销售到全国市场。某款香水里，可能就有这里桂花的香蕴，某种糕点里四溢的香气，也可能来自这里的桂花。到这时，我也才明白，明明在桂花花期，枝头上的桂花何以如此稀少。

桂花香里，桂花酒香里，和主人聊着村里乡里种种令人欣喜的变化。唐人的诗是那么应景："开轩面场圃，把酒话桑麻。"这话未落，心头又涌起辛弃疾的诗句，到嘴边，却把"稻"字改成了"桂"字，这真真的就是：桂花香里说丰年。

很想在这家民宿住上一晚，听江安河水，听风拂桂林，开着窗，鸟鸣虫吟之外，空气中一定充满桂花之香。要知道，中国人常常把桂花之香称为天香。

但还是得离开了。

经过一幢改造得颇具现代感的旧民居，是一间新开的文创工作坊。村中妇女在那里刺绣、编织各种工艺品。几个年轻姑娘在电脑上做种种设计。材料是乡土材料，工艺是传统工艺，设计却充满了现代气息。陶勋花村长介绍给我一位姑娘，岷江村本村人，大学毕业返回村中创业。这样返回本乡本村的大学生还不止一位。中国乡村，长期以来，青壮年都在离开。在这里，新的文明而富裕的新农村，却正吸引受了高等教育的青年人不断归来。这正是乡村振兴显露出的新气象。

又过几日，到了宁波，在甬江岸边行走时，又见一树树桂花盛开。一行人相伴着去吃渔家的小海鲜，持蟹剥蚌之时，又想起岷江村的桂花酒了。

水杉，一种树的故事

　　水杉是一种古老的植物，在地质史上的中生代晚期的白垩纪就进化为参天乔木，蔚为大观。

　　白垩纪开始于 1.45 亿年前，于 6600 万年前结束。这是在进化史上存在短暂的人类难以确切感知的漫长时间。那是恐龙称霸的时代。那个时代哺乳动物、鸟类和蜜蜂也已经出现。水杉就曾广布于那个遥远的世界。后来，一颗小行星撞击地球造成了生物大灭绝。恐龙就是在那时面临了灭种之灾。

　　人类第一次给水杉命名，不是因为发现了活的植株，而是在化石中发现了它的存在。发现者是日本的三木茂博士。他肯定这是一种与世界上所有杉树不同的杉树，并已经在地球上灭绝。这个时间是 1938 年。三木茂博士推断，水杉虽然在恐龙灭绝时得以幸存，但终于没有逃脱结束于两万年前的第四纪冰期的劫难。

　　这是关于这种植物的前传。

　　任何关心自然、对自然界中植物生存与分布有兴趣的人都知道，水杉就活在我们身边，而且广布于这个世界。十多年前，我在美国访学，人文学科的交流之余，我去寻访那片大陆上的植物，比如和水杉是近亲的北美红杉。这是杉树中体量最为高大的一种。一天，一个美国教授带我去看了一株水杉，告诉我这是从中国引进的水杉的第一代亲本，也就是说，当今美国，甚至世界上许多水杉，都是它的子孙。他甚至告诉我，这棵树的一些种子，后来又回到了它的原生地中国，栉风沐雨，生根萌蘖，展枝舒叶。

行笔至此，我忍不住起身，下楼去看小区院中池边那几株水杉。刚入住小区时，它们的胸径不到十厘米，不及一层楼高。今天已经高过三楼了，舒展的枝叶互相交错，造成了大片沁人的阴凉。梅和山茶傍着它们挺直的躯干。枝叶晃动时，投在池中的波光也在晃动，光影中有游鱼和可爱的杉叶藻。是的，杉叶藻，模仿了水杉羽状叶的杉叶藻。水杉不仅生长在我们的庭院，也生长在隔壁的庭院，生长在附近公园。也生长在包围着我生活的这座城市的广阔乡野，在道旁，在渠边，在山野。

对此景象，我不禁有些恍然。

要知道，在上世纪的四十年代前，人们还认为这种美丽的树木早就从世界上消失了。和许多经历地质与气候巨大灾变的动植物一起灭绝了。

直到 1941 年，抗日战争最为艰难的相持阶段，一个中央大学的学者，在辗转行脚去往抗战大后方重庆的路上，偶然与一株古老的水杉相遇。这位生物学者，肯定自己遇见的是一种未知植物，是一个新的物种，但他并不能确定这到底是什么。要知道这是什么物种，需要放在植物学的科学谱系中确定其位置，什么科？哪一属？然后，是什么种？这位叫作干铎的生物学者能做的，是采集了一些枝叶作为标本，向学界传递了这个至少会令行内人感到兴奋的消息。

这个偶然发现的地点，据资料记载，在四川万县磨刀溪，据说在三峡附近。

这是我所知道的水杉的最初信息。

我查过万县地图，没有找到磨刀溪。

《人民文学》主编施战军打电话来，邀我去湖北省恩施州利川县。

我犹豫，怕是去看土家风情。我愿意了解不同民族的历史与文化，但我害怕看风情表演。但他说出了一个词：水杉。接着又说，水杉发现地。我不假思索就说，去，去。

放下电话，又有些后悔了。水杉发现地在磨刀溪。磨刀溪在四川万县。后来，川渝分治，万县属了直辖的重庆，怎么跑到湖北去了？

上网查，才知道，行政区划调整，发现水杉的磨刀溪，早在上世纪五十年代就划归湖北了。

既如此，那当然要去。

动车时代，乘火车穿过四川盆地，穿过盆地东缘绿意盎然的群山，四个小时，利川到了。一个海拔一千多米的秀美的山间盆地。主人赛宝一般介绍当地美食、文化与风景名胜。我行期短促，迫不及待要问水杉。水好，茶好，歌好，酒好，但我是为水杉而来。在利川的清水河边行走，已经见到许多略带秋意的水杉。

一早起来，就去看更老的水杉。

星斗山，距县城行程七十余公里。一路上满目苍翠。农田、庭院、茶园、苗圃——大多种着等待移栽到别处的水杉幼苗。从满山的原始林中，也时时看见水杉，更多的却是它的近亲柳杉，还有连香、女贞、樟、楠、柏、松……

终点，一个植物繁育园。园中全是水杉。树身上挂了牌子。我拍下存档的这一株，就明确写着："14 号无性系。原生母树编号：1909。生于桂花村猫鼻梁上段。"翻译成大白话，就是编号为 1909的原生母树，并不在此处，而是在桂花村猫鼻梁上段。利川人说话，口音与基本词汇都与四川相同，这个猫鼻梁定是指一段山脊，形状像猫的鼻梁。无性系是一个生物学的专用术语。用种子繁殖是有性繁殖，无性繁殖就是从植株截取枝条来扦插，培养成新的植株。无性繁殖的好处是保持母本特性完全，有性繁殖则容易产生变异。利川保护水杉，是讲科学的。这个并不容易。我见过，野生珍稀植物保护，因为不讲科学而帮了倒忙的事情，而且不止一例。

在这个水杉种群保育地看了几百上千株无性繁殖的水杉，出了园子，在公路边的溪流边，就看见一株粗可合抱的老水杉，枝柯交错之下，流水潺潺，溪石圆润，其间有绿，其状如兰。也许，园中这些无性繁殖的水杉中，也有全盘承继了这株老树基因的后代。

光看这些我并不满足，心心念念的还是磨刀溪。

这里的参观结束，又去了邻近的佛宝山。山里的蔽天林木，悬垂于绝壁上的瀑布我都喜欢，但还是有些心猿意马。从佛宝山下来，过一夜，我的行程就只剩下半天了。

终于要去看那株有故事的水杉了。

当地一位朋友开车陪我去。但他说的目的地，却是谋道镇。见我狐疑，他缓缓解释，那株水杉就长在谋道镇上，磨刀溪就在镇子边上。我释然，难怪我查地图没有查到过磨刀溪。路上，他又给我解释谋道这个地名的文化含义，或者说是得名的典故。说实话，没怎么听进去，心思不在这上头。谋道，谋道，有谋有道，怎么可能不跟文化扯上些关系呢？

车出盆地，面前横亘一道苍翠山岭，不高，却绵长幽静。朋友说出这道岭的名字：齐岳。其实并没有高齐天际的气势，没关系，其中也是寄托了某种向往。

心生欢喜。

心头没来由涌出两句前人的诗："行尽山岭头，欢喜入乡关。"作者想不起来，诗题想不起来，前后句想不起来，就想起这两句。因此心生欢喜。

以为要上这道岭去，说不用了，山下通了隧道了。我想上岭去，但没说。

出了隧洞就是谋道。很安静的一个小镇。公路穿镇而过。想当年，干铎先生由鄂入川的道路也是这样穿镇而过，只是更为崎岖更为狭窄也更为寂寞的吧。停车，下来，抬头，一树蓊郁的浓墨重彩的绿就矗立在眼前。不用问，这就是那株水杉了。移步往前，到它跟前，是一株见证过风雨沧桑的老树，枝柯遒劲，树身苍老，要两三人牵手才可以环抱。一圈栏杆挡在身前，不能亲手抚摸那暴突皲裂的苍老树皮了。礼敬般绕行一周，再一周。水杉很高，使劲仰头，也未见其顶，只把我的视线引向天空深处。据当年资料，这株树通高 33 米，现今测量的准确数据是 35 米多。

水杉这种树，和所有杉科植物一样，躯干通直，挺拔高大，自有一种庄重的美感。水杉的示相，在保持杉科家族共同的雄伟特征外，又有其柔美的一面。这柔美，在于叶的质感。和其他杉树，如云杉、冷杉等质地坚硬挺直的针叶不同，水杉的叶与同一家族中的红杉更相似。它线形的叶，因扁平，因稍稍的卷曲而显得轻盈，颜色也不似云杉和冷杉们那样浓郁深沉，在阳光透耀下，像是青葱娇艳的玉翠。这些密集细小的线形叶，对称排列为鸟羽状，轻风吹拂时，在沙沙的絮语中做出飞翔的姿态。杉科这个植物家族中的大多数是常绿乔木。水杉却是要落叶的。这也增加了其观赏价值。我喜欢它春天里嫩叶初发的样子。萧瑟的冬天，它排掉一些水分，躯干和枝条变得坚硬，这是迎接北风与寒霜的必需措施。在我生活的地方，我家所在的那个小区的院子，寒冬将尽的消息，是由蜡梅的盛开首先传递的。"缟衣仙子变新装，浅染春前一样黄。"接着就是水杉了。它的枝子颜色一天天变浅，一天比一天滋润，同时也从坚硬变得柔软。那是地下的根须在向上输送水分和养料，在做一年一度萌发新叶的准备了。每天经过它身旁，都会抬头看看。每一道皲裂的老皮间每天都会透出更多的润泽，每一根枝条都会比前一天更加饱满。一周，或者再多几天，就看见幼嫩的枝梢上绽出了星星点点似无似有的绿，凝视时如烟将要涣散；再换眼，又凝聚如星，新翠点点。海棠初开时，它羽状的新叶已经舒展开来，清风徐来，借它鸟羽般翩飞的新叶显现轻舞飞扬的姿态。夏天的绿意盎然生机勃勃自不必说，到秋天，这些针叶，又一枚枚变换颜色。变成黄色，变成红色。先是星星点点，丝丝缕缕，某一天，突然在通透的秋阳下，变成了一树绯红或一树金黄。等到这些叶子脱离枝头，和冷雨一起垂降到地面，时令已经迈进冬天的门槛。每经过这样一个循环，人老去一岁，但树还年轻，明年再开枝展叶，还是一个成长中的青年。

磨刀溪旁的这棵世界上年龄最大的水杉，已经在这里站立六百多年，依然葱郁苍翠，还要见证这片土地上许多个世纪的沧桑巨变。

陪同的朋友说，从出生起就看见这棵树站在镇上。老树苍翠无言，镇的容貌已几度变化。他说，当年，镇子上有一户贫困人家，靠着巨大的树干搭一座小房子，穷困无状，竟也繁衍了三代人口。而在我读到的关于这株水杉的最早故事中，也就是干铎先生经过这里，发现这株水杉的时候，树下有一个小庙，供奉着树神。在中国人朴素的自然观中，有着对老树的崇拜，相信长寿的树会化而为神。今天，老树低点的枝条上，还挂着祈福的红色绸带。没有风。绸带和树的枝与叶一起，和树下的泥土一起，沉默无声。那个供奉树神的小庙挪了位置，百米开外，在一面小山坡前。后面满坡的树，旁边一丛醉鱼草开着粉红的花。

老水杉四周正在开辟成一个公园。公园里新栽了很多非土著的观赏植物：杜鹃、石楠、樱。这些外来的植物和人工造景把这株水杉和原生种群分隔开了。老水杉本不是和这些外来植物生长在一起的。原先，它和已经和它隔着两三百米距离的原生植物群落在一起。我穿过公园，到山前去看那些植物。木本有松，有柏，有樟，有连香，有悬钩子属的莓，有女贞。草本有香青，有獐牙菜，有紫菀。有些草本植物还在花期：打碗花白中带红，沙参摇晃着一串蓝色的铃铛。要我布置这个公园，肯定会让老水杉和这些原生树种依然在一起，亲密无间。我不愿它和原生群落分开。这不是基于简单的情感，而是基于科学。保护一株树的同时，也应该维护好它与原生群落间的关系。眼下这种情形，有些美中不足。

在树下，盘桓一个小时多点的时间，该离开这里奔火车站了。

回程中，问朋友磨刀溪地名的由来。原来，这名字比谋道来得更古老，是差不多两千年前的事情了。三国时，蜀汉大将关羽到过此处，并在此处溪中磨过他那把名贯古今的大刀。

再见，谋道镇。磨刀溪，再见。

当年，干铎在谋道与这株树不期而遇时，以他的生物学知识判断，这肯定是杉科植物的一个新种，却不能对这种植物作一个准确的定名。而在当地百姓那里，这植物是一直有名字的。这名字就是今天所沿用的：水杉。利川人对杉字的发音也是四川话对杉字的发音，不读作普通话的"衫"，而读作"沙"。

这就牵出了一个有趣的话题。

即近代以来生物学上的种种"发现"。

今天我们说，水杉的发现者是干铎，难道以前当地人称名水杉就不算是发现？

在中国，这样事情不止一例。比如说大熊猫。两千多年，大熊猫就以"貔""貘"等名字出现在古老的中文典籍中。这说明，中国人对这种动物是熟悉的。海德格尔说，对事物称名，就是认识与发现。但今年，中国好些有大熊猫存在的地方，都在纪念大熊猫发现150周年。就如水杉，当年干铎发现这种植物时，当地人对其也有称名，称名中还包含了对水杉喜欢近水生长特性的认识。但水杉的发现，不是从当地人对其命名时开始，而是从1941年开始。

先讲150年前大熊猫的发现。

一百多年前，法国传教士戴维第二次来到中国，并于 1869 年到了四川宝兴县，在这里发现了大熊猫，并以科学的方式加以命名。中国最资深的大熊猫专家胡锦矗教授将这次发现称为"大熊猫的科学发现"。这种说法更为准确。中国古代就有"多识于鸟兽草木之名"的教训，也有植物学方面的一定认知。《本草纲目》《救荒本草》等典籍就包含了许多朴素的植物学知识。但这些知识有一个缺陷，就是缺乏对生物世界的整体性系统性的把握。这些知识是经验性的，是支离的，而不是系统性的。对生物世界以整体性认识的系统是由一个叫林奈的瑞典人，于十八世纪中期建立起来的。他认为这个世界上所有的生物虽然多种多样，但都可以纳入一个系统，对某一种物种的认知与命名，必须纳入到这个整体性充足的系统之中。他创造了一套高度契合于这个系统的生物命名方式。所有地球生命首先共属于"界"，然后分属为"门"，为"纲"，为"目"，为"属"，为"种"。不论是认识一种植物还是其他生物，首先要将其纳入这个体系，然后用他发明的"二名制"的方式来进行命名，也就是先写出属名再写出种名。而且这种命名必须用拉丁文进行书写。大熊猫被重新命名，就是纳入这个系统：脊索动物门哺乳纲食肉目熊科大熊猫属。二名制的拉丁文写成"Ailuropoda melanoleuca"。准确的意思是猫熊——像猫的熊。而不是今天将错就错的译名，像熊的猫。

　　水杉的中文名称采用了发现地当地人的称名，但以世界通用的林奈的命名法就写为"Metasequoia glyptostroboides"。这个名字才是完整的学名。

　　1941 年水杉的发现更准确地说，是以科学的方式重新发现。在没有采用科学系统，也就是没有采用林奈创立的分类系统和命名法之前，中国人并不是对于周围的环境一无所知，只是基于经验性的无系统的知识实在是有着巨大的缺陷。

也是基于这个原因，上世纪和再上个世纪，西方许多掌握科学新知的传教士和探险家来到中国，掀起了一个在中国这个古老文明国度发现地理，发现生物物种，并以科学方法重新命名的狂潮。传教士戴维不仅发现了大熊猫，此前，他第一次到中国，就在华北等地发现了中国人叫"四不像"的麋鹿，还将标本活体运回到法国。后来，这个物种在中国灭绝。今天，在中国一些保护区里繁殖的麋鹿，都是戴维神父带去法国的麋鹿活体的后代。也就是说，要是没有戴维神父的发现与保护之功，这个物种在中国早就灭绝了。这样的事情不是孤例，相同命运的还有今天重新生活在新疆荒漠中的普氏野马。

中国自近代维新运动以来，引进新文化改造旧文化。科学文化的引进，影响到一代先知先觉的知识分子，引起他们的文化觉醒。水杉这种本被认为已经在第四纪冰期中灭绝的古老物种，长在磨刀溪及周围地区千年万年，但一直未曾被科学的智识之光所照见。直到举国艰难抗战时期，一个学者在向着抗战大后方艰难的转进途中才被偶然发现。

干铎的发现只是开始，又过了五年，抗战胜利后的 1946 年，才由郑万钧、胡先骕两位植物学家确定其科学命名。我查不到资料，不敢肯定这是不是中国科学家对本土生物的首次科学发现，但这次发现与命名，其文化上的意义可能超过水杉本身。证明中国人也能以科学的方式重新发现和认知世界。也是因为这个发现，世界才知道，水杉这个经历地球生物大灭绝，又经历第四纪冰期严酷考验的古老植物，居然还生存在中国长江三峡附近的偏僻乡野。

幸运的是，只要人们有了足够的意识，珍稀植物的保护并不像大熊猫、普氏野马和麋鹿等动物那般艰难，其种群的扩大是那样缓慢。十来年前，我曾和一些生物专家一起考察一种濒危的野生植物五小叶槭。这种植物也是很多年前被外国人在中国西南山区发现命名，后来中国植物学家百般寻找却难觅踪影。直到上世纪八十年代才被重新发现。当时这种植物在发现地已经只有百余株了。我随生物学家们在深山中亲见过那些稀有的植株。晚上，在山下村庄和村民座谈时，一位年轻农民把我们引到他的菜园中。他采摘了野生五小叶槭种子，并繁殖成功。这个过程中，他得到了林业科技人员的指导。就在昨天，当年美国植物学家发现这种植物的那个县的县长，还给我发来了一组照片，为的是告诉我，他们建起的苗圃中，繁殖的五小叶槭已经达五万多株。

水杉这种植物，被发现后的七十多年间，不仅在利川得到保护与繁育，而且早已重新广布到其适合生长的地方，在城市，在乡野，在中国，在中国以外的那些国家。

中国人的精神曾经生气勃勃，曾经豪迈地面向世界。但也曾经迷失，"巷有千家月，人无万里心"。好在，蒙昧且沉溺于蒙昧的时代已成为过去。今天我来寻找水杉，也就是寻找一个中国人在文化上重新觉醒、重新发现世界的故事吧。

Chapter 4

怀
人
记

清明怀吴鸿

今天是 4 月 5 日，天阴了。

昨天，前天，都是丽日蓝天。

昨夜走在回家路上，一股浓烈的香气扑鼻而来，知道那是丁香开花了。白色的丁香。抬头，不见星星，天空正在转暗，天将要阴了。这时，成都的海棠花期刚过，木香花花期刚过。

今天是清明节。天阴了。

吴鸿走了。今天早起，动笔写这些文字。窗外的天空灰蒙蒙的。遂以为，天是为此而阴的。

去年 6 月底，从南美回来，又马不停蹄去了伊犁。一早，上天山去赛里湖边。那大湖本身非常美丽，何况湖周草原上风铃草、花葱、马蔺正在盛花期，都是蓝色的花朵。天阴着，间或还飘来一阵细雨，弄得人兴味索然。于是，回到果子沟山口，雨加上风，就在帐篷里盖一条毯子躺着。周围还有数十顶帐篷。某品牌汽车一次长途自驾活动的结束仪式将在这里举行。我躺在毯子下，和一样来做嘉宾的陆川导演说话。就这样百无聊赖，等着晚上八点的仪式开始。

那时还想，如果在成都，这时应该有人在张罗聚会。一个最可能的人，就是吴鸿。张罗一个爱书人的聚会。那时我还不晓得他正在遥远的欧洲。我这么想的时候，他那里还是黑夜。这里的太阳正慢慢向西运行，去照亮那里。

起风了，天空中的云团疾速奔走，露出了一线蓝天。不时还飘来一阵细雨，但云缝间已经漏下了阳光，照得雨脚闪闪发亮。我带着相机起身上山，去寻访花草。时雨时晴，光线变幻。工作人员让我带了一只对讲机，方便他们随时通知我下山参加活动。下面山口，临着深谷搭起一个高台。上面停放着一部锃锃发亮的汽车。活动开始后，我们将在那里展开关于旅行和汽车的话题。对讲机里说，活动时间还要延迟。我继续留在山上，和成片的名唤紫菀的野菊花待在一起。但也难免心情焦急。这时欧洲那里的天正渐渐放亮。根据后来了解的情况，知道这时吴鸿该起床了。他要在这一天结束旅行飞回成都。

我下山去往活动现场时，他应该正在早餐。最后的早餐。我在嘉宾席上坐定时，他准备上楼去拿行李。我突然焦躁不安。因为天气原因，飞机晚点，有些参加活动的人没有到达。山口上的风吹得人浑身冰凉。我起身走动，站在面临深峡的山坡上。这时，一半的山野被云雾遮掩，一半的山野被这一天最后的阳光照得透亮。跨越峡谷的长桥上方，出现了一道彩虹。面对这样的自然奇景，心里会生出某种神秘体验，感受到某种超自然的意志。

就是在这个时候，手机的短信提示音响了。

一条坏消息。

吴鸿在准备启程回家的时刻，在异国的土地上倒下了。这是永远的倒下。不再打算起身的倒下。我再一次被风吹得浑身冰凉。心狂跳，其乱如麻，下意识地，我背诵一段佛经平抑心绪。

《维摩诘经》中生了病的维摩诘所说的话：

"诸仁者！是身无常、无强、无力、无坚、速朽之法，不可信也！是为苦、为恼，众病所集。诸仁者，如此身，明智者所不怙。是身如聚沫，不可撮摩；是身如泡，不可久立；是身如焰，从渴爱生；是身如芭蕉，中无有坚；是身如幻，从颠倒起；是身如梦，为虚妄见；是身如影，从业缘现；是身如响，属诸因缘；是身如浮云，须臾变灭；是身如电，念念不住；是身无主，为如地；是身无我，为如火；是身无寿，为如风；是身无人，为如水……"

我不是佛教信徒，但我喜欢佛经中那种对生死的通达。

只是要为吴鸿停止呼吸的肉身，我们这些终将也如此的肉身说点什么。默诵这段佛经，也不是刻意挑选，只是这段经中有那么多关于肉身，也就是生命的感慨，自然就来到了我的嘴边、我的心间。

夕阳落山，彩虹消散。

活动终于开始了。

我站在台上的聚光灯下时，从峡谷里上来的风吹在背上。我一边演说，一边想，此时，吴鸿的身体也正在变得和我一样冷吧。

我不用微信。

我把当时的情景发了一条短信给熊莺，让她发到微信圈里给吴鸿的朋友们看看。

其实，人已然走了，这些话语又有什么意义？

但我们依然要怀念。

吴鸿那谢发过早的亮晶晶的脑门依然在眼前晃动，浮现。

我认识他也久，至少有十好几年。深交却是近年的事。

为了书。

"废书缘惜眼，多炙为随年。"

古人这样的诗句说的就是我们开始频繁过从的情形吧。

先是为《瞻对》。这本书，在他出任四川文艺出版社社长一职前已经出版。他上任，来找我，说要重新做过。做与不做，重要也不重要。难得的是，他懂这本书的价值。所以要重新做过。换比以前漂亮的包装，发动宣传。冬天，他又和文轩集团配合，组织媒体、作家艺术家朋友，一行二三十人，浩浩荡荡前往当年我准备写这本书时寻访过的那些地方。一路上，还组织了几次和同行者认真的深度交流。这一切，都使得这本书得到该有的重视与影响，体现出应该体现的价值。

还是书。

我第一本结集的书是一本诗。差不多三十年了。后来我也终止诗歌写作了。他找我喝酒，说要打捞这本书。其中有些诗篇我自己是珍爱的。但要结集出版，我怀疑。我知道他刚接手的出版社正举步维艰，我怕市场不好，给他增加负担。他和我碰了一大杯酒。这就是最后的决定了。诗集出来了：《阿来的诗》。简洁的深蓝色封面，精装。我当时的想法，这书可以送朋友了。我有些书，从没送过朋友。这也引起朋友的抱怨。其实，我就是嫌包装不好。接下来，他又张罗朗诵会：域上和美艺术馆。遇到选的诗好、朗诵也好的时候，我的身体有电流穿过，引起震颤。肉体和情感一起震颤。

还是书。

他又把我早年的中短篇翻出来，一气编了三本。也是我乐意拿来送朋友的书。

又是书。

动员我给虹影的三本书写一篇序言。

又是书。

我的另两本短篇集。

又是书。

我的长篇散文《大地的阶梯》。

几年时间，就出了一共八本书。

为了书，一起喝酒吃饭。中国人天天酒肉，道德上却虚伪地反对酒肉朋友。我们有新解。当然不能只找酒肉朋友。但当了朋友没有一点酒肉怕也不是真朋友。不管在什么地方吃饭，高档还是低档。吴鸿都会从小摊上带卤肉来。猪头肉。猪蹄肉。他是美食家，有写成都苍蝇馆子的底子，打包带来的东西总是最先被一扫而光。吃肉。喝酒。放谈。话题主要是书。他是出版家，我是写作者。不光谈他正在做的书。不光谈我正在写的书。也谈别的书。当然得是好书。我们都是为这个社会还能生产好书而感到欣喜的人。

然后，他还在继续编我的书。

我一向对自己的零散文章不大上心。他布置王筠竹去搜集。又编成一本《阿来序跋集》。

他没见到这本书的出版。

偶尔，王筠竹来封电邮核对某些篇目的时候，我就想，人死了，他要做的事还在继续。这比好多人活着，却什么事没做要好很多。

吴鸿去了远处。

他去了远处就不回来了。相信佛世界的人说，死了的人要去西边。他倒是好，直接就从西边走了。

在成都开追思会时，我见到他的女儿和妻子，见到他的老父亲。但他不在。他留在西边。所以，他的死并不真实。大家坐下来说他好话的时候，我也说了一些。但他不在场。人不在，冷去的肉身也不在。视频里那个人却是活的，挂着一如既往的笑容，笑着，说着，拿着一本本书比划着。

他去西边前，我去南美。行前约定回来喝酒谈书。

回来时，他不在。他去了西边。我也往西去，去新疆的天山上。在那里得到了一条消息。说吴鸿不回来了。猝不及防。后来，听说他回来了。只是经过火焰的提炼回归到了某种纯物质的形态。有一天在文轩新开的书店见到陈大力，他说最近聚得少了。他说，那是因为最热心的召集人吴鸿走了。

今天是吴鸿走后的第一个 4 月 5 日，天阴着。他的家人肯定要去那匣纯物质沉睡的地方去看他。即知是寒食，未见乌衔纸。城外那座他安卧的山，此时应该是青翠欲滴的吧，是"山青花欲燃"的那种青吧。

天阴着。清明节的天就应该阴着。

"花不语，水空流。"

我在这个阴天里写下这些文字。

逝者御风而去，让活人来继续面对这个世界。让活人因时伤怀。去了就去了吧，反正我们也是要在某时某刻到某处去的。好在，他作为一个编书的人，已将心血留在了这个世界。好在，他作为一个写书的人，已把品味这个世界美好的文字留在了这个世界。

天还是阴着。寒食日。落花天。

上面这些文字写罢，就放在那里，已是一年有余。只有当那个不与我们在同一世界的人影在眼前晃动时，翻出来看看。逝者已矣，活着的人能做什么？"哀人生之须臾"，太息而已，掩涕而已。前些日子他的弟弟吴宪打电话来，说编了一本吴鸿关于书的文字，想邀我写个序言。随即，他的前同事蔡曦送了书稿过来，论节气，大雪已过，成都的冬天来了。天还是阴着，我爬山伤了腰，正好卧读这些读书寻书的文字。那人又如在目前了。

就通过这部书，可以再次确认，他读了许多书，但他不是为读书而读书。作为一个有成就有抱负的出版人，他也不是为编书而读书。他是在通过书而了悟生命。所以才在"本该痛苦的时候享受到了阅读的乐趣"。很早的时候，吴鸿就在病痛中了，所以，奥勒留颇有哲理的话在他那里能引起共鸣：

"要知道一个人只能死一次，也只能活一回；所以，顶长的寿命和顶短的都是一个样……我们放弃的只是顶短暂的一段时间而已。"

我们当然应该祝人长寿，但作为同样是身体不太好的人，我更愿意生命显示应有的意义。我理解他在书中所说，当年一查出病来，一出医院，他带着怅惘的心情，下意识去往的地方就是书店。我知道他能在那些有通达人生观的书中去求证意义，生命的意义。

我爱他明知活不了一百岁，但家里的书多到活到一百岁也读不完的那种生活态度。而且，他的读书是和寻常生活连接在一起的。他坐读的时候，家人和朋友的身影出没其间，亲切而自然。《二月三日读书记》这样的篇什可作佐证。刚看到这篇文章的题目，没来由就想起杜甫写在浣花溪的诗："二月六夜春水生，门前小滩浑欲平。""南市津头有船卖，无钱即买系篱旁。"勉强联系，读书就是使心中春水生吧，读书就是在生活之流上放舟荡漾，而得到自由吧？

　　这回，我确信，吴鸿他是坐着书之船走了。

　　逝水滔滔，这一走有一年多了。

Chapter 5

鉴
赏
记

一家金石味前因，绍父箕裘倍百男

——读《曾默躬品鉴玺印辑》感怀

一

在这个世界上，有那么多的姓名从未被人听闻，只是伴随着倏忽的生命，出现，存在，消失，以至湮灭。有些名字，即便以声音的形式、以文字的形式被人听见或看见，如果不熟悉名下那个生命的生平与事功，只会从意识的表层一滑而过，不留下任何印象。

几个热心文化的朋友提起曾默躬这个名字时，我也未有任何警觉。朋友们说，曾默躬是一个在生前身后都未能引起足够重视的书、画、印、医四者都有高深造诣的老成都人，这些年，他们努力搜求其散佚的作品，持续不怠，终有大成，建成曾默躬艺术馆一座。

进入馆中，一件件历经时代巨变而得以幸存的艺术品，都是这位艺术家丰富成就的一个侧面。一方秦汉味十足的印，石质低调而温润，是那个人的性格。石上印文的刀刀刻划，明晰处的锐利，模糊处的隐忍，分明是一个中国文人的精神写照。在他摹写蜀中奇山秀水的长卷前流连，耳边不期然响起李白的诗句："为我一挥手，如听万壑松。"默躬先生在《鸟声唤梦图》题画文中说："古人是此心，今人亦是此心"。在画家，说的是画法源流。我读他画时，感受的是审美精神的熏染。默躬先生画回龙观、画彭灌诸山、画华阳罗汉泉、画遂宁和峨眉道中景、画雅安山色、画嘉陵江，存影造型，以物寄心，影是情感投射，形是经心再造，用画家自己的话更为准确："未下笔时，古人齐集眼帘；既下笔时，境物全由心造……心亦物也，而特具灵机焉……心灵不慰，唯物者死物耳。"在这些画作前移步换景，我内心唤起的情绪还是被李白诗说尽了："客心洗流水，馀响入霜钟。"

再看默躬先生所作佛教题材的观音、达摩造像，并工写《心经》全文，也是有"心"在。在他，既是取法天地的"诗心"，更是系于天下众生的"仁心"。他在观音像上方工写《心经》后，又写造此菩萨像的缘由："乙丑十四年（1925年）又四月初旬，天久不雨，虔诚祷告，誓愿画佛百区，解除吾蜀苦厄，至下旬天天连日大雨，乃愿终身画佛。"

默躬先生一介布衣，不求闻达，于成都城中悬壶为生，一脉问一人之身，一方愈百人之病，到天灾降临，民不聊生，唯有以书画之长，向上天为民祈命。这种心迹在《印光大师德相》题赞中也有显现。"其律己兢兢然，其为人殷殷然。"以这样的文字赞一个佛门大师，题赞人自己也未尝不是把这境界作了自己的立身轨范。

如此，在馆中一件件艺术品前屏息流连，去一次不够，再去二次三次，仿佛听见那个此前从未听闻的陌生名字，化成了金石之声，在那个静穆古雅的空间中回荡。

也因此，对曾默躬艺术馆的动向便时常关注。关注几位朋友，如何尽心搜求先生作品的劫后余存，丰富馆藏。把时代波涛汹涌之下淹没不闻的一位艺术大师打捞出水，向世人展示。同时还邀集专家学者对其题跋、书法、印文、医方和所阅书籍批注等仔细释读，深入研究，钓沉探幽，发表《曾默躬艺术年表》等论文多篇。又先后整理出版《曾默躬印薮初拓》《曾默躬品鉴玺印辑》和《曾默躬艺术馆藏品集》等多种专著。所有种种，都是有文化意义、有功德的事，善莫大焉。

二

艺术馆几位朋友见我和他们一样，爱敬默躬先生，邀我也来写一篇评介文章。我是在电脑上敲字为书的人，于书法、绘画和印刻，虽爱品读，技法上却一窍不通，哪敢论其笔墨意趣金石品格。推宕许久，难以着笔。

其间把默躬先生一些题跋和释印文字读过数遍。某一日，突然省悟，几几乎湮灭于各种时代新潮中，几几乎被中国美术界遗忘殆尽的曾默躬的那孑然的身影，在他在世时，至少他的亲人们在世时，并不如我们想象的那般寂然孤独。不论在任何时代，画坛书坛与文学相比，更容易与金钱与权力结盟。1932 年，曾默躬四十，正当壮年，因艺术精湛受时任四川省长重视，有机会出人头地，混迹官场。他的表示却是："我今生愿为艺事默隐以终。"

他的不孤独是由于有和他同样热爱艺术的家人环绕。

现存《日省轩印薮初拓》十卷，收印四百余方，一印一笺。笺

沿题文："成都曾默躬篆刻，苏琔元选集。""男：雍、淦；女：璗、
橘同拓。"

这段题文说明曾默躬的艺事，始终有家人参与。

曾默躬对艺事爱至痴迷，受这个一家之主的熏染，这个家庭也
成为一个艺术之家，因对艺术的热爱而气氛温暖融洽。这种家庭关
系，在我看来，可以作为知识分子诗书传家的一个典范。

默躬先生在《曾默躬品鉴玺印辑》中说得明白："山荆苏琔元，
字韫斯，生于邑之青龙场。年二十适余，极朴敏，勤奋之至，寡言
笑。立志兴家，三十年来聊偿初愿。大儿雍，次儿淦，大女璗，小
女橘，皆其所出，次第抚育施教以至成立。惟吾专攻书、画、金石、
医学，而山荆亦濡染之。"

这个濡染可不一般化，是有成果的。

其妻苏琔元搜集当时发表于报章杂志的印谱，由默躬先生随时
分剖提点，作为自编的金石教材。施教的对象是家中小女曾橘。这
本文印交织的赏鉴谱，正是我读过数遍仍不愿释手的《曾默躬品鉴
印玺辑》。这篇小文，主要就是对此书文字的一些梳理和由此生发的
一点感想。

三

为什么要编成此书，其缘由，默躬先生在赏鉴集中说得清楚明
白："九女曾橘苦要学我，尤爱篆刻。将此百余个玺印旋说旋批，俾
易领悟。"交代不够，默躬先生还补写一句："他日曾门艺海多一女
将也。"其欣喜自得之情溢于言表，由此可见曾氏性格之质直本真。

他说："女子治印，明有史痴翁姬何玉仙，清有梁千秋姬韩约素，俱臻精妙。民国以来，则无女子刻印，可叹也。"毫不客气，将其爱女放在女子治印史上，与前人等量齐观了。

那时，默躬先生这个爱女才十三岁，却有大丈夫气。在《任齐、陈贺之印》条下，默躬先生记："曾橘九女以自刻'恨海之琼'小印索正，愀然曰：'吾今恨是十三岁女郎耳，区区刻印亦不能光大父业，何以子为？'"

曾橘说此话应是在民国二十八年，一九三九年。当是时也，封闭如四川，也已经过辛亥革命新知与血火荡涤，继而抗战爆发，国民政府和大量学术机关相继入川，民心民风再为之一新。一个早慧少女，慨然作此语，虽然令人惊奇，但其后有女权意识苏醒的时代风潮回荡。

其妻苏琏元在《狮印》释文中也发大丈夫语："狮印犹寓驰寰宇之意。中国如睡狮，此醒狮也。"

默躬先生作诗，安抚女儿："铭心字学发豪在，炼石补天问彼苍。"其意在于阐发文化更深长的影响力量。后又占一诗云："一家金石味前因，字出先民必本经。小艺之成关福命，入魔入佛戒初心。"

这个曾橘，的确是个奇女子。默躬先生记她："橘儿写刻得濠叟、悲翁之意甚深，听人说'美女簪花格'之语，必深恶痛绝，掷笔欲呕，乃曰：'中国女子咸如是耶？'"这若不是民国年间，新风涤荡，这早慧女子也不会有如此强烈的女权意识。而作为父亲的默躬先生，记这些情形，完全是赞赏有加的口吻。这也助我们全面理解曾默躬其人。他执医，是国医；从艺，是国学，加之当时情境，因年代更迭，时间久远，容易让后人想象出一副遗老的形象。其实，曾默躬于 1908 年毕业的四川省高等师范学堂，当时是四川省的最高新学学府，其论艺文中也时有中西艺术的比较之论，这都说明，他于新学并不隔膜。不然，他不会以欣赏的笔调写小女曾橘如此形象："儿敝衣破服，操作勤劳，过于男子，人见之，不知是吾爱女也。"

此女如何勤劳？

"每日工作有常规，晨起写佛经三千字，篆书百字，刻印三方。作毕，针红一二时。"这又得让我们自己警惕不要因此构造一个只知埋首窗下的苦学生形象。曾默躬也有文在此，"下午同朋友散步田间，归即燃灯读书，必依傍母亲之侧"。

这是一幅勤于艺事，温暖和煦且颇有生活情趣的家庭图像。

为此，我曾幻想有一幅默躬先生所作的他全家的生活图画，当然这个指望是落空了。好在他的文字，却留下了这样鲜活的场景，就让我们且看数帧吧。

其一：

"余写经时，山荆苏璇元同写字，橘儿指印问曰：'何如此时怅触穷怀？'乃曰：'我生靡乐，何百赏之有？'山荆笑谓橘曰：'顾弗乐否？'题之：'老去情怀百不堪，赏心乐事苦中参。拙荆手指橘儿语，绍父箕裘倍百男。'"

这是一家三口其乐融融时探讨人生与艺术中的苦乐观。

其二：

"吾与山妻苏璇元及爱九女曾橘，说罗马国止而其艺术不止，又说胡习如的事。庚辰二十九年（一九四〇年）三月清明扫墓还暾斋，傍晚六儿曾雍、小儿曾淦、大女曾璲齐集同餐。璇元烹鱼，橘儿、璲儿煮家酿。雍儿若老龙听经，竟一觉天光。曾尧听而不动。"

过得是其乐融融的家庭生活，话题是以罗马帝国的消亡与文化的长存为例，谈艺术生命如何生生不息。这样坚定的文化观念，在默躬先生的文字中时有体现。

其三：

"一日，橘儿刻印余兴，见案上墨沈，狼籍不堪。余已作画十余幅，昏倦催眠，隐几而卧。橘儿写山水宣纸小幅，大类金冬心、高阜寒金石家气息。此画先糊涂各色，或干或湿，或现或迷，又似'印象派'之西洋画，后以焦墨、湿墨、干墨、泼墨，旋勒旋染，旋勾旋涂，成了一个中西相兼，能若不能，又通不通，极富趣味之天真图画。弟曾尧墨笔添上几间茅屋，俯瞰江边，一家大大欣赏之。"

解释一个字，"沈"，通"沉"，此处是剩的意思。父亲作过画了，砚中有些残墨，小女曾橘刻印毕，在纸上随手涂抹点染。默躬先生说像法国印象派，去猜想此画定有迷离的形色变幻。其弟曾尧又加画茅屋。"一家大大欣赏之"一句，可猜度这个艺术之家中洋溢的欢快之情。

其四：

"曾橘性爱花，五六年前手植木槿数十枝，齐向上发，俨若剑光，上射云霄，大似儿之学业大达无已耳。

"橘儿手植木槿花，庭前挺秀，尝自写《木槿花馆治印图》。

"山荆苏琏元补衣服，橘儿展纸壁间，墨色狼籍，索我对影写照，高高兴兴，糊糊涂涂，一挥而就，未知儿意如何?"

补衣服这个细节很重要。时当全民抗战，国势艰危，民生凋零，默躬先生虽然精于医术，书、画、印在当时的四川都有相当影响，家庭生活依然樽节用度。但一家人沉醉其中的，还是植花捕影，艺业精进。换在当下，无论医家还是艺术家，如此淡泊明心者，怕是难有了。

其五：

"庚辰（一九四〇年）人日，家人都去郊游，惟内子苏琏元及九女曾橘写篆字，看印谱，意兴至浓。余写梅花四幅，冷艳古红，啧啧令我解衣旁薄。绝倒两儿两女，各付一幅。余又以余沈和色，大涂一纸，存之铁柜，以俟吾孙赫甫。画毕，又说刻印，琏元与橘具酒肉与干腊。春光融融，煦我家庭，恨雍儿、淦儿往昭觉寺，未在此听听也。"

由此知道，曾家还有一个名叫赫甫的孙儿了。

林语堂认为，中国艺术的高下，可以从平静与和谐的程度判别出来。所以如此，是因为中国艺术家典型的性格就是安静与平和。他理想中的中国艺术家，"就是此恬静和谐精神，山林清逸之气，又沾染一些隐士的风度"。其山林的清逸之气，自然呈现于默躬先生的画作中。"隐"的风度，默躬先生自然就有。前面已经引过他"今生愿为艺事默隐以终"的话，而他安贫乐道的生活，也是自然的证明。更加难能可贵的是，这个"隐"，不是在终南山中，而是喧闹的市廛，在动荡不已的时代。而一个以艺术为安身立命处的家庭，就曾在烽火连天的年代，安处于今天我所栖身的这座古城中间。

战争烽火是真的。就在这部赏印谱编定的那一天，默躬先生的贤妻苏琏元为我们留下了终篇的文字，第一句话中就传递出烽火消息。但她的笔触仍然十分冷静：

"己卯廿八年冬，余已避空袭还家。"

己卯是民国二十八年，公元一九三九年。抗日战争的第三年。那时，作为战争后方的重庆、成都等地正经受着日军飞机的狂轰滥炸。

四

这本《曾默躬品鉴玺印辑》的真正编者其实是苏琎元，默躬先生是在其妻搜集汇编的基础上，课女之时，写下了那些有真情、有洞见，且充满生活情趣的赏析文字。

但苏琎元自己却只在本书中留下两段文字。

一段开篇，一段结尾。

先读开篇：

"造象肖生印，秦汉六朝，我见甚多。若此集之狮印、鸡印、犬印，万印楼亦无之。况形态之雄俊，精神之活跃，不惟徒显骨肉而已也。狮印犹寓驰骋寰宇之意，中国如睡狮，此醒狮也。钤诸册首，以壮吾志。艺人印人一动笔，一动刀之初，其可起心玩物丧志，艺成而下之念乎？成都曾苏琎元识。"

再读终篇：

"己卯廿八年冬，余已避空袭还家。外子默躬先生重振旧业，穷困颠连，一仍往昔，而积习弗衰，粉墨粲然，兀坐凝神而不一语。余积习故深，乃于乱纸堆中，剪聚古印拓若干部贴成册，凿铸文武，无品不精，盖选之又选。知斯文者，当弗爽也。集成俾儿女辈仿习。时曾橘九女颇敏慧，叔曾尧为篆'九妹''曾橘'两印，使试刻之，无何即成。盎然秦汉，未出修饰。适醴陵吴龙丘先生见之，击节称

208　　以文记流年

赏，戏曰：‘学人艺人之子，殆如斯乎？’钤两面印文以去，勉励有加并赠布料诸件。此后橘儿刀椎自随，而针黹女红益罕用矣。其父益喜，暇课充之，稍稍分晓三代制作。刻有三百多方，自择佳者百余方，殿乃父谱录之后，更见巾帼之克绍箕裘也。庚辰廿九年农历五月十五日橘儿生日，母氏苏琏元谨记于暾斋，付儿保用勿替。”

暾，是曾氏一家的斋号。暾者，日光温暖明亮。读这些半个多世纪前的文字，虽已不见当日成都城中那个早慧少女一印一画，仍有暖阳拂面之感。

从苏琏元这段文字知道，这印集是从一九三九年去城外躲避空袭归家后开始编辑。因为发现小女治印的天赋，而由母亲编辑印谱，父亲条分缕析，用作课女的自编教材。由此还知道，其爱女曾橘的治印颇丰，只是在时代巨变中已经荡然无存。但父母之深情并不因时光无情流逝而减少感人性的温暖。艺术之美，艺术生活之美，也不因其作品无存而稍减耀眼的辉光。

世事的残酷在于，很多时候，命运之神并不像很多道德文章中所宣称的那样，给认真对待生命和情感者予以特别的眷顾。苏琏元编成此印谱后不久，默躬先生留下这样的文字：“今吾妻苏琏元客死苏坡桥，时庚辰廿九年十月初四日上午辰时。触见此册，不欲生也。”

这时的默躬先生逢此大悲，仍然自尊节抑，借谈印有抒发悲。他谈的是一方汉印，单字一个“谈”。

“此‘谈’字，吾梦是司马谈的。谈作《史记》未成，其子迁受汉武腐刑，愤而完成之。此宇宙之大文章也。赵悲厂痛其妻范敬玉与家人相继死，立志刻印三十年成大名。”这才谈到其妻苏琏元之死。默躬先生自道此为"苦行者伤心语"。

剩下唯有自身艺业精进与课女为最大安慰了。

五

《曾默躬品鉴玺印辑》一书，本名《日省轩集贴玺印至精之品》。此名似乎更为贴切，更合曾氏夫妇合编此书时的本意。

此集收印一百余方，民国二十九年集成。默躬先生课女谈印共一万余字。因是为家教所写，自是真情真知流露。但这并不意味着文字的粗疏。这些文字看似随意平常，但行文精炼简洁，没有一丝一毫的马虎。说理时，从中还可窥见爱女曾橘之动人侧影。

"橘儿以所刻五十方印乞斧，取其三分之二，仿汉乱真，学秦小玺至佳。兴致勃勃，随刀随说，不在言下，专在心觉。"

"'左忠'两字印：此两字界格笔画之多寡无几，界格本可以匀称，而偏偏'左'字笔画少，格宽；'忠'字笔画多，格窄。仔细看来极安详，而又不争不让，此中机趣非深于籀篆者不易知也。此是秦制之而普通者。吾三呼：'橘儿，橘儿，橘儿，咀嚼此中味道乎？'好好就在此中安身，不必向徽浙问道路也。"

清代到民国，治印的主流，是徽派与浙派。这两派所以能成为主流，印人本身的艺术造诣是一个方面，与此同时，当地经济文化发达，一个印人稍有成就，赏识者多，收藏者众，流通广布后名声日隆也是一个原因。四川一省，地处西南，元明以降，因为战争破坏，人口减少，经济地位也渐趋低下，与之相随，是文化影响力的衰退。默躬先生身处四川，却对当时流行的东西保持着一份警惕，指导女儿时也倡导上追秦汉之风，并不热衷追随坊间流行的风格。

如此高见的发挥，在印谱中在在皆是。比如《杨愚》条下，默躬先生如此写来："'杨愚'两字，秦玺正格正法也，布白行笔类秦刻诸印。今人多以印文入印，故方板无多趣味。自赵悲厂揽诸金石文字入印，大开法门，虽暂时近野狐禅，而大胆发掘，必有光芒万丈之时。无如缶翁正法眼藏，奇花怒放，正乘愿当时。而学之大众，未免皮毛。何耶？以印求印，以刀求字，失之远矣，不知金石求印，毛笔求字。"

这里提倡的是上溯金石艺术源头，得其心要，而避开潮流，新开法门，"大胆发掘"，相信将来"必有光芒万丈之时"。这不只是课女时的拳拳之言，更是默躬先生自己的夫子自道，赏他印时，如果对他这样的识见有所了解，当会更有深刻的心得：知道他总是为秦汉神韵而目醉神迷，那是什么境界？是质朴雄健的境界！

在这方面，默躬先生有甚深见地。他认为，一切艺术都有初期、中期和末期三个生命阶段。他以汉印为例，说"汉初刻印多奇古，各方面不限绳墨，发展天才，有不可解之美，所谓真是也"。他自己的艺术追求，以及对其爱女曾橘的要求，是以"真"为先的。真是性情，是内心，也是金石之术材料与工具体现的最基本特性。"以后，由简化繁，渐多方正"，在默躬先生眼中，这叫趋之于"美"。美则有所轨范，化繁为简是轨范，方正也是轨范。"又后进过平方，自觉厌弃，又趋流丽，东汉下各印是也。"这其中，真善美相互生成，相互映照，自然为上佳之作。但若只是趋于一端，那真善美三个不同境界，还是自有高下之分的。以他爱女的天资，仿习之下，很容易便达到"善"的境界，而默躬先生以其高深的艺术见地，其期待绝不限于此。他说："善，儿得之矣。故吾印文有'雕琢返璞'。言下刀时仍何繁缛，刀痕必刻到浑朴一路，不像刻的，才算极轨。"

谈境界未免抽象，还有详谈具体技法的，而且是先技法而境界的。

此事见于辑中《田长宾》一则。

"二十七年（一九三八年），五月十五日之夜，山荆苏璡元曰：'今日橘儿生日，高兴谈印乎？'曰：'正欲说其玄妙也。韵由我出，意自天成'。"

往下，说得并不玄妙，而是具体的技法："近人刻印每击边，边烂似老古斑驳。不究篆法并刀法，貌欺旁人亦枉然。"这里批评的是那些只讲究技术，而缺少深刻文化体味的人。不论印坛还是文场，似乎总是这一类人占尽风光。所不同者，今天不论书法还是治印，只是仿点古人皮毛便成流行风，越发盛行罢了。默躬先生在此，也不是厉声批判，只是提醒爱女忠于艺术本质，不要堕于流弊。而他正面的提点是："刻印时存心修饰，便入地狱，故曰愈工愈远，愈修愈俗。山荆璡元、九女橘儿，你晓得个中真意否？就是要大胆刻去，勿要修才是。"

六

此小女子也不辜负父亲，赏一方印，刻一个字，都要考其源流，发起幽微，且有真知灼见。

辑中赏汉《仓印》一则，默躬先生记曾橘抒发感想的话："前人说三仓之文，言《尚书》《乐雅》者有文，言孔壁之书者亦有之。

且有说《医经》者，然皆秦汉前之文字。今说文之籀文亦三仓之遗耳。现今小学归于历史、地理、语言系。地不爱宝，发现牛骨、龟甲、金石、竹木、漆各类，各成体系研究，堂皇浩瀚，成书千种，伟哉懿与！中华人民民族之大也。故文字之学多而且精，实较前人过甚。大凡好文字、金石、刻印者，喜以仓字名号，曰'小仓'，曰'半仓'，曰'仓石'，曰'仓文'都与文字为缘者。又前人谓忧患多从识字始。我，小女子耳，嗜古若痴，能认百千个已耳，实不欲多。今此'仓印'是太学之官与？亦积粟之官与？我父考之如何？"

如此，当年一个小女子，其见识远超今天行走艺术江湖的许多大丈夫了！

我爱在灯下赏读此辑，最重要的原因，不仅是因为这些文字都是默躬先生艺术观真诚深挚的表达，更见到民国年间，特别是抗日战争的艰难时世中，一个艺术之家的温暖群像。

默躬先生和其妻苏琁元深爱其女。曾橘一个十几岁的少女，对艺术痴爱到如此地步，对艺术领悟得如此深入，真真是世所罕有。到今天，默躬先生的作品，历经世事动荡，还有所遗存，但曾橘的印文，想是已全部湮没不存，堪称艺海恨事。唯可安慰者，在默躬先生的谈艺文字中留下了她栩栩如生的音容笑貌，和短暂绽放的艺术年华中耀眼的光芒。

再看数则，以为对那个遥远年代那个曾经灿烂绽放的艺术生命的深重怀想吧。

一则：《荡难将军章》条下：

"'荡难将军章'五字汉刻文，奇横宕肆，格不能拘，如虎兕出于柙，势不可遏。错落磊磊，直如布阵，有斩将拔旗之趣。印文曰：

'荡难'，笔意大表同情也。汉印之神品，旁人得勿笑我好欹？人说韩退之诗文以丑为美，果如是耶？"默躬先生说自己对妻女讲此印时有些得意忘形，"吾说此五字时，目转舌舞，譬比万状，身入篆室，外奖不闻。橘儿与山荆倾耳专听，暗暗以手画字，大有公孙舞剑意，真所谓人与境合，艺与人合，非汉人神品何能如是耶？"

二则：《铜印"子君"》条下：

曾默躬记爱女曾橘对此印的感悟："今'子君'两字大书印内，昂然卓立，似不照印之面积，此刻印家琢工整者似不耐看。不知大书家作印即有赵吴二家说法，我今极了解此义。爱古印玺若命，以个中趣味即有生命也，其他从符号，未至此境。父亲父亲我今算得知印否？"

父亲自然感叹："善哉！吾儿之彻悟语也！"

三则：《真心印》条下，父女两个讨论"真心"一印。

曾默躬说："'真心'两字，'心'字未写方真，虽美未尽善也。凡艺术能在统一中求奇趣，在矛盾中求调协。"有了这个观点，所以默躬先生认为此印"'真心'两字生硬，强迫集合，方圆凿枘"。因此认为"不宜学也"。

曾橘这小女子，并不唯唯诺诺，而发表与其父相反的意见。橘儿曰："此印太好，真堪学学。何故？'真'宜方，不随便滚也，可见真面。'心'字宜圆，圆可应变，万事无碍，心本圆也。"

默躬记："橘儿此说高我多矣。"

行了，不引了。看到这些遗墨中一幕幕呈现的这个艺术之家的幸福场景，我内心总是泛起苦涩的味道。默躬先生是常写佛经为人亦为己祈福的。《金刚经》说："一切若梦幻泡影，如露亦如电，如梦幻泡影。"是的，人世间的美好，尤其是曾氏一家这样的美好，反倒是会引起人伤感，因为这样的美好总是难以持久。读着一个又一个记录美好艺事的帖子时，我知道这情境会在猝不及防时如镜花水月般破碎。还是佛经中的话："厌离未切终难去，欣爱非深岂易生。"悲剧似乎才是生命的本质！更何况是默躬先生这样一位不肯屈从世俗的高尚之士。

果然，这本印辑就因默躬先生爱妻苏琏元的遽然离世戛然中止了。

七

一日，我遇见曾默躬艺术馆的朋友，问那位天才女子曾橘的印可有传世，即便只是一枚两枚，朋友黯然摇头，说至今未见。再问此奇女子的下落，朋友说，天不假年，她在二十一岁上就去世了。

曾橘这奇女子，胸怀大志，是要做印坛女豪杰的！可惜天妒其才，艺术道路刚刚展开，便如一朵浪花破碎，有情的生命消逝于无情的大化之中了。闻之，不禁心头生痛。不只痛惜一位艺术奇才的早夭，更为丧妻之后又遭逢爱女早逝之痛的默躬先生而痛！以至于不忍再写手头的这篇文字。中断一月后，才又收拾心情重新开笔。

我对默躬先生的痛惜，其作品大部分散佚是一个方面，更椎心处，是他在民国末年的艰难时世中，迭受痛失爱妻与爱女之创；更痛惜处，是他作品的大部散佚，是其爱女曾橘竟无一印存世！

受命运之神一重又一重打击的艺术家、文化人，中国历史上并不少见。就艺术家而言，徐文长九次寻死而不得，身后数百年，文字墨迹和声名皆得广为流传。曾氏父女喜爱的赵悲厂，也曾经历家人先丧之痛，然抑悲含恨后所创作品，却有精品存世，为后进者效仿。曾默躬是书家、画家、印家，还是医家。医家是有起死回生之仁心在者，能愈千万人之疾苦，却不能活家人，岂不是造化弄人！

曾默躬这个艺术之家的作品、声名和事迹的湮灭，今天的论者，多推咎于时代。时代动荡、美学原则一时革新当然是主要原因，但成都这座文化古都，四川这个文化大省，元明以后，渐失自身文化传承，艺术界并收藏界，日渐丧失自身的鉴赏标准，亦步亦趋唯京派海派所是为是，也未尝没有值得反思与警醒之处。曾默躬艺术馆的建立，默躬先生生平事迹的研究发掘，未尝没有这一层意义在。这些年里，对陈子庄等四川画家的发掘与再认识，也未尝没有这层意义在。

今天，我们因为一个艺术大师的声名竟然在后世湮没无闻，因为他大多数作品在动荡时代中散佚无存，而把默躬先生构造成一个悲情的形象。但读这本印辑，和默躬先生这些字字珠玑的文字，我还是觉得，至少在默躬先生的爱妻与爱女在世时，虽然家与国都处在抗日战争的艰难时期，这个家庭还是拥有着他们自己和乐无比的幸福。再读这本印谱与披肝沥胆的文字，我还是安慰自己，毕竟，默躬先生生命里有过那么一段偕妻课女的美好时光。

集默躬先生四句诗为此文的终结吧：

一家金石味前因，绍父箕裘倍百男。
卓有清名争丽日，巍然大节若灵光。

心自书空不书纸

——读袁武人物画有感

　　本是要谈袁武的人物画，那些笔墨造出的纸上人物。不承想眼前浮现出来的，却是袁武本人的形象。

　　一幅有些夸张的他自己笔下人物一样的画像。

　　中国画家和西洋画家相比，似乎不太爱作自画像。袁武是人物画家，有没有作过自画像，我没有问过他本人。至少，我所见过的他的画里是没有的。当我酝酿这篇小文，试图回想他笔下那些不同时代风潮、不同文化背景中那些有名无名的人物形象时，偏偏是画家本人的形象盖过出自他笔端的人物，固执地浮现在眼前。

　　这个形象不是日常生活中的那个袁武，而是沉浸于他笔下人物时的形象。他的表情因关注而严肃，因这种严肃而变得有些凶猛。他手里拿着笔，眼放精光，依那表情的严重程度看，像是旷野里一个淘金者持着一种沉重的挖掘工具。挥动这个工具，下面将会有发现了，这个发现会带来巨大的狂喜。再挥动一下工具，下面应该是一个巨大的黄金宝藏，那里似乎已经有金色的光在溢出，落在了那个挖掘者的脸上，从他眼睛里反射出来，于是，凶巴巴的表情也被这一抹光调和得柔软一点了。再给团浅墨，任那柔情洇开，因发现而绽出的惊喜之光，就在纸上、在想象空间中弥散开了。

我见过他这种样子。

那晚先在别处喝了点酒，然后去他的画室。那是一个空旷的空间，只有一面墙上竖立着巨大的画幅。上面是一些已然显形的人物和正在显形的人物。我们坐在空旷的画室中继续喝酒。恍然中，脚手架前那些画像中的人物都呈现着强烈的动态，似乎将从深远的时空背景中，挣脱了纸张和墙面的束缚，要来加入我们。那些人物挣脱束缚的依凭正是他的笔墨。有些人物还未敷色着墨，勾勒出人物动态的，正是那些节奏强烈的线条。这些线条，不是吴带当风的仕女画中的，也不是以流畅优雅的下垂来表示佛菩萨的慈悲深怀和隐士们内心静谧的。这些线条是粗犷的，表面断续相间，内在情绪又一以贯之的。画中人物，似乎只要一伸手，就可以把身上的线条拆下来一根，用作支撑，稍一用劲，就让自己从纸面上脱身而出。也有浓重的墨色，另一个人物，要从画里脱身出来，所依凭的，正是负在身上的一团重墨。这团浓墨描摹出一具沉重的肉身，给人的感觉，一方面是沉重的凝止，一方面却有种强烈的扩张感，仿佛在化开，变幻成一张迎风飘拂的披风，甚至是翅膀，然后就能带沉重的肉身飞出纸面了。

对此，袁武自己应该是有所意识的。

记得那晚，带着几分酒意的他，站在自己正在进行的画作前，眼睛里就露出有些凶猛的光，指着脚手架上方因墨色浓重而佝偻着腰背的人物对我说：看！浮出来了！浮出来了！

我们的肉身被地球重力强摁在地上，艺术激情却能让意兴飞扬。

这让我想起宋人施宜生评黄庭坚书法的诗句："意溢毫摇手不知，心自书空不书纸。"

那一夜，我看到的袁武就在这个状态。可能是因为酒，也完全可以不是因为酒，只为了自己的画、自己的笔墨。虽然自古以来的书画家，多有因酒而狂放，而得表现之自由的，但我想也有不饮酒也成其事的。还是以黄庭坚为例吧，记得他讲自己书法心得时就说：他不是从饮酒，而是坐在船上时看船夫摇桨，从水上波纹的节奏中得到启示的。袁武是要饮点酒的，虽然酒量不是很大，似乎也不是很爱酒的那种。那天晚上，我离开画室后，据其家人说，他就和衣在那个空旷的画室中，和那些壁上将成未成的人物睡了一个晚上。

今天，要说袁武画时，脑子里首先浮现的就是这个情景、这个形象。我发现，如果我不是用文字，而是用画笔画他，绘画的技法，不知不觉间，用的正是袁武营造他那一系列纸上人物的技法。

在我理解，他是意在笔先，抓住一个特征就可以不及其余的。这个特征，必须要画家在挥毫泼墨的瞬间，就和笔下人物的思想、性情和意蕴高度契合。这个特征，就是一旦抓住了某个特征，且有所意会，就紧抓不放，一定要深究到底的。有了这一点，墨色或深或淡，线条或刚或柔，总体是写实更多还是写意更多，都在所不计了。我在网上看到过他跟学生的对话。学生说他突出人物特征，紧抓一点便敢于不及其余的画法是变形。他立马出来纠正说这不是变形，是夸张。确实，这就是一瞬间的印象，一瞬间的意会的迅速固化，然后在最突出的特征上再来加强。必须注意，这不是画家们画速成的肖像画那种只是突出对象外在特征的夸张，在袁武这里，这个特征既可能是原型人物本身具有的，更大的可能是经过画家主观性想象的，既要表达对象的意态与性情，还要表现出画家个人强烈的主观色彩。这种表达，不光是在造型艺术、在文学书写中，在那些最具创造力的作家身上，在他们的作品中也存在。这种效果，有时可以瞬间达成，有时则需要耗尽心力孜孜寻求。

我不是画家，也不搞收藏。这就决定我对绘画并没有深入堂奥的意愿。绘画对我，也和大多数人一样，只是一种一般性的知识构成，一系列的鉴赏。好在，作为一个作家，也能在一些最基本的层面上找到不同艺术门类之间的相通之处。比如字与词运用与感悟，大致也类似于画家之于墨色与线条吧。在这个层面上，创作过程在不在"意溢毫摇"的那个状态，在不在"心自书空"的状态，是非常要紧的。

袁武是当代中国人物画有代表性的画家，其画中人物形象的意义，美术界有很多分析，他自己也有些夫子自道。我以为还是要警惕苏珊·桑塔格在她关于艺术批评的名著《反对阐释》中所批评的"过度阐释"的现象。这种主张不是桑塔格一个人的观点。美国的文学批评家布鲁姆也说过，他宁愿把批评看成是一种鉴赏。所以，当我面对一幅画作，首先要领略的是作者蕴蓄在画中的激情，相较于西画，中国画本就不以准确呈现对象见长。其所长者，是笔墨背后、对象背后的那个主观色彩极强的意绪表达。正由于此，这个笔墨背后的作者的激情状态与理解力就成为了决定性因素。所以，看成功的中国画，背后那个作者的形象常常会比画中形象更鲜明地呈现在眼前。此时，我又想起网上看来的，袁武学生写袁武的文字。说他带学生作模特写生时的状态。说他围着模特转圈，每转一圈，表情中严厉的成分就增加几分，等到转完圈，要把形象落笔纸上时，那表情几乎就可以用凶狠来形容了。这种神情，在我理解，是由于强烈的关注所致，是由于一定要固定住和自己情绪相呼应的来自对象的瞬间印象所致。

前面说，用这样的方法说袁武，其实有点拿他画笔下人物的方式来写他。这句话也可以这么来说，抓住袁武在艺术状态中的样子的时候，你就能理解他笔下的那些人物了。为什么那样用笔，那样设色，那样安排人物的表情与姿态。有时还能在具象的造成时，造成些抽象的意味。

从袁武一系列的作品来讲，他那种方式一直是在的。虽然无论是学术界还是袁武自己，多少有些轻视他以前的作品，而对往后的作品越加重视。这固然有相当道理。但我不愿意把一个艺术家看成是一些单个的成功作品的集合体，这种方式更适合书画市场的需要。我更愿意看到的是一个艺术家一步一步踏踏实实走向成熟、走向宽广深厚的过程。一系列作品放在那里，就是一个几十年披肝沥胆的艺术历程的浓缩。袁武自己就说过，自己是从一个为参加画展而创作的画家，终于变成只为自己的兴趣、为表现的自由而创作的艺术家。当然，后一种境界是更高的、更自由舒展的。但既然画坛成名的路径如此，不如抱持一种更坦然的态度。因为这一过程，也是有一种前因与后果深植其中的。比如画于早年的《凉山布托人》到二十年后的组画《大昭寺的清晨》，这其间，艺术表现力的进步不谈，那种内在的，要在中心城市之外的边疆地带，要在主流话语之外的异质文化地带，寻找并呈现新的形象，并从这些形象的再造中寻找异质的情感模式与精神内涵的努力与兴趣，不都是一以贯之的吗？

从无名战士群像的"抗联组画"，到一人一幅的真实历史人物的"百年肖像"系列，在时代风云激荡中，在强烈的社会政治文化背景映照下来表现人，表现时代对人的规定性，同时又观照到人的精神力量对于时代的超越性，这种思考与表现的努力，不也同样是一以贯之的吗？

我读袁武的这些画，无论是视觉还是情感都会感受到强烈的冲击。从审美发生来讲，这种冲击首先来自那些充满力量或意趣的人物的整体造型；其次，都是从笔墨中来。笔墨才是这种冲击力的根本所在。关于其笔下的人物，袁武自己谈过，批评家也谈得不少，人物与时代，人物之性情，到画藏地人物时，就已然上升到了信仰的层面。

而我这个门外汉，反倒是从笔墨处着眼。这听起来有点可笑，一个连毛笔都不会拿的人，怎么有资格谈笔墨。中国传统的人物画，可爱的并不多。无非是含有归隐之意的渔樵之人，入世而不得志的诗意而悲情的人，仙人和近于仙的人，入庙入祠的人和神（神也是以人的形象出现的，比如佛，本是无处不有的存在，因要教化俗人，也只好以人身示现于庙堂之上），仕女，林林总总，旨趣是不同的，形态是各异的，但偏偏容易呆板，少的偏偏就是生气。这一切，都有规制在，有谱系在。多了，钟馗就像了张飞，张飞又像了李逵。可辨识处，只在衣饰与手中的兵器之不同。庙堂上的人，即便有了郎世宁们带来了西式的画法，还是一张平光脸，照样分不出谁是谁来。例外也不是没有。宋人梁楷画的李白像就清新可喜。我相信那才是"长安市上酒家眠"那个李太白。可惜这种画法并未在后世得到张扬。梁楷的李白像，首先做的就是减法。虽知减法很多时候就是加法。减去一些，需要突出的特别之处就得到突出了。

我喜欢袁武的画，一个原因是他于人物形象，先做的就是减法，删繁就简，不求形似，减了不必要的部分，特征与个性就出来了。但他不是到此为止，接着他就做加法，他的要义要做了减法还要做加法，用线条，用墨，突出并夸张某些特征，来增强视觉的冲击感和某种内在的戏剧性张力。于是，那些人物就站立在面前，呼之欲出了。

中国画画人物，向来有不求形似求神似的主张。但实现了这个主张的作品其实并不多见。所以古人才有"意态由来画不成"的慨叹。我以为这其实和中国画传统重描谱临摹而轻写生的画法相关。袁武的中国人物画既保持古代写意画的长处，又能画出谱外之真人，我以为首先是源于其写生的功夫。这个功夫是从西画来的。我喜欢他的画，首先是因为线条的运用。那些强弱粗细的节奏，那些断续隐显的变化，一方面能很好勾勒出人物形态，同时也为设色造型提供了可靠的支撑。他的线条有没有依谱我不知道，但得益于写生的训练那是一定的。我读过他一些速写稿。这些速写笔法是西式的，是为物赋形的，但只准确画出对象的形体显然不是他的最终追求，所以，他的笔意又是中国式的，是要有意趣与意境在的。这种画境的达成，就要脱开西画那种对对象的全面刻画，而是意在笔先，韵在笔下，一气贯之的。他这种特点不但在人物速写上有鲜明体现，在他的风景速写方面，这种特点就更加突出了。

在线条上有了写生造就的扎实功夫，又有了来自传统写意画的意境构造，如何设色就显得不那么重要了。设色是用彩色颜料还是纯用水墨也没有那么重要了。当然，要我选，还是更喜欢那些纯水墨的作品。这不是说哪些画好，哪些画不好。不是这个意思。而是因为纯水墨的作品为中国画唤回了生机。设色无非是更加突出造型的视觉效果，在内容上更加强人物情绪的抒写和画面意韵的生发。

类似的意思，袁武自己也说过："线的疏密组合比干湿浓淡更重要。"干湿浓淡应该就是色彩的敷设。有了写实的功夫，写起意来，也更加得心应手。有了写实的功夫，呈现的人物形象就可以成功规避中国写意人物画容易千人一面的缺陷。

这样一路画下来，从山水到人物，自然就越来越得心应手了。

对形式问题一旦有了了悟，有了心得，画家的注意力肯定会转向意义的追索。"百年肖像"系列可以看成是标志性的转折。这时的袁武已经把更多精力从笔墨从技法转向了内容，刻画人物，同时是在与人物对话；叩问历史，或者表达自己所理解的历史。这些人物除了携带丰富的时代感和历史信息，更重要的是，作为艺术的表达对象，他们有鲜明的个性，都带着在时代风潮中所锻炼出来的特殊人格，是适合艺术表现的。与此同时，能否深入理解这些人物的性情与人格，又构成对画家本人的一个巨大考验。历史意志从来是在的，人格力量从来是在的，表现成不成功，要看艺术家的思想力和表现力。袁武这一系列画作，就是一份令人满意的答卷。读这些画，不由让我想起美国诗人惠特曼献给林肯的诗篇《船长，我的船长》："我们艰苦的航程已经终结。／这只船安然渡过了一切风浪，／我们寻求的奖赏已经获得。"

近年来，袁武又痴迷于西藏人物造像，从组画《大昭寺的清晨》起，有一发不可收的迹象。

其实，他早前也零星画过此类题材。中国画家没有画过西藏风光与人怕是很少的。西藏之于中国画家，多少有点像高更的塔希提。那些异质的、不能真正理解的存在，总是成为一种巨大而神秘的诱惑。但袁武的这次重返，于他本人有更重大意义在。对此，他自己也有充分意识。他的夫子自道是，他画这些人，在画信仰，是画信仰的力量。而问题的核心是：信仰是什么？对于艺术来讲，其实就是所有精神性力量中最纯粹、最坚定的那一种。这足以唤起一个艺术家最深刻最持续的激情。

"百年肖像"中那些有名有姓的人，大多数也是有坚定信仰的。但他们的信仰最终都要落脚于现实世界改造，从而充满了世俗的社会性与政治性。这样的信仰因为其强烈的现实性，其实现路径时常与信仰的纯洁性相抵牾，而使表现对象具有一种难以言说的复杂性。

西藏就不同了。佛教这种宗教，其信仰神灵的众多，其经典体量的巨大与庞杂，对普通信众来说，其实是难以达成深入而全面理解的。但就是这些在艰难环境中艰难生活的无名人群，却对佛教的众神保持着无条件的虔诚。其吸引人的美感，也是从此处产生的。从庙宇建筑的构成，到朝拜者的礼仪与他们饱经风霜与烈日的身体的动作与表情，富于质感的衣饰，其充足的形式感，反倒成全了纯粹的艺术之美，一种原初性的、强烈而纯粹的美感。这正是造型艺术最适合的表达对象，想必也是令造型艺术家长久痴迷的重要原因。无名的人们集合起来，在命运的不可知处，不论男女老幼，都显示出同一种强烈的精神趋向，这当然是令人痴迷的。我读袁武笔下这些藏人形象，就读到他们不约而同显现出的强烈而共同的精神趋向，与其说，他是在画那些因为有信仰坚定而绽放着审美光芒的人，倒不如说，是他更沉迷和满足于自己内心被这种审美光芒唤醒的、自己对于信仰这种强大精神力量的向往。

如果说，"百年肖像"中的那些人物也是有精神力量的，但无论如何伟大，都是单个人，信仰的方向也是千差万别的。组合起来看，我们听到的是历史复杂因素的交响。而这些无名的藏人群像，是颂诗般的协调庄重的合唱。

我相信，有一天袁武又会抽身回来，回到个别的人物的造像，但有此一遭纯粹激情的沉迷，有了对人的普遍性的深刻理解，那些将来会从他笔下走到纸上、走到我们眼前的人，会有更加鲜明的个性，会有更加旺盛的生命力量。只是，画终究还是画，还是笔墨，艺术也是要有点游戏精神的，我看袁武也可以放松一些，理解并崇仰精神力量是对的，寻求意义也是对的，但进去了，还要时不时退出来看看。用苏东坡给黄庭坚书法的建议的话，就叫作："以真实相出游戏法。"这句话也可以反过来说，以游戏法出真实相。东坡先生是有的放矢，黄庭坚作诗与写字，唯一的缺点，常常因为过于执着，而不放松，紧，反而拘束了天才发挥的自由度。因此，我常想，要是高更画了塔希提又回到法国，再画巴黎，那又会是一番怎样的景象。

让人们彼此看见

——为肖全金川摄影集序

金川一地的可靠编年史从火枪时代开始。时间是清乾隆十二年，公元 1747 年。这个时间节点在肖全这部金川的摄影集中有具体呈现。就是那道蜿蜒在山梁上的残墙：火枪时代的防御工事。一些人端着火枪呐喊，冲锋，他们攻破这道墙，或者在这道墙前倒下。墙的后面，是另外一些人，手持火枪不断射击，或者守住这道墙，或者死在墙根底下。那是一场历时十来年的漫长攻防。如今，两百多年过去，那些石头还在海拔三千多米的高度上，看起来那样死寂，苔藓与风化使其喑哑，却仿佛绝望的嘶吼仍在回荡。照片呈现寂静的空间，却仿佛唤醒了时间，让那些嘶哑的声音得以释放。

火枪时代之前，是神话和传说时代。这个时代更加遥远，仿佛一个背影。这个背影，在肖全的镜头中也有一个具体呈现。女性舞者的背。背上系着一件羊毛织成的披风。披风上的纹样有朴拙的美感。我认得出这个背影出现的地方，马奈。一个嘉绒语汉写的名字。那个地方，时常为游客上演一种舞蹈。这是一项非物质文化遗产。

编年史开始之前，大渡河上游的这个高山深谷地带，也有自己漫长的文明史，经一些有心人发幽钩沉，发现有一个叫东女国的小国存在。那个小国有一种庄重的宫廷舞蹈。小国已经湮灭很久很久。但这种舞蹈却在民间传承下来。

这个时代还有一些遗存，比如，妇女身上的繁复美丽的衣衫；再比如，那些看起来粗放，其实构造精确坚固的石碉和堡垒式民居。有了这些事物的存在，那个消逝时代的面貌还依稀可辨，更何况还有一个且歌且舞的背影。时间过滤掉了一切它认为不重要的东西，却把最坚固、也最柔软的东西留下来。今天，它们频繁地被书写、被拍摄，我观看这些作品，总觉得取景框后的眼睛，带着过于强烈的异质化的眼光在寻找奇观，而不是试图从空间进入来打开时间。

时间之门一旦开启，一切都开始流淌，不只是光，还有现实生活本身。历史的影子就暗藏在现实的面相后面。碉楼作为历史站在那里，而现实中的梨花盛开了。这些梨花在这片土地上开放，凋谢，凋谢，又开放，已有两百多年时光。乾隆四十一年（1776年），大小金川之战结束，那些碉楼作为战防工事作用消失，只是像一个历史亲历者同时也是见证者，不动声色地站在山野村前。看梨花开放，一天天繁盛，一天天蔚为大观。据零星的史料，这些梨树是由当地的一种土生梨树和战后就地屯垦的汉人兵士从山东老家带来的一种梨树杂交而成。我们看到，在肖全的镜头里，在梨花节上竞选梨花仙子的姑娘撒开了千年前祖先就穿着的裙裾在倾圮的石碉前奔跑。传统的装束，在这个时代的新人身上焕发光彩。不只是这个姑娘，那些在画面中朝着镜头、朝着我们凝视的人，也看见新的生活与新的世界。凝视，是摄影者的工作。凝视，也是照片中那些人的主要动作。我也在凝视那些凝视。这不是一个闭锁的循环。我们在这彼此的凝视中一定感到些什么，看到些什么。

苏珊·桑塔格在《论摄影》中说："照片是一种观看的语法。"她还说："更重要的，是一种观看的伦理学。"我想，这种伦理学决定那个端着相机的人看见什么或看不见什么。而作为一种语法又决定了让自己和将要凝视这些照片的人以什么样的方式看见。肖全看见了历史，也就是在空间中展开的时间。时间一旦启动，就产生社会的演进与变迁。

金川一县的历史，乾隆年间的两金川之战是一个分野。此前是遗世独立，此后，则是种族文化的大融汇，因此在大渡河上游峡谷形成独特的汉藏交融的文化景观。如今蔚为大观的梨花胜景正是这种融汇的结果之一。当我试笔写这些梨花时，起笔时曾踌躇再三。这一对象已是中国人审美经验中一个熟稔的题材。梨花开在唐诗里，开在宋画里，背景却是不一样的人文，不一样的自然。在金川这样一种混血的文化里，强劲粗粝的地理中，梨花呈现出的是更狂放不羁、更野性勃发的状态。肖全的梨花照是敏锐的，按下快门时，他没有服从圆熟的审美经验所提供的那些情调、那些构图，而是尽力显现其野性的质感，及其与雄荒大野的关系。

这本照相集中，还有一些是关于宗教的。庙宇。僧侣。信徒。圣迹（石头上的脚掌印迹）。藏传佛教在金川土地上广泛传布，也是两金川之战后的事情。之前，金川土司和当地百姓崇信的是本土宗教苯教。照片中那座寺院的前身就是一座苯教寺院雍忠拉底。两金川战后，乾隆皇帝强令当地改宗藏传佛教，这座寺院也改宗藏传佛教格鲁派，御赐寺名广法寺，教权"赏给达赖喇嘛"，直到民国年间，该寺还由西藏派遣堪布进行管理。弄清了真实历史，很多神圣事物都会回归寻常。这本影集拍摄宗教题材，也没有把身子矮下去，弄出一派神圣，而多是平视的寻常眼光。这一来，那些对象，无论是宗教执业者，无论信众，还是宗教场所与造像，反倒有了亲切的人间的况味。道理很简单，是历史，而不是神力造就了今天的生活面貌——即便是那些与这个消费社会大异其趣的文化存在，也是由历史所塑造，也是一种人的生活。

又想起苏珊·桑塔格的话："摄影是核实经验的一种方式，也是拒绝经验的一种方式。"这些年，看腻了关于川西高原那些唯美的浪漫化的影像。而肖全这本摄影集在我看来，至少是采用了"核实"而不是"拒绝"经验的方式。呈现的是真正的金川，而不是逃离历史与现实经验的一种光影再造。所以，肖全要我为他的金川摄影集写点文字时，我不由得就想起他给与我同时代那些人的留影，以及后来陆续看到的他一些诚恳又准确的，为一个演进变化中的社会的人与物以及场景立存此照的作品。前些日子，在网上看到过一篇他与记者的谈话，其中谈到他要让被拍摄的人物看着镜头，其实也就是让他们也看着我们、看着世界。我非常认同这个观点。相机作为一种工具，摄影作为一种艺术，就是为了让这个世界的人彼此看见。在这本摄影集中，我看到了这种"语法"或者说"伦理学"的延续。我没有注意过肖全有没有拍过川西，但几个月前，我在金川梨花节开幕式上看到了肖全手持相机的身影，就想："哦，肖全来了。"

这回看到这本摄影集，又想："肖全真的来了。"到川西这个大量生产光影作品的世界里来了。来了，我们就会彼此看见。

Chapter 6

品
酒
记

川酒颂

——在北京川酒品牌推广会上的主旨演讲

各位嘉宾，各位喜爱川酒的朋友：

我作为一个作家，精神上有历代文人爱酒的基因。一个爱酒之人，生在四川，不能不说是一种巨大的幸福。所以，很高兴来参加这样一个以酒会友、品酒论酒的盛会。

"酒非攻愁具，本赖以适意。"这是宋人陆游的诗。他用这首诗给喝酒定了境界。不是"销愁"，而是"适意"。而且要跟在名山胜迹的游历、人间况味的体悟结合在一起，"如接名胜游，所挹在风味"。只有饱览了名山大川，有了丰富的人生阅历，才能从酒中品尝到真正的"风味"。

公元 1170 年，陆游"细雨骑驴入剑门"，来到四川，整整八年。一个爱国文人的事功之外，他在这里品尝美酒，歌咏美酒。

比他早四百多年，公元 759 年，唐代的大诗人杜甫也是越过剑门关进入四川。

两个诗人都在四川广交友，饮美酒，看胜景，写好诗。四川文人李调元说："自古文人例到蜀，好将新句贮行囊。"所以如此，当然是因为四川的名山胜水，悠久而独具特色的文化，所具有巨大的吸引力，对这些杰出而浪漫的文士来说，蜀地的美酒，也是吸引他们前来的一个重要缘由。

　　我作为一个从事文化工作的人，一个四川人，遍饮蜀地美酒之余，也常常会想，在中国，如此集中地产出这么多美酒的地方，为什么独是四川？

　　杜甫早就发现了四川盛产美酒的秘密，也就是得天独厚的自然条件。

　　"蜀天常夜雨，江槛已朝晴。叶润林塘密，衣干枕席清。……浅把涓涓酒，深凭送此生。"

　　四川盆地，气候温润，物产丰富，宜人居，宜生产。加上人民勤劳，这就导致了生产力的进步与发展。从汉，到唐，再到宋、元、明三朝，四川在中国都是生产力空前发达的地区。汉代因种植技术的进步而发展出了空前发达的纺织业。生产有了规模，必然导致生产管理水平的创新与提升。今天四川省会成都别名锦官城，就因为在那个时代就设置了管理丝织业的专门机构和职官：锦官。甚至有人说，所谓锦官城，就是把丝织业集中于一个地方，作为城市的一个组成部分，就像是今天的工业园区。是不是如此，还需要更多史料与考古发现来证明。但在当时，因为生产的发达，造成城市消费的繁荣，这是没有疑问的。也因为有了消费文化的出现，才会有"文君当垆"这样当街沽酒的商业形态出现，有了这样的消费与交际场所，借助了酒的媒介，才会有卓文君与汉代最有才华的文人司马相如的爱情故事发生与流传。

在卓文君与司马相如的时代，丝织业已经是四川的支柱产业。只是因为技术限制，酒还不能长期储存，长途转运，只能是一种即时的在地消费，不能延长产业链，生成一个巨大的商业空间。

到唐代，丝织业更加发达。成都因此有了一条五彩斑斓的濯锦之江。这条穿过成都的江流今天还称为锦江。

在四川，在成都生活了将近六年的杜甫就在这条江边饮酒：

"走觅南郊爱酒伴，经旬出饮独空床。"

"谁能载酒开金盏，唤取佳人舞绣筵。"

"肯与邻翁相对饮，隔篱呼取尽馀杯。"

"苍苔浊酒林中静，碧水春风野外昏。"

这里不只是酒之美，还有风景之美，人情之美。酒不是一种纯物质的东西，酒是友情的依凭，酒是通向精神自由的可靠媒介。

杜甫诗中记载，他在成都时，当时四川的"一号首长"严武送过他青城山道士酿的乳酒。那时的四川，盛产春酒。有即酿即饮的生春，也有加热处理后可短期储存的烧春。我们的六朵金花之一的剑南春，就把剑南烧春作为其源头。剑南，就是剑门关之南，那是唐代四川的行政区划名称，叫剑南西川节度。杜甫离开四川，坐船顺岷江而下，到长江第一城五粮液的产地宜宾，那时叫戎州。戎州刺史请杜甫喝的也是春酒："重碧拈春酒。"可见春酒还各有品名，也就是最初的品牌。这种春酒叫重碧。喝酒还上果盘，是当地出产的荔枝。"轻红擘荔枝。"这个荔枝也很有名，写在唐诗中："一骑红尘妃子笑，无人知是荔枝来。"古人解诗，说这些荔枝是从岭南送往长安的。不对，路太远了，荔枝又娇嫩，经不起那样折腾。这个荔枝就产在五粮液的出产地宜宾，就产在国窖 1573 的出产地泸州。

还是有诗为证。宋代人黄庭坚谪居宜宾三年。写了很多关于酒和地方风物的诗，因其描写的客观性，可作信史看。就说一首诗的名字吧。《廖致平送绿荔枝为戎州第一，王公权荔枝绿亦为戎州第一》。这里，绿荔枝是佳果，荔枝绿是美酒。一首诗，同时写出宜宾的两大物产。

宋代是四川的黄金时代。

那时传统的纺织业更加发达，外销多换回来的钱也多，因为通用货币是铜钱和铁钱，造成携带和运输的困难。于是，因流通方便的需要，四川人发挥创造性，发明了世界上最早的纸币——交子。先是民间发行，由六个大商户以他们实有银钱为本金，再溢价百分之三十左右发行纸币。发展一阵后，为加大发行面，也为增加信用度，改由国家发行。

这个时候的四川，卓筒井出现了，这是钻井技术的伟大发明，从此，人类可以打出千余米的深井，索取地下宝藏。四川因此又发展起一个新的支柱产业——盐。

此外，还有茶马互市的茶。

四川经济有三大支柱了。

然后，酒成为当时的第四大支柱产业。这首先是由于制酒技术的进步，蒸馏酒的发明。今天我们讲酒，都会讲它与时间同在，在漫长岁月中积淀风味、情感和记忆，因而获得魔力般的神秘特质。但早前的酒是害怕时间的。直到蒸馏酒出现，才使其获得了与时光与记忆同在的特质，也才使酒得以成为一个真正的产业。前面说过，丝织业发达了，就出现了专职管理的部门：锦官。酒业发达了，能有巨大的税赋贡献给国家，也就出现了专事管理的部门：清酒务。宋代的酒是国营的。最初的办法就是民间可以办作坊酿酒，但不能生产酒曲。酒曲由政府统一生产，酿酒作坊私自制曲可判死罪。你从政府手里买曲，曲钱里头就含了税金。政府有时会贪心，国营企业也会贪心，光赚曲子钱不够，又出手办酒厂。结果当然是挤压民营企业的生存空间。那时四川真是把酒当作一个支柱产业来打造，来经营的。南宋高宗年间，一个考取进士功名的遂宁人，姓赵，他不管行政，也不管军事，管酒产业，为政府理财生财。他接手这个摊子时，四川酒业每年贡献一百多万贯税赋。他一上任，发现国营酒厂经营不善，大多承包给体制外的商人。这种承包制有个名字叫"买扑"。承包也好也不好，最大的毛病就是寻租。赵先生搞改造，把这些承包出去的国营酒厂都收回来，发明一种隔槽法，窖池开放，老百姓要酿酒，到指定的地方来。我提供窖池、甑子，还有技术指导，你自己酿。收费按你酿酒的粮食多少。一斤多少钱，明码实价，公正合理。从而促进了酒业发展。这个制度威力无比，没过多少年，光在四川，酒的税赋翻了不止一番，达到六百多万近七百万贯。朝廷看这个法子好，还推广到全国其他多粮食多酒的地方。所以，把酒作为支柱产业，在四川不是几年几十年，是好几个朝代的事情了。这也证明了，川酒的兴旺，是有其深厚的历史传承在的。自然条件好，是一个方面。生产体制的成熟与创新也是一个重要传统。

任何一个时代，经济的繁盛必然造成文化的发展。

四川在生产力勃兴的宋代，文化也大繁荣、大发展。那一时期，四川，特别是成都，是中国造纸业和印刷业最发达的地区之一。也就是在这样一个背景下，在四川涌现了中国文化史上最伟大的人物苏东坡。他是政治家，是伟大的散文家、诗人、词人、杰出的书法家和画家。林语堂先生在为苏东坡作传时说，他还是个伟大的酿酒师。苏东坡酒量不大，年轻时，他自己的说法是，"见杯辄醉"，后来酒量也一直不大。但他爱饮酒，善饮酒，为的是这种伟大的液体能敦睦友谊，能让我们在某种状态下突破禁忌礼数，直抒胸臆，放任旷达，情感自由，灵感升腾。

我认为苏东坡的文化性格是川人文化性格的最典型代表。在朝中任职，忧国忧民，积极为治国安邦建言献策，坚持操守，虽遭贬谪也不改其志。为官地方，勤勉为政，造福一方。当杭州刺史，努力治理水患，留下苏堤一条。这条堤，不只是治水，同时成为纵贯千年而生命力依然旺盛的人文景观。什么是文化？这就是文化。造物时并不只拘于实际用途，而有审美的考量。社会黑暗，仕途断绝，在逆境中，他以旷达的人生观享受生命。他在贫苦的处境中创造生活，亲自动手，创造菜，创造酒。他在黄州造过蜜酒，在惠州造过桂酒，并以诗纪之。"大夫芝兰士蕙荪，桂君独立冬鲜荣。无所摄畏时靡争，酿为我醪淳且清。"淳且清，是酒品，也是伟大人格。

我想，这种对生活对酒的理解与认知，也是川酒传承深远、历久弥新的精神因素之所在。川酒传承的不只是技艺，其中也饱含着川人务实勤劳，同时也达观放任的文化性格。

苏东坡自己制酒，写过《东坡酒经》，写他怎么制曲，怎么以三十天为一时间单元，酿成自己家酒的过程。这样的作品，也是经世致用之作。拜四川独特温润的气候所赐，川酒的最神秘之处就存在于空气和土壤里无处不在的微生物群之中。在酒曲中，在窖池中。今天以五粮液为代表的川酒，品牌建设、营销方式、流程管理，越来越科学化现代化，但关键的生产方式与环节，制曲与封窖，还是传统的，应时而动，应季而动，正所谓天人合一。比如郎酒今天还保持着端午制曲、重阳下沙的工艺传统。在这些独特的工艺过程中，无数微生物群体，在人类肉眼不可见处的欢快而神秘的劳作，正是各个品牌川酒上佳风味的真正奥秘之所在。

与此相伴，诗与酒一直是同在的。诗人一直是深度参与见证酒业发展的。

再举一个诗人与酒相关的例子。

苏东坡的弟子、苏门四学士之一的黄庭坚，大诗人、大书法家。他谪居宜宾三年时间，遍尝当地佳酿。最盛赞的是今天五粮液奉为上源的姚子雪曲。他不是抽象地抒写喝此酒的主观感受，或欲饮此酒的原因，而是客观地写出了赏酒的步骤。直到今天我们赏酒鉴酒所遵循的还是同样步骤。

一、观色："姚子雪曲，其色争玉。"

二、闻香："得汤郁郁，白云生谷。"

三、初尝："清而不薄，厚而不浊。"

四、回味："甘而不哕，辛而不螫。"

大家看看，一套完整流程，在宋朝时就已经规定好了。祝大家在今天的品鉴会上，也照此流程，举杯，干杯，得大畅快、大欢喜。

正逢重阳下沙时

国庆前几天，口福不错。

过重庆，朋友的公司四十周年庆，在看得见长江和嘉陵江合流处的高楼上，五个人喝了两瓶，1997 年产。喝着说着，江岸上街市的灯火亮了起来。说的都是追忆往昔的话。

去南京，本是一顿便餐。邀一个出版界的朋友也来说说话。他问过地方，说，你们这些外地人，去了个什么地方，改，改！任他改，是他老家道地的家乡菜。他带了酒来，2001 年的茅台。写书的遇到出书的，说书，加上酒好，话自然就多。书话。

又两日，一个朋友出了新书，邀几个人聚聚，还是茅台，十五年的，因舍不得喝，自己放了好些年，借着酒劲说书，写书人是商场老手，心理不脆弱，关于书，大家趁着酒兴都说直截了当的话。

于是，就想一个问题。酒无关饱暖，为什么要喝酒？这个，有答案也没有答案，但时不时还是会想想。

古人写过许多关于喝酒的话。古人也不是每个人都喝酒的，何况古人喝酒的原因也是各不相同的。陶渊明要在醉酒中忘掉世界带给他的无穷烦恼："载醪祛所惑。"杜甫忧国忧民之深，李白入世时寄托之高与出世时失望之深，其借酒抒发的情怀都不是我辈所能及的。只是岑参诗所写"中军置酒饮归客，胡琴琵琶与羌笛"，那样的情景还是令人神往的。但也只是神往而已。

白居易日常些："百事尽除去，尚馀酒与诗。"也是白居易写的："尝酒留闲客，行茶使小娃。残杯劝不饮，留醉向谁家。"倒像是我这样的人喜酒的状态。是要一个氛围，为日常生活增加一些人间趣味。借酒，增加一些人情的温暖，一个直抒胸臆的气场。

于是，第二个问题也产生了。为什么在这种场合，大家偏偏喜欢的是茅台？

至少我个人，并不独独只喜欢茅台。外国的威士忌和白兰地不说，中国白酒，不同香型中，还有三四种酒我也相当喜爱。但在好些场合，为什么茅台会成为大家不约而同的首选？有个朋友批评说，茅台价高，还稀缺，喝这个可以满足虚荣心。其实，他也知道我爱茅台并不是因为这个原因。比如，消费某些高档的葡萄酒也是有面子的事，但我从来不强迫自己去接受。我在家里是从不碰酒的，只是和朋友们一起喝。平时不爱多说话，几杯酒下肚，就有说话的欲望、交流的欲望了。朋友间不多说说真心想说的话，怕也难以成为真正的朋友。喝到高兴为限、说话多为限，以不喝倒、不喝失态为限。就这么一喝三十多年。喝到有了心得、有了口味的嗜好，喝到了白酒中渐渐只喜欢三五种酒的程度了。

刚好国庆假期将尽，有朋友邀约作一次茅台之行。

也不是第一次去茅台。茅台集团赞助《人民文学》和《小说选刊》两家杂志的作品奖，我作为得奖者已经去过两次。在生产线上，在主人的欢迎宴上都品尝过不同年份的茅台。还写过一篇短文《香茅的茅，高台的台》。蒸馏酒未出现前，古人是以香茅草沥酒，使其由浊而清；古人喝酒有时是在高台上的，这样有雄视天下的豪迈。借这两点，拿茅台的名字做了这篇文章。这一回再要去，就需要一点理由了。当下此酒有钱难买，私心里觉得或许可以获得一个稳定的正品渠道。但这个理由还是不够。而更充足的理由，是这回厂里有一个礼拜先辈酿酒工匠的典礼，更加上，是酱香白酒一年一轮作的酿酒季的开端：重阳下沙。

正装出席了祭典。祭拜的对象是工匠，形式上与别的祭神祭别的什么的典礼也没太多不同。急着要进入的是厂房，去看下沙。重阳下沙。茅台是体量巨大的上市公司，管理很现代，但生产工艺却深植于中国传统的农业文明，因农时而动，因节气而行。初夏小麦收获，便在端午节以小麦为主料制曲。端午制曲。秋天，赤水河谷独特的小颗粒高粱成熟，离开田地进入厂房，便要在九九重阳节这一天，开始那个使高粱米窖变为美酒的过程，称为"重阳下沙"。中国人的美学情感的建立，相当一部分是由季节变化和农作物的收获与加工而生成的。对酒而言，这个古意始终是在的。古人诗"开轩面场圃，把酒话桑麻"就是这样的意思。不唯把酒的快乐，收获的快乐也蕴含其中了。

茅台酒的工艺流程，从端午到重阳，也是有应季而动的古老诗意在的。我真正想参观的，是重阳下沙的生产场面。

一进入车间，温暖雾气氤氲蒸腾。工作中的工人们用仁怀当地口音说话，入耳最多的一个字就是：沙。仁怀与四川人说话口音相近。我听得懂。沙，细小的东西。这里指的是赤水河谷特产的糯性更足的高粱米。"润沙"，淘洗干净的高粱米，上大木甑蒸前，要吸收水分使之润泽。"碎沙"，粉碎到一定程度的高粱米。"坤沙"，完整的高粱米。在仁怀或四川方言中，有一个音，读作 kún，二声，表示东西完整。所见文章中都写作"坤"，这个字读一声，不对，但查字典又找不出一个发二声的字可以表示这个意思。还是依习惯写作"坤"吧。也就是说，酿茅台酒，主要是以完整的未破碎的高粱米，入甑，蒸，出甑，摊晾，拌曲，入窖池，收堆发酵，再入甑蒸馏而得到清冽酒浆。酱酒的工艺中，这个过程不是一次完成的。一次发酵蒸馏，并没有把高粱中的有效成分全部萃取。这个过程是反复进行的。这个过程要重复进行七次，叫作"七次回沙"。

　　曾经在苏格兰高地去参观过有名的威士忌酒厂。一只五十年的陈酿酒木桶在眼前打开，酒浆封存在黑暗中那么长时间，突然被光线照亮，泛化出金黄色泽那一刻真是令人心醉。但进到制造车间，眼前一座几乎两层楼高的不锈钢罐子，从粮食到酒的那些奇妙的过程都是在这工业时代才有的钢铁巨釜中催成时，顿时觉得少了许多兴味。工业时代自有工业时代的坚硬的标准的美感。但对酒这种特别的饮品来说，我更愿意其生产方式保留农耕时代的方式。而那些令我们喜欢的中国名酒，其生产过程大多还延续着这样的生产方式。茅台的生产就是其中之一。在制酒车间参观，穿行在一只又一只蒸汽升腾的粗矮的木甑中间，穿行在一堆堆正在拌曲的糯红高粱堆中间，似乎就能明白茅台酒绵长独特口味的来源了。继续穿行，一口口满料的窖池正在用窖泥封顶。每堆等待发酵的高粱都高出窖口，有意无意模仿着浅缓丘陵的形状。茅台周围的山是高峻的，但这封堆的形状，似乎暗示茅台酒并不倾向如此峻急的口味，而是要丘陵一样富于变化的同时，又是舒缓平和的。封堆的工人们神情带着一点虔敬。这虔敬是对留传有序的工艺的，也是对着面前这些窖泥的。窖泥不只是把拌了曲温度湿度都很适宜的高粱米封入黑暗那么简单。窖泥中富含的众多的微生物群体也将加入黑暗深处高粱到酒的奇妙而神秘的转换。我确乎听见微生物群在泥下歌唱。我想，当夜晚来临，我们举起酒杯，灯光辉映着那一杯清洌而有些黏稠的酒浆时，喝下的不是53度的液体，而是这种奇妙的歌唱的回声，绕梁余音，在口腔和胸腔中回荡。仿惠特曼的，这是酿酒工匠们的歌，是高粱和酒曲在合唱的歌，是制曲的女工双脚用柔软节奏踩出的歌，是木甑和蒸汽合唱的歌，是赤水河的水和茅台镇的空气所唱的歌，男工们用工具用手拍打窖泥时，那种韵律感成就的歌。我想，至少对于我本人来说，如果没有这样的工艺之美、劳作之美、自然因素的种种天作之合，我对茅台酒并不会这般痴迷。

到茅台镇，身上就已被充满酒分子的空气熏染，从车间出来，更是满身心都是酒的芬芳了。这天最后的参观地，也不止到过一次了——酒窖。

那些高粱，那些坤沙和碎沙发酵充分了，再次上甑了，灶中火起来，甑子里升温，蒸腾，轻盈的酒上升，凝结，笕口出酒了。一次，两次，三次，直至七次。七次出的酒混合在一起了。在高粱地里，它们是在一起的。现在它们又在一起了。它们再次聚在一起，封存进坛子里。未变成酒液之前，在田野里，它们是一穗一穗聚在一起，成千上万穗，一片片聚在一起。现在它们改变了形态，以一千斤一坛的方式，以更亲密的方式聚在一起。坛口又被泥封住。奇妙的转换在黑暗中继续进行。那是一个升华的过程。我想，田野里阳光的温暖与明亮都在里面，田野里的风声也还在里面。就像我们用记忆把自己内在的情感世界照亮一样，酒也用同样的方式把自己照亮。直到经过漫长的时间，重见天光。那就是酒进入我们身体的时刻了。

"只近浮名不近情。且看不饮更何成。"

"平生嗜酒不耽酒，不爱深斟爱浅斟。"

这是中国人把酒看成一种生活方式，也成一种人生态度。外国人如尼采则从哲学意义上归纳出酒神精神，认为饮酒能使人脱离现实的束缚而回归到真我的生存体验，以此达成灵魂的释放。为此，人类创造了许多达成这种回归与释放的手段。如果认同尼采的观点，以回归释放为旨归，酒，和艺术，在这个世界的各种文明中，都是最古老最可靠的媒介。所以，我们需要酒和艺术。所以，我们可以放心热爱美酒与艺术。

赤水河这条美酒河出产的茅台酒，正给我们提供了从一种生产方式到饮用感受都充满美学意味的超级体验。中国人丰沛的命运之感中，从来有端午、有重阳这样重要的节令在。而这样的节令，从来也有酒在。"端午临中夏……曲蘖且传觞。"这是李隆基在盛唐的端午饮酒。"九日黄花酒，登高会昔闻。"这也是盛唐时，岑参在军中，在重阳饮酒。而茅台酒不但宜于在四时八节享用，更有端午制曲、重阳下沙、人天相应、应季依时而动的生产流程，自然就具有了更深的文化美感，其醇厚绵长的香蕴触发的就远不止是我们味蕾的快感了。再饮，就会品尝到时间的味道。宏观世界的时间，和我们短暂生命的时间。

这一次去茅台，体验了重阳下沙。再去一回，看过端午制曲，再饮茅台，那体味就非常完整了。

Chapter 7

演
说
记

士与绅的最后遭逢——谈谈李庄

——为宜宾市翠屏区干部学习会所作演讲

今天我来谈谈李庄，谈谈对李庄的感受。因为我知道宜宾市里和区里正在做李庄旅游的开发，其中最基础性的工作，就是研究李庄文化。那么也许我的这些感受，就可以作为一个案例，可以作为一个游客样本，作为有文化兴趣的游人的样本，看他来到李庄，希望看到什么，或者说，他来在了李庄，有关中国文化所产生的一些联想，所有这些也许都可以作为当地政府对李庄旅游开发跟文化开掘的参考。我不是旅游规划专家，所以，我作为一个有文化的游客，只是希望在这一点上对你们有所启发，这就是我愿意来此谈谈李庄的原因。

其实我这次也只是第二次来李庄。两个月前吧，还来过一次，那是第一次。听说这个地方好多年了，读这个地方有关的资料、书籍，尤其是读我们四川作家岱峻的非虚构作品《发现李庄》，也有好多年，但不到现场，这种感受还是不够强烈。因为过去我们老是想，来到李庄的那些知识分子，如傅斯年、董作宾、李济、梁思成等这

250　　以文记流年

样一些人，他们是跟中国新文化运动相始终的这样的一代知识分子，如果只是讲他们如何进入到一个谁都没有预想到过的地方，在这个地方艰难存息，而且继续兢兢业业地从事使中国文化薪火相传的平凡而又伟大的工作——尤其是在抗战这个中国国家，中国文化面临巨大存续危机的时代——这样的工作更是具有非凡的意义。第一次来李庄时，我便忍不住说了四个字，"弦歌不绝"。这是一个有关孔子的典故。《庄子》上说："孔子游于匡，宋人围之数匝，而弦歌不绝。"这种精神当然是很伟大的。这一部分事迹，在今天李庄文化的开掘中，已汇集了相当多材料，也有了较为充足的言说。

但我觉得，这并不能构成李庄文化的全部面貌，因为抗战时期，不同的学术机构、不同的大学，辗转到不同的地方，到桂林、到贵阳、到长沙、到昆明、到成都、到重庆……但在那些地方并没有产生像今天李庄这样有魅力的故事，那就说明这样的一种局面的形成并不是一个单向度的问题。就像今天讲在昆明的西南联大，怎么讲呢，大多还是像今天我们讲李庄那些外来的大知识分子的故事一样，讲他们如何在困难的条件下专注学问，如何在风雨飘摇的时势中不移爱国情怀，却很少讲出昆明跟西南联大、这个地方跟联合大学互相之间产生交互作用的过程。这也情有可原，因为那些机构大多在大的地方，在相对中心的城市，中央政府政令相对畅通的地方，所以与地方交互的故事，并不是那么多，尤其是他们跟当地民间各个阶层相互交往关系故事并不是特别多。

这其中好些地方我都去过。比如西南联大所在的昆明翠湖边，也曾在湖边曲折的街巷中怀想那些消逝了一代知识分子的背影。

但为什么独独是李庄，一下子就在这么小的一个地方，来了这么多学术机构？而且，至少同济大学的到来，是由李庄的大户人家，也就是过去所说的有名望的乡绅们联名主动邀请来的。我觉得这里头一定是包含了某种有意味的东西，这个过程体现了某种特殊的价值、特殊的意义在。那这样的意义到底是什么？

第一次来过李庄后，回去我就老在想这个问题。

当时我就有个直觉，可能我们今天谈李庄的时候，谈外来的学术机构尤其是那些学术机构当中在中国乃至在全世界的不同学术领域都有显赫地位的知识分子，讲他们的故事讲得特别多。他们的故事应不应该讲？当然应该！但是在讲这些故事的同时，我们可能遮蔽了一些事实，那些被遮蔽的事实就是：当地人如何接纳这些机构，使得这些知识分子得以在这里度过整个抗日战争的艰难时期？在这个过程中，李庄人做了什么？更为重要的是，完成了这一义举的为什么是李庄而不是赵庄不是张庄？那么，这在当地有一个什么样的道德传统，什么样的文化氛围，可以使得当年在李庄这个半城半乡的地方，由这些当地的士绅邀请这些下江人来到李庄，而且来到李庄以后，又给他们提供那么多的帮助，提供那么多的方便？那这其中一定还有很多湮灭在政治运动和漫长时光中的故事，等待我们的打捞与讲述。只有把这双方的故事都讲述充分了，才是一个真实的李庄故事、完整的李庄故事、更有意义的李庄故事。所以我觉得将来的李庄故事，一定是一个双向的挖掘。

寄住者的故事和接纳者的故事的双向挖掘。

那么，这个故事的双向挖掘的意义又在哪里？

我以为，通过李庄故事，可能还原一个中国传统社会的图景，传统社会最美好的那一面的完整图景——过去的几十年中，我们看待中国传统社会形态时，较多注意它不公平不美好的那一面，而对其美好的那一面关注是太少太少了。

在我看来，李庄故事里的两个方面的主角，恰巧是中国的上千年传统社会结构当中，两个最重要的阶层最后一次在中国历史中同时露面，在中国文明史上最后一次交汇。我们知道中国有一个词叫士绅，在过去旧社会里，中国长期的封建社会当中，有时士绅是二而一的，但更多的时候，士是士，绅是绅，士是读书人，是读书以求仕进，以求明心见性的读书人；绅，是乡绅，是地主，是有产者，也是宗法社会中的家族长老。很多时候，士就是从绅这个阶层中培育生长出来的。在过去的社会，即便到了民国年间，到了同济、史语所、营造学社等中国最高级的学术与教育机构来到李庄的时代，士与绅有两个阶层在社会中的作用也是非常非常重要的。他们几乎就是社会的中坚。士，用我们今天的说法就是知识分子；绅呢，就是大部分在中国的乡村，聚集财富，维护道统，守正文化的有恒产兼有文化的，并且成为家族核心的那些人。大家知道，中国古代政府不像今天政府这么大、这么强势，所以政府真正有效的控制大概就到县一级，下边今天划为区乡镇村组这些地方，按今天的话就可以叫作村民自治。但是这个"民"如果像今天的农村，大家实力都差不多，一人平均一两亩地、几分地，大家都是这样的一两幢房子，文化也都是处于那么一种荒芜半荒芜的状态，没有宗族的、道德的、精神性的核心人物，所谓自治其实几乎是不可能的。但过去在乡村中，首先有宗族制度维系，同姓而居，同姓而聚，构成一个内部治理结构。从经济上说，因为允许土地自由买卖，就会形成土地相应向一些人手里集中，就会出现地主。大多数时候，地主不只是聚敛，他也施与，扶贫，办教育，等等。不管是宗族的族长，还是地主，还是小城镇上某种商业行会的领袖，这些人都叫乡绅。绅。他们在大部分时候构成中国乡村县以下的自治的核心阶层。而且不只是乡村，还包括乡村周围的小城镇，如李庄，也不是典型的乡村，它既是乡村，也是一个不小的城镇，因水运、因货物集散而起的城镇。总而言之，在封建社会当中，就是士与绅这样两种人成为中国社会的两个支柱，除了皇帝从中央开始任命到县一级的官员以外，他不再向下任命官员，王权的直辖到此结束。到民国时期政权开始向下延伸，乡绅中的某一个人，比如说李庄当时的乡绅罗南陔，他可能当过乡长、区长，但这个恐怕更多也是名义上的，官与民互相借力，真实的情形可能是照顾到他的这种乡绅的地位与其在乡村秩序中所起的特定作用——在乡村自治或半自治中所起的作用。

　　这个时候，刚好遇到全面抗战爆发，于是，故事就发生了。没有全面的战争，这些知识分子，这些士，不可能来到这个地方。我觉得李庄故事的核心就是：在这里，中国士与绅来了一次最后的遭遇、最后的结合，然后留下了一段李庄故事。今天中国社会已经改天换地，我们大概可以说士这个阶层，也就是知识分子阶层还在，虽然在国家体制中的存在方式与民国时期也有了很大的变化，但还是继续存在。但是，绅，乡绅这个阶层却是永远消失了。今天国家政权不但到县，还到了乡、镇，还进了村，此前还经过了土地改革，土地所有者也变成了国家。土地私有制被消灭后，绅所赖以存在的基础就彻底消失了，所以从此以后绅这个阶层在中国社会当中是不会再有了。所以，我以为李庄的故事其实是中国乡村跟城市，不，不能说是城市，应该说是中国基层的乡绅们跟中国的士这个阶层最后发生的故事，而这个故事是这样美好，这样意味深长。

　　过去我们说到绅，得到的多是负面的印象。从共产党进行第一次国内革命战争，就是红军时期以来，中国人习惯了一个词，叫土豪劣绅，习惯了给"绅"加上一个不好的定语："劣"。过去乡村里有没有劣绅呢？肯定有的，但是不是所有绅都是劣的呢？那也未必。如果是这样，中国乡村在上千年历史的封建社会中，没有办法维持它的基本的正常的运转，如果绅都是恶霸，都是黄世仁，都在强占民女，都要用非法的方式剥夺土地和其他生产资料，农民都没有办法活，那这个乡村早就凋零破败，不存在了。但中国乡村在上千年的历史中一直延续到上世纪五十年代初期，自有其一套存在的方式与合理的逻辑。当然，乡村这种秩序的瓦解也并不全是革命的原因。这种乡村制度的瓦解首先还是经济上陷入困境。其中重要一点，就是近代以来，现代工业的兴起，廉价的工业品从城市向乡村的推销，造成了首先是手工业的凋敝。但因为城乡贸易的增加，自然会带来物流运输的增加，那么，那样一个特殊时期，是不是反而造成了李庄这个水码头的繁荣呢？

　　话有些远了，还是回到绅这个话题吧。

　　我来说说绅这个字是什么意思。这个字最早出现在汉字里头，是说古代的人都穿长衣服，所以腰上会有一条带子，绅的本意就是束腰的带子，《说文解字》里说：绅，束腰正衣，使貌正之。就是人穿衣服要有规矩，显出有一个庄重的样子。后来就从这个本意引申出来绅这个字一个新的意义，就是说凡可以叫作绅的人，在道德上对自己是有要求的，他们在生活当中，在生产活动、在经商过程当中，是对自己有某种道德要求的。更不要说那些大的家族，绅作为家族的族长，一个家族祠堂的总的掌门人，他要平衡各个方面的关系、协调相互之间的情感，很显然如果只是使用暴力，只是用阴谋诡计，恐怕很难达到为尊族中与乡里的目的。他还是依靠合于传统道德的乡规民约，依靠一种道德言行规范、来约束自己的言行。前些天我去扬州，参观一个地方，也是看到一个以前老乡绅的老院子，从这老宅子中抄到两副对联，其实这就是自古以来，中国乡绅阶层对于自己的约束和要求。用什么样的带子来维系他们的道德，维系他们的传统呢？这两副对联就是这家人的传家箴言，第一副的上联这样写的："几百年人家无非积善。"说一个家族要在一个地方，在当地立足不是一代不是两代，是要在这里几百年传家，要在这里长久立脚，而且还要家世昌盛就要多做惠及邻里的好人好事。下联是："第一等好事只是读书。"我们知道，过去乡下乡绅门前大多会有个匾额，匾额上大多书四个字"耕读传家"的，正是这个意思。第二副对联上联是："传家无别法非耕即读。"说我们这些人家做什么事最好最长久呢？只有两件事，不是耕作就是读书。下联是："裕后有良图惟勤与俭。"说使后代保持富裕不是传多少钱给他，最好的方法是学会勤劳与节俭。这其实不只是这一个家族的传家格言，而是中国古代以来乡绅们所秉持的一个久远的传统。

进一步说，过去的士，很多人都是从这些耕读世家出身的，如我们四川的三苏，一门三父子都通过科举考试成为了士，而在没有成为士之前就是当地有名的绅。到了明代，新都的杨升庵一家，父亲是朝中高官，自己又考上状元。父子没有出仕之前，就是当地的绅。他们的家庭，就是当地耕读传家的绅。如果我们愿意多下一点功夫，查一查抗战中来到李庄的那些士，傅斯年、李济、董作宾、梁思成、林徽因、陶孟和、童第周，等等，等等，考察一下他们的家世，一代，两代，三代……大多都是来自乡村，来自乡村的绅这个阶层。

土地改革以后，绅中的一些人被划了一个成分，叫地主。这本来是一个中性的词，土地的主人。划定成分时，就有了贬义。之前，却应该是一个好的词吧。孟子说过"无恒产则无恒心"嘛，有了地就是恒产，有恒产就有恒心，所以这样的一种士绅耕读的传统，就决定了这些乡绅不是今天我们再用这个词时所说的，那些不尊重文化的暴发户，那些第一桶金或许都带有原罪色彩的所谓土豪。那个时候的乡绅中土豪其实是有的，但也是少的，大多是耕读传家的大家族大乡绅，他们的发展是一步步走来的，除了财富的积累，同时也有道德与文化的长久积淀。所以当抗日战争爆发，国家，这个国家的文化都面临深重的危机时，这些李庄的乡绅们才能够懂得文化的价值、这些士的价值，才会主动邀请这些文化人、这些当时的士与未来的士来到李庄，托庇于李庄。今天大家都在挖掘李庄那封电报的故事，那不就是当地的乡绅们结合在一些，他们身份很复杂，有商人，有国民党的区长乡长，有乡间的哥老会首领，但这些都是乡绅在新的时代中出现的逐渐的分化，也许，在寻常情形下，他们之间还有种种明里暗里的争斗，有各种利益的冲突，但这个时候，他们可以集合在一起，说邀请这些文化人、这些文化机构来李庄吧，让我们为保护中国文化、保护中国的读书种子做点事情。

在这样的时期，当中央研究院史语所及其他所、国立同济大学、中国营造学社等学术机构遇到困难时，很难想象从那么一个从来没有听说过的地方，有一群人联名发出电报邀请他们来到李庄。所以我觉得我们以后一定要把李庄的故事讲好，一定要讲出背后的道理，而这个背后的道理恰好正是中国悠久的文化传统当中最最重要的那一个传统。绅这个阶层，不但一直在哺育中国士的阶层，他们还内在地坚守着一种精神，一种尊重中国文化人、读书人的精神。

前次我去板栗坳，看见史语所的人他们离开时还留了一块碑在那里，碑文写得很好，我想再给大家念一念，其实也就是记叙了当时乡绅收留他们的事情，还写出了张姓乡绅的家世。

这通碑叫《留别李庄栗峰碑铭》：

> 李庄栗峰张氏者，南溪望族，其八世祖焕玉先生以前清乾隆间，自乡之宋嘴移居于此。起家耕读，致赀称巨富。哲嗣能继堂构辉光。本所因国难播越，由首都而长江而桂林而昆明，辗转入川，适兹乐土。尔来五年矣。海宇沉沦，生灵荼毒，同人等幸而有托，不废研求。虽曰国家厚恩，然使客至如归，从容乐居，从事于游心广意。斯仁里主人既诸军政当道，地方明达，其为藉助有不可忘者，今值国土重光，东迈在迩，言念别离，永远缱绻，用是询谋，佥同酿金伐石，盖弇山有记，岘首留题，懿迹嘉言。昔闻好事，兹虽流寓胜缘，亦学府一时故实。不为镌传，以宣昭雅谊，则后贤其何述？

碑文开头就写了在栗峰传家八代的张家。张家不是穷人，穷人怎么接纳他们呢？"……移居于此。起家耕读，……"注意刚才我讲过，这些士如傅斯年、李济，他们这些人是深深懂得中华乡村传统的，所以他们说李庄乡绅如张氏这样的望族是起家于耕读的，……

而且一家人继续读书，不因为有点钱就荒废了，所以这个家族传了八代还是勤谨兴旺，耕读传家之人，……碑文里几句话，说得非常简单，然后他们要走了，又说了几句话，……说我们在战乱时候在李庄做研究，完全靠的是主人的仁厚，就这么一个短短的碑文，我在那儿看，我念了三遍，很感动。士这个阶层，他们自己就有很大的发言权，用今天的话叫作有话语权。而他们刻下这通碑的时候，就把绅对于士在特殊时期的庇护说了出来，大声说了出来：是为了"宣昭雅谊"，这是士与绅在中国最后一次遭遇所留下的雅谊。

古时候说，居高声自远，士都在高处的，知识分子的声音都是传得很远的，可乡绅呢？当地呢？而且这个阶层在接下来的几年，在我们的土地改革当中，这个阶层就已经消失了，大概中国以后也再不会出现这个阶层了，而他们的声音就消失了。所以我们今天要讲好这些士的故事，这些知识分子的故事，要把这个故事讲得更加完整全面，就不能不说出这些乡绅所代表的李庄人的故事。这个故事我们也要讲好。所以我有个建议，以后要着力做一些关于这些乡绅家世事迹的调查整理工作，在考虑李庄文化陈列的时候，也应该有一两个地方来说一说李庄本身的文化、李庄本身的历史。不然就不能说清楚为什么是李庄，不是王庄，不是赵庄，托庇了这些伟大的传承了中国文脉、中国学术机构与人士的道理何在？这个道理就是中国几千年传统文化中，耕读传家的乡绅文化当中，一种天然的对文化的追求和对文化的向往与尊重。

当然时代已经处于剧烈的变化之中，中国的乡村社会，中国的乡绅们也正在接受现代文化的冲击，虽然相较而言，他们还是更熟稔中国的传统文化、孔孟之道。有一个外国汉学家跟梁思成夫妇很好的，他谈到中国文化时说过，中国的乡绅们大部分其实就是儒家，他们自己就是儒家文化的传统的代表，对于现代的民主与科学思想还不是很了解。所以这里也有这样的故事，说李庄人对于同济大学医学院做尸体解剖是如何惊诧与不解。我相信这样的故事一定是有的。但这种故事该怎么讲，该以什么样的方式来讲，也是大有考究的。我觉得以后再讲这样的故事，应该要基于一种对传统文化以及对当地人的充分尊重，要基于历史学家常说的一句话叫"同情之理解"，我们要很正面更详尽地讲这个故事，一定不要在讲这种故事的时候，变成简单的文明跟落后、文明跟愚昧那样的冲突，而把李庄当地人在这个故事当中漫画化了。这个不是对于接纳了那么多那么重的士的李庄人的尊重。即便他们在观念上暂时不能接受，但他们后来不是就接受了吗？所以这里头有一个历史学的原则，我愿意再重复一次，就叫"同情之理解"，你必须站到他那个位置上，想他为什么会这样看待这个问题，这个新出现的事物？那是传统文化驱使，而不是他对文化本身的看法，如果我们漫画了他们的话，就可能出问题，给来李庄的游客一个印象，原来这是一个非常愚昧的地方。

如果这里真是一个非常愚昧的地方，我们一来到李庄，就不会看见镇口就耸立着一座魁星阁。

魁星在中国古代文化中指的是北斗七星中的一颗，我记不得是在第三还是第四颗的位置，总之北斗七星中有一颗就叫魁星，叫文曲星，是专门照应一个地方文运的。如果这是一个愚昧之地，那么为什么在李庄这个地方人们没有塑一个别的东西，比如不是商人奉为保护神的关公关云长，而修了一个魁星阁。魁星阁为什么修得那么高？因为可以接应到天上昭示文运的魁星的光芒，使这个地方文运昌盛。这说明这个地方一直是尊重文化的。我第一次来，一看这个地方有一座魁星阁，我想这一定是一个有文化向往、尊重文化的地方。

在李庄故事的重新讲述的努力过程中，当地已经做了很多有意义的工作，比如那些知识分子、那些士在那么艰难的条件下，在李庄的种种使得中国文化得以薪火相传的事迹。但我觉得这还不够，我们还应该在另一个方向有更大的努力，做一些恢复跟重建当年当地乡绅文化的努力。只有这样，有了士与绅之间这么一种相互的映照、互相的激发，我们才会真正知道中国文化的活力所在的最大秘密。我们也才知道为什么那么多文化机构在半个中国四处漂泊后，能最终安顿在此地、扎根在这里，出了这么多成果和成就，而且是在那么艰难的条件之下，这是什么道理？在物质生活非常艰难的情形下，两个不同的阶层之间，当地人和外来人互相之间这种人情的滋润，对于当时来到这里的困窘无比的文化人来讲，我想，就是一份巨大的温暖跟支持！

所以李庄的故事应该这样去讲。

我那天去板栗坳时就在设想，如果这条公路没有从这里穿过就好了。所以，将来能不能改改，把当年的祠堂前的农田、池塘都恢复起来，让游人能理解当时从这里到街上去是不方便的，我觉得应该把围绕原来史语所的旧址四周的景观都恢复起来。周围的这些民房，大致面目没有太多变化，我看过那时的照片，除了多了这条公路以外，除了树木有点变化以外，大部分还是原来的格局，而且我想就把那条路改一改，做起来代价也不会很大。将来除了教育上的意义以外，游客也多了一个可以停留、可以流连忘返的一个好去处。

将来李庄这个地方，不光是大家来游览来消费，李庄本身的内涵就避免了李庄跟别的古镇的同质化，因为它有内在的巨大的文化存在与文化意义，这种意义，对于每一个中国人，都是有教益与启迪的。今天有很多旅游点，都叫作什么什么教育基地，我看李庄就是中国最重要的爱国主义教育基地，中国文化的教育基地。昨天我跟《十月》主编陈东捷聊天，他说要是文化人到这里来不受感动，他可能不是一个真正的文化人。所以说，李庄这个地方，也是中国人接受中国的传统文化教育，尤其是中国传统士绅的精神气节的教育基地和文化现场。所以我个人理解，我们打造这个古镇时应该有这样的意识与考量。有些古镇我们可能去一次就不去了，但这个地方，可能过一阵子，我们可以再来，再看，再起新的思量。对一个文化人来讲，来这里就跟一个宗教徒要到庙里去一样，去多少次才够呢？

所以刚才我才要从绅讲起，这是李庄故事的基础。

从很早很早以前，中国就是实行乡村自治的。从春秋时代开始，就出现了中国乡村的基本建构单位，出现了我们今天表达乡村建构的那些词。顾颉刚先生在他的《春秋》一书中说，春秋时代的乡村治理，或者说乡村的构建，最小的单位叫家，家上的单位叫邻，今天我们讲的邻那时其实是一个行政单位，邻上是里，再往上是乡，乡上是党。今天我们谈乡亲谈乡村的时候，经常还用这些词：邻里，乡党。北方人，尤其是陕西人特别喜欢说，我们是乡党啊。这代表一个地方的，其实从邻里到乡党，都是乡村结构。而且国家政府机关并不向你派出官员，大部分就是乡村自治。前些天我看到一个材料，说清代时，人口开始大增长，用了不到一百年时间，人口就翻了两番到了三亿多近四亿。为什么呢？因为这个时候从外国传来了产量高的作物，来了玉米、番薯，来了马铃薯，过去粮食产量低，自然形成对于人口增长的抑制，粮食产量高了后，人口自然大爆发。同时，在这样的情况下，清代的官吏跟明代相比，人口翻了两番，但吃行政饭的人，也就是公务员并没有增加。这就说明在这样一种情况下，乡村通过乡绅们的自治，仍然是行之有效的。这些用束腰的带子绅作为命名的人们，在乡村是宗法权力的维系，是经济生活的维系，同时也是道德与文化传统的维系者。而正是他们对自己有约束有要求，这种传统才能够存之千年而不被废弃。如果情形不是这样，如果这些人都是土豪恶霸，这种乡村治理早就被推翻，早就崩溃，废之不存了。

当然，封建社会从形式上是永远结束了，经过改天换地的土地改革，绅这个阶层是没有了。现在看来，当年的那些乡绅们姓罗姓张的，在解放后还受到不公平过激的对待。但是今天的情况正在发生变化，我们可以坐在这里，比较客观地来反观这段历史了。而且我们谈的不是给不给谁平不平反的问题，而是谈一个文化传统问题，给一个历史现象一个合情合理也是合乎当时历史事实的文化解释。当年李庄那些乡绅，他们是有代表性的人，代表了中国传统文化的一些人。只有讲清楚他们的故事也才能把士和绅的故事梳理清楚。只有这样，只有有了他们充分的庇护与帮助，就如栗峰那通碑文中所讲的，"幸而有托，不废研求"。才有那封电报中那简洁而又恳切的话，"同济来川，李庄欢迎，一切需求，当地供应"。所以，当这些文化机构、这些士、这些知识分子来到这里，才能在抗战烽火中觅得一块平安之地，继续专注于自己的学问、自己的研究与教育工作，而弦歌不绝，使得这些人在困顿之中更加表现出谔谔之士最美丽的一面。

是的，就像传统文化决定了乡绅有乡绅对自己的道德与文化要求，知识分子对自己也是有道德与人格要求的，士对自己从来就是有要求的。不像今天我们讲知识分子，条件已经过于宽泛，有一定学历就叫知识分子或者有个技术职称就叫知识分子，不是这样的。当然知识分子对自己的第一个要求就是有学养、有学识、有学问，但是只有这个是不够的，知识分子还要有风骨、有气节、有人格，那么当然，我们觉得我们在讲李庄故事时，讲士与绅时，有很多知识分子都可以作为楷模来讲。比如傅斯年这个人，可能就是中国的更符合士的要求的知识分子，很多的老先生、知识分子比如董作宾这样的人，他们更多的可能是专注于自己的学问，但是傅斯年这样的人不一样，他要过问国家的政治，他要干预国家的政治，但是你要真正让他去做官，他又不做官，蒋介石亲自请他吃饭，让他当议员，不当。但他一定要当好史语所的所长。那个时候情况不一样，傅斯年们不会觉得在大学里在研究机构里当领导就是做官，那时必须到政府任职才算做官。今天上述所有地方的领导都是官了，这是今天时代带来的变化，这个变化也带来知识分子的某些变化。当年抗战刚刚结束，李庄的摊子还没收拾，傅斯年他自己就急急忙忙跑到了北京，他要恢复北大，这个时候国民政府已经任命了胡适当北大校长，西南联大要分开，清华归清华、北大归北大，但胡适还没有从美国回来。傅斯年有点争强好胜急于恢复北大，说不能让北大落在清华后面。北大当年撤离后，还有一部分北大的教职工留在北京，在伪北大做事，教职员工就有 2000 多人。傅斯年说胡适这个人学问比我好，但办事比我坏，别人让胡适快点回来接任北大校长，他却给胡适写信说，你不着急，你慢慢回来，我先去给你代理校长。因为怕你心软，对伪北大的人下不了手。他回去就一件事，只要是在伪北大干过一天的，当年北大撤离后还留在北京日本人手下工作的这些人，一个不留。当时，这些人也到政府去静坐上访，也有政府官员找傅斯年说算了吧，除了少数人真给日本人做事，别的也就是混口饭吃。傅不干，说为人没有这样的，我们是北大人，只要这些伪北大的人中有任何一个人留下来，那么对于那些历经千辛万苦撤离到昆明、到李庄的人来说，就是不公平的。后来，他自己说我就是北大的功狗，我就是北大的一条狗，等我把那些人都咬完了，再把校长位子还给胡适。胡适学问大，却是好好先生，他干不了我这种拉下脸皮不讲情面的事情。所以我来当北大的狗，功狗。傅是文化人，他骂自己也是有学问的，这背后是有典故的。功狗这个典故是从刘邦来的。汉高祖刘邦平定了天下，对手下很多人论功行赏的时候，韩信张良等不服，问他，萧何不是跟我们一样帮你打天下吗？为什么萧何做丞相，我们就没有那么大的权力？刘邦说，萧何是功人，有功的人，你们是功狗，有功的狗。不是刘邦看不起那些人，他打了个比方，说好比上山打猎，你们呢像狗一样，是人家指出了猎物在哪里，你们就去追，你们就把猎物追回来。萧何呢，他是能发现猎物并指出猎物在哪里的人，然后计划好门道告诉你们怎么去得到猎物，所以他是猎人，你们是猎狗，但都有功，所以萧何做丞相，他的本事比你们大，他是功人，你们是功狗。这就是功狗的典故。所以说北大教授不会轻易骂自己为狗的，即便骂自己为狗也是要有典故的。所以这些知识分子是在这样一种环境里出来的，知识分子也是要报效国家的。

没来李庄前的史语所还发生过一个故事。这个人在中山大学毕业，曾在史语所工作一段时间。傅斯年把他派到我家乡一带的地方，今天甘孜、松潘、茂县那一带地方，去调查羌族语言，做羌族语言研究，然后，又去做藏族语言的研究，傅斯年对人要求很高，有时候又有点着急，几次调查报告拿回来都不满意，不满意这个人。这个人也很硬气，就不理傅了。这个人是爱国青年，还上过军校，突然他到了阿坝就不想回来了，傅斯年写信批评他，他就不回来了，不回来干什么呢? 阿坝有个县叫金川县。金川县那个时候已经很汉化了，当地有个绅真是个劣绅，当袍哥首领种植走私鸦片，没有人敢管，县长也不敢管。这个人就找到省政府说，我去那里当县长。当时任用干部的好处是不用像现在要经过副乡长、乡长再当县长的这样的过程。上面说你真想去，真敢去就去吧。那个时候史语所已经搬离李庄了，1946 年了，他就真去当了金川县长。上任没几天，就准备对付那个劣绅，他说前任怎么就把他拿不下? 我来把他拿下。他的做法很简单，他对手下人说，你们连《史记》都没读过吗?《史记》里有鸿门宴，我就给他摆一道鸿门宴吧。他真就这么干的，发请帖，请杜总舵把子了——那个劣绅姓杜，请到县政府赴宴。宴席中真的就跟古书里写的一样，酒过几巡，摔杯为号。那位姓杜的袍哥舵把子也有胆气，就敢到县政府喝酒，接到请帖就去了，去会会新到任的县长。真的当这人喝到半醉，就让县长的卫兵把这个人打死了。这位书生县长他真的觉得是为地方除了一大害。但他没想到，第二天，这个人的手下几百人就把县政府包围了，最后把他给杀了，这个史语所出来的人就当了几天县长。也许他不熟谙官场的一套东西，但正因为不愿意尸位素餐，不肯得过且过，自己丢了性命。但他确实用他的死，让国民党政府有了借口，马上派兵镇压，这个县一股尾大不掉的势力，从此被铲除。这是一个书生用他的死换来的。也许在今天现场这些富于行政经验的听众看来，他把这个事想得很简单，但我们确实可以看到，那个时代的知识分子身上，他确实是有忧民报国的真切情怀的，而且他这种情怀在史语所的这样一个特殊的知识分子群体所形成的氛围中，进一步得到巩固和强化的。后来我遇到一个台湾史语所的人，我问他你们那儿是不是有他的档案，他说真有这个人，说他当年搞民族语言调查的油印材料还在史语所的学术档案里，还有傅斯年批评他的文字留在上面。然后他愤而出走，愤而去当县长，然后献身。这个人的名字叫黎光明。

我们可以看到围绕史语所的这种故事，我们可以看到那个时代知识分子身上蕴藏的精神与人格力量。我觉得这些故事都还有待于进一步发掘。现在是双向的故事发掘都不够，李庄的故事要更立体更完备更符合当时的历史语境。讲故事是一回事，怎么讲这些故事，用什么样的方式、用什么样的态度讲这些故事又是一回事，这其中都大有文章。有些故事如果处理得不好，就可能像医学院的尸体解剖故事那样，可能会简单化、漫画化。讲到说故事的方式与态度，还有个危险就是，比如说怎么讲梁思成林徽因及其他人的爱情故事，也是一个问题。因为今天我们所处的消费时代，这个故事如果讲得不好，就有可能像当下很多地方一样，只热衷于把林塑造成一个被很多男人疯狂追求的人，这既轻薄了林，也轻薄了那些美好的爱情故事。我们更应该把她作为一个知识分子的建树，尤其是作为一个知识女性在那样的年代当中的，一个大家闺秀沦落到一个乡间妇女的日常生活的焦虑中的对家庭的倾心维系，对学术研究的坚持表达出来。她的弟弟在"二战"中死在战场上，她是怎么对待的，而不被这巨大的悲痛所摧垮，这是什么样的精神力量。即便说到爱情，她病得那么重，金岳霖专门从西南联大过来为她养鸡，但这故事怎么讲，今天我们的故事讲得太草率了，不庄重，轶闻化。长此以往，李庄这样一个本身可以庄重的、意味隽永的故事慢慢慢慢就会消失魅力。当然关于这些知识分子、这些士的故事确实是太多太多了，但还是要深入地挖掘。这些学人他们的后人大多还在，其中很多还是有言说能力的知识分子，也许他们出于对前辈的理解与维护，提供材料的同时，也会规定或影响这个故事的讲述方式。这个当然要尊重，但规定性过强，也会出现问题，这也是需要加以注意的。

到了李庄，我又有新发现，我原来都没想到，在中央博物院突然找到了一个人叫李霖灿，这个人在我做有关丽江泸沽湖的历史文化调查时遇到过，遇到过他写那些地方的文字，后来，这个人就从我的视野中消失，不知所终了。我在丽江做调查的时候，我就查到在民国时代三十年代到四十年代有三个人写过丽江。其中两个人是外国人，一个叫约瑟夫·洛克。一个是俄国人，叫顾彼德。洛克写的书叫《中国西南的古纳西王国》。顾彼德写的书叫《被遗忘的王国》。此外，我还找到过一本小册子，就是李霖灿写的。这是一本游记，当时散乱发表在报刊上，后来有人收集起来，出了一个小册子。那时候李是杭州美专的老师还是学生我记不起来了。学校派他到西南少数民族地区去收集一些美术资料，他就去了丽江和泸沽湖一带，在那个年代，中国人大部分还没留下那些地方的真实记录的时候，搞美术的李霖灿却写了一本跟泸沽湖跟丽江跟玉龙雪山这一带有关的大概几万字的书。至少对我有很重要的参考作用。但后来我就再也找不到这个人上哪儿去了，从此再无消息，因为我觉得一个搞美术的，而在美术活动中再也不见他的名字，又没见到他继续从事文学书写，从此就断了线了。那次在张家祠，一下子见到他的名字，原来他加入中央博物院了，进了当时那么高的学术机构，他们让他进了博物院，就是缘于他在丽江的那段经历。在那里，他从搜集美术资料入手，进而接触到纳西族的文字，并对此发生浓厚兴趣，半路出家，转而对当地的东巴语言和文字进行研究，编撰出了汉语东巴文词典，成了中国知识分子用现代语言学方法研究中国少数民族文字的中国第一代学者，也许今天我们很多学者还在沿用他创建出来的一些方式跟方法。所以要感叹，这个世界很大，但这个世界也很小，一个在我自己研究视野当中失踪了多少年的人，突然地在李庄出现，而且，这个人已经从一个搞美术的人变成为一个语言学家。因此可以见得，在当时那么艰难的条件下，他们还在教学相长，还在努力尽一个士、一个知识分子的责任，以学术的方式研究这个国家、建设这个国家。这样的精神，对今天的知识分子来讲，有多么可嘉可贵，自不待言。

前几天我刚好去眉山的彭祖山，我有一个朋友在那儿搞养老地产开发，我去彭祖山一看，在当地档案馆一查，对彭祖山最早的那些文化考察，对当地汉墓的考古挖掘，也是当时李济所属的在李庄的考古所的人去做的，留下了很有价值的考察报告。那时，你就不得不感慨，在那么艰难的条件下，他们还在认认真真地从事他们的学术事业，有人甚至还到了敦煌，去临摹敦煌壁画，而且一待就是一年两年，天天跟傅斯年写信要钱。傅斯年就又从李庄出发，坐船到重庆，到教育部去求人，去骂人，把钱又要一点回来寄给大家花，就是用这样的方式在延续文脉，不使中断。所以我觉得我们要把李庄故事讲好，这些知识分子留下来的生动的故事也要进一步挖掘要整理，而且这些整理要有更好的方式，更直观更生动的方式来呈现，今天我们可以有很多方式做出种种呈现，因为我们的博物馆学已经很发达，博物馆的方式已经有很多很多，我相信能够找到更好的呈现方法。

但是我觉得更重要的是，李庄的故事最精彩之处，就是刚才我讲的，中国的士跟中国的绅的最后一次遭逢，而这次遭逢从人文精神上绽放出这么美丽的光华。而且这在中国历史上一定是最后一次了。如果说知识分子这个阶层，士的精神还会继续在读书人中间存在的话，中国乡间的耕读传家的绅是永远不会再现了。

中国传统社会当中最重要的两个阶层在这样一个历史时刻，既是抗战时期，也是中国发生翻天覆地巨大的社会革命的前夜，绽放出来这样一种光华，呈现出来这样的历史文化现象，我相信无论我们怎么书写呈现，都是绝不为过的，也是具有特别的意义的，对我们构建我们民族文化的记忆，尤其是一个地方历史文化的记忆，这一章是非常重要的。从这个意义上讲，李庄是非常重要的，李庄是非常珍贵的，李庄是值得我们永远珍视的，因为只有在这样一个历史节点上，士跟绅这样两个阶层在这样的时刻，都向中国人展示了他们品格中最最美好最最灿烂耀眼的那一面！所以我认为但凡对于中国文化怀有敬意，对于中国文化那些优质基因的消失感到有丝丝惋惜的人，都应该来到李庄，在这个地方被感动被熏染。

我记得老子《道德经》中有这样一句话——在我感觉中，老子是个悲观主义者，总感叹这个社会在精神道德上处在退化之中。所以，他说："失道而后德，失德而后仁，失仁而后义，失义而后礼。"他说这个世界本是按大道自在运行的，但人的弱点，人性的弱点，让人失去自然天道的依凭，而不得不讲求德，这已经不是自然状态了，只好用德这个东西来自我约束和彼此约束，只好退而求其次，"失道而后德"。但最后我们连德也守不住，就"失德而后仁"，当我们失去自我约束，所谓仁，就是我们只能要求我对别人好一点，别人也对我好一点，特别是统治者对我们好一点，我周围比我强大的人对我好一点，这也就是孔子说的仁者爱人。但仁也守不住，"失仁而后义"，说仁也不成了，就只好讲点义气。到义气就很不好了，义气就是我们这帮人扎在一起搞成一个小团体，小团体内部彼此很好，但对团体外面的人很差，我们想想中国的传统小说，《三国演义》里刘关张之间当然有义，但他们对别人就可能仁也没有德也没有了。《水浒传》里，宋江和李逵有义，宋江被抓了，李逵为救他不顾生死去劫法场，讲不讲义气？中国人觉得这个特别好，但我们看李逵从法场上救出宋江，往江边码头狂奔，一路抢起斧子就砍，砍到江边砍了多少人，对宋江有义对其他被他砍的人有义吗？用今天的眼光来看，李逵简直就是古代版的恐怖分子嘛，所以到义已经就非常非常不堪了。但是在李庄故事里我们回过头来看到，不管是这些知识分子，还是接纳他们的这些乡绅，我想先不说道，但至少还在德跟仁的层面上，在这个层面上我们来看到中国传统文化当中的这些因素，在不同方向上对不同层面的人都形成了某种有效的制约，使这些在达成了某种人格，达到了某种今天人难以企及的境界。这种关系用今天的话来讲，还是一种充满了正能量的关系。所以李庄在传统文化维度上的教育意义肯定比中国武侠小说要强。中国文化、中国的人际关系到了要靠义来维护的时候，其实已经很不堪了。但是，李庄故事不是这样的，李庄故事还会给所有人以温暖的感染。

在今天这个已经高度组织化的社会，在社会深刻转型变革的时期，在时代剧烈的动荡当中，其实讲求义都很困难。"背信弃义"这个词，在中国语言中存在也已经很久很久了。想想这个局面，真是令人不寒而栗。而在那样一个动荡的时代当中，李庄这样一个地方，还保存了读书种子，还保存了文明之光，更重要的是通过士与绅这两个阶层的结合，保存了中国传统社会当中的那种基本的道德感、基本的人性的人情的温暖，这就是李庄让人流连忘返的所在，让人觉得李庄故事了不起的地方。

我就讲这么多，谢谢大家。

文学：稳定与变化

——在"第二届扬子江文学周"所作主旨发言

在今天这个世界上，中国是延续历史最久、文化传承从未中断的最古老国家。

至少从春秋战国时代开始，逐渐成为中国人价值观主体的儒道法三家学说，在道统传承上，都在变动不居的社会中，探求什么是不变的恒常：曰礼、曰道、曰法。礼是关于国家和人、人和人关系的基本伦理。道更具哲学性，因为其中还包含了对自然运行规律的宏观想象。法家，是行动派，把有利国家稳定的理念制度化，强制推行。

关于这三者的关系，《老子》有一段很精彩的论述，叫作："失道而后德，失德而后仁，失仁而后义，失义而后礼。"老子自己言说的"道"当然是很高级的，但人难以体悟。只好退而求其次，去讲德行仁义，但人只靠自觉又守不住这些伦理。只能树立"礼"，即制度性强制。即孔子的"克己复礼"的"礼"。这个时候，也就只好请法家出来，以法管人，依法治国。

中国文学，从上古时代开始，不论是史传作品中的带有文学性的书写，还是诗歌抒情性的吟唱，不论情感抒发还是现实记录，意义的空间无非是在这三个思想体系间徘徊，不过是在不同人笔下各有侧重罢了。《诗经》中来自十五国的民间歌唱，关于爱情，关于风习，关于战乱，其中包含的意义，要从儒家那里获得理论支撑或解读。《楚辞》中有关现实的忧患离乱，瑰丽想象中的浪漫世界的展现，也无非是"吾将上下而求索"的挣扎。悲剧性的结果，在前面所引老子所说那几句话中就已经被规定了。道德的路径是明了的，国家治理的路径也是明了的，但实行起来，却总是艰难的。所有的原因，都是因为人，千差万别的人。

中国文学，总体来看，从古代开始，就着眼于人的伦常、社会的兴衰、国家的治乱。虽然形式在变，诗歌从四言至五言至七言，再至参差错落的词，散文和小说从史传性的文学中分离出来，成为独立的文体，但意旨还是集中在忧国忧民这个主流上。即便是声称现实社会使人失望，要归隐，要修道寻仙，也往往是这个主流的另一种面相。这就构成了中国文学的稳定与恒常。换一句话说，文学虽然形式多变，但支撑种种表达的人文精神或哲理性的思索，都难以跳脱儒道法三家的范畴。当然，魏晋南北朝以后对中国文人来说，又有了一个释家的空。

一个有趣的例子是曹操，这个收拾汉末乱局、意图重新统一中国的人，从治国之术上讲，是一个手腕强硬的法家。同时，他又是那一时代最伟大的诗人。他是发动统一战争的人，但他作为诗人同时会看到战乱造成的灾难性后果，"白骨露于野，千里无鸡鸣。生民百遗一，念之断人肠。"这时，他怀有的是儒家情怀。同时，他作为一人之下、万人之上的位极人臣者，还能发出"对酒当歌，人生几何！譬如朝露，去日苦多"的感慨，就又是一派道家风范了。

有些时候，这种书写传统也会发生偏离，比如汉的文学迷失于赋，隋和唐初的诗迷失于宫体。也就是离开了儒道法三家关于世界，关于国家，关于人的基本关切。所以，要等陈子昂和韩愈们出来，掀起复古运动。那是要文学回到正道上去，回到其恒常不变的根本关切与使命上去。这个复古，是精神价值上的，而非形式。形式依然在变化，在发展。直到唐朝后期，长短句的出现，直到苏东坡李清照们的出现。

之后，是中国文学的低潮期。我个人对于中国古典文学中的小说评价不高。远远低于我对中国诗歌和散文的热爱。这个问题就不展开了。除了个别的例外，明清文学是中国文学的低潮期。

然后，是新文化运动。中国漫长历史上具有革命性的伟大时刻。在这场革命中，使用了漫长时间的文言被摒弃，从思想内容上，打倒孔家店，传统文学依凭的传统价值被批判。这场革命，首先是文学的革命。其目的与结果都不是造成一片文化废墟，而是对中国文化进行重新建构。用拿来主义的方法，引进中国文化中缺乏的科学精神和民主意识。这个过程中，中文这种语言也进行了重铸。那是为了服从对更复杂思想与事物进行表达的需要，因此在翻译外文的过程中引进了西方式的语法，即造词构句的新方法，而非一般意义上认为的使文言变成白话那样简单。这也是"三千年未有之大变局"，这是革命性的巨变。

表面上看，这场革命是颠覆性的，从语言到思想。但其中也有一种稳定的不变的东西，从屈原以降就有的中国知识分子（其中大多数都具有文学家身份）忧国忧民的传统没有改变。这是中国精英分子身上的一种恒常的特质。也是古代思想中本就包含的"苟日新，日日新，又日新"的求新求变的精神的彰显。在这场革命中，文学担任了先锋。与古代相比，文学变得更具批判精神，在宣扬新观念表现新事物上显得更加积极和敏锐。"五四"以降的新文学，主流是孜孜于新精神新审美构建的文学。"五四"以降的文学一直伴随着中华民族自新自强的过程。这个过程，也是与世界文学的主流相呼应的。

之后，我们也经历了短时期的文化上的自我封闭。

改革开放后，文化之门重开。我们发现世界文化的格局已然变化。前些天，美国文学批评家布鲁姆去世了。我们对他的理论贡献不太重视，可能是因为他开始其理论构建时，我们刚刚结束自我封闭走向开放。一时来不及消化那么多丰富的文化信息。那个时代，基于我们经历过的不幸的文化经历，那些为艺术而艺术的观念，那些解构性的嘲弄与反讽，以及文化多元论，似乎更容易为我们所接受。文学家将其作为顺手的工具，读者在其中也得到某种宣泄的快感，使得反思性的解构性的文化倾向成为一时之风潮，为我们从意识形态和情感世界中，去除假大空的虚伪高调起到了积极作用。但今天，当我们想再往前行，就会发现，这也使得我们来到了一个价值观的空茫地带。我们发现文学失去了说是的能力，即建构的能力，从文本审美到社会认知再到历史判断莫不如此。而自有文学史以来，中国的文学，从来都是在认知力和审美力的铸造上拥有这种能力的。

在过去的很长一段时间里，我们一直在说什么是不是，并因此得到了人们评价现代派和后现代派文学时所说的那种"偏激的深刻"。而在其他领域，无论是政治、经济，还是科技，人们在否定什么的同时，也在努力进行建构的工作。而同一时期的文学，似乎只完成了一方面的任务，而在建构方面却少有建树。当下，解构的风潮已近尾声，或者说，被消费主义引领的文学写作，服务于消费的文学写作，连解构反讽需要的那种反思性也无心保持，连为艺术而艺术的那种纯粹性也无力保持，而在大众娱乐狂欢中一路狂奔。

这一切，正是以布鲁姆所批判的多元文化作为堂皇的借口。如果有人倡导文学回到雅正的主流，人家就会以多元文化作为挡箭牌拒绝批评。其实，再多元的文化，也需要有一个健康的主流。这个主流至少是能够助力于健康人格与雅正审美养成的。这是文学最稳定最持续的一个功能。今天很多的文学，恐怕已经放弃了这个恒常。这病相的出现，常常是以求新和求变作为堂皇的借口。中国是一个老国家。老到一百多年前，要在一个全新的世界面前忍受重重失败的耻辱，于是，只要是说新说变，都会成为一种巨大的政治正确。所以，消费主义的文学借助了互联网这样的新型媒介出现的时候，就成为不容置疑的现象。网络，多新多有活力的东西啊！似乎从没有人意识到，这个新，只是介质之新。正是在这种新介质上，我们可以看到明清以降就繁盛过的、在新文化运动中被无情扬弃过的一些陈腐的文学类型又重新泛滥。不仅是互联网，这些东西也在纸媒和电视媒体上重新泛滥。表面上很新，内里却是旧的，散发着萎靡颓败的气息。

手边没有书，查不到原文。记得米兰·昆德拉说过，小说应该在三个层面上接受评判。第一，是语言。第二，是道德的层面。第三，是历史的评判。在我理解，无论形式与题材如何变化，这也是使文学保持稳定的最重要的三个方面。用布鲁姆的话说，成功的文学，都必须闪烁着审美的光芒和认知的力量。

我不是批评家，我是一个小说家，并不擅长理性的思考。但大会出的这个题目，让我不得不试着以一个批评家的方式来讨论这个问题：什么是变？什么是不变？在当下中国，文学不用担心过于稳定的不变，不必担心这个不变会带来文化危机，对此中国人早有刻骨铭心的认识。也许是对明清时期文化封闭，抱残守缺的报复，当下的现实是，我们确实不太敢坚持文学中恒常不变的价值，不能对那些貌似很新、其实是沉渣泛起的东西保持警惕，发表不同的意见。

写作：技术，胸怀与眼光
——在张生全长篇小说《最后的士绅家族》作品研讨会上的发言

主持人说要我最后讲话，不敢说是"讲话"，因为我自己也是一个写作者。这样一个会，其实就是我们这些从事写作的人、研究写作人，以一本书，以写了这本书的张生全作一个由头，大家聚在一起，来讨论当下一些我们共同关心的文学，乃至文化问题。

刚才，大家的发言，从各个方面谈人、谈书，话题非常广泛，有谈语言的，有谈小说形式的，有谈这部小说和四川现代文学从李劫人、巴金到沙汀这个传统关系的。有谈怎样认知与评价中国传统社会中的士绅阶层的。对于士绅阶层的认知，有人评价正面一些，有人评价不太正面，这些都是题中应有之义。而且，更有意思的是，今天与会的还有一些影视界的朋友。这样，我们的讨论，又加入了一个小说文本，怎样向另外一个更大众化的、更为直观的、老百姓更为喜闻乐见的电视剧本转化的问题。在这个转化过程中，当然会面临一些问题。因为小说文本跟影视文本之间，虽然都是讲故事，但是它们所依赖的基本语言元素，到底是不一样的。在小说里，我们依靠的是字词句，它可以依赖汉语丰富的语义积淀，有很多的修辞手段，充分体现其多义与蕴藉。故事之外，最最紧要的还是语感。但是，当它转变成影视的镜头语言以后，可能这些文学语言中所包含的丰富意味就消失了。可是，通过镜头不同手段的呈现，经过对这些镜头的重新剪辑，再纳入演员的表演，这样它又可能出现一些文字语言并不包含的意味。通过另外一种手段，在故事中开掘一些文字不能展示的东西。

当我们在讨论这些问题的时候，我们特别容易陷入简单的二分法，写小说的坚持说小说好，写电视的坚持说电视剧本好，各说各的好。但如果我们用泛文艺的眼光来看，越过我们自己是写小说或者是写电视剧本的那样一种角色思维，那么，我觉得，我们其实可以发现不同的艺术门类之间互有短长，是可以取长补短的。

回到这本书。

我想先来谈谈张生全的写作道路。他的小说创作是从写冯道这样一个众说纷纭的历史人物开始，再写蒙哥大帝这位马上英雄，再到写南宋末年的蒙元征服南宋过程中在四川这个重要战场的鏖战。南宋时期，四川的生产和文化都很发达，同时也是抵抗蒙元的重要前线。蒙古人打南宋，武汉以下淮河到长江是一条战线，从横断山区南下，然后从今天云南的丽江大理包抄是一条战线。这中间是四川，四川是中线，先在川北，南宋军队和忠于南宋的地方武装节节抵抗，后来从川北打到成都，顺岷江而下，今天我们开会的这一带，都曾是战场，而这里恰好是张生全的家乡。再从这里打到乐山、泸州等重要的地理节点。最后是合川钓鱼城，蒙哥就是在那里受伤，最后死亡。所以我们看到一个清晰的转换，张生全从写蒙哥到写南宋末年的四川，他叫作"大变局"，从传奇式的人物书写，看到了更宽广的社会与历史的幅面，通过这个转换，我们看到这个作家的眼光在变化与扩张。

冯道在历史上是个经历很复杂，富有传奇色彩的人。特别是在很多人醉心于宫廷权术与阴谋书写的当下，写这个人物也是题中应有之义。冯道这个人，特别会当官。后来，欧阳修修史，很讨厌这个人。司马光写《资治通鉴》也一样，也讨厌这个人。欧阳修们的讨厌，可以说有道理，也可以说没有道理。有道理是，从他们的基于儒家的忠君思想来讲，一人不能侍二主，侍了，就要入贰臣传。冯道生在中国的乱世，这个人居然经历后唐、后晋、后汉、后周四个朝代，前后辅佐了一共十位皇帝，而且都还是举足轻重的朝中重臣。朝代更替快，皇帝更替也快。所以欧阳修等人要说，你怎么能这么干呢？但是，欧阳修他们是没有遇到那样一个乱哄哄、你方唱罢我登台的时代，他们要是遇到了，也许就不会这么说了。他们要的是像陆秀夫一样背着小皇帝跳海。那一跳就是南宋灭亡的标志。有一种历史观叫作"同情之理解"。就是说，不必非要拿固定的眼光去看历史，而是要站在当时当世的位置去看。当时的人，对冯道评价是很高的。在乱世当中，那么多野心勃勃或者特别无能的皇帝走马灯一样换来换去。如果没有这样一个人维持大局，既治国有术，又待人宽厚，恐怕乱世就更乱了。张生全写这样一个人物，其实是很有意思。

张生全在这本书里有他自己的眼光，对这个人物的刻画也比较清晰。不过，我觉得他在表现冯道性格复杂性和多面性上还不够，他被人物的传奇性和情节的曲折性所吸引，把冯道当成是一个"中国式的英雄"。写事多，而写性格与内心世界少了一些，影响了人物的丰富性。不过，这仍然是作者一个很好的尝试，不因这样的人难写而回避。不回避难度，这是写作者一个基本的态度。

蒙哥当然也是个英雄，是马上英雄。在蒙古人第二次西征的时候，蒙古大汗窝阔台手下有几个大将，都是他的儿子、侄子们。这些人中，排在第一位的是拔都，排在第二位的就是蒙哥。后来他继承了汗位。他这个大汗当得不容易。蒙古人之间，父子兄弟，争夺起大位来，也是毫不留情。后来大家把他捧起来，让他这个当侄子的，而不是大汗的亲儿子继承汗位，可见他在当时确实是一个响当当的人物。当了大汗，还是征战沙场，在征服南宋的战争中身先士卒。当然了，最后他功亏一篑，攻打南宋时，在合川钓鱼城受伤而死。

张生全从冯道这样一个传奇性的人，接着又很快关注到一个马上英雄，可以看到当初取材的路数。

但是，很快他又一变。不再只关心人物，而是看到了支配人物的社会、局面、局势，"大变局"。这也是一个变局。我觉得，可能就是在写蒙哥的时候，张生全接触到南宋时期，也就是我前面说的，四川这一段抗蒙历史。这样，张生全的眼光就从一个人身上、一个个人物命运身上，转向了更广阔的东西。这就是我们经常说的一个作家的视野。从他的作品标题《宋末大变局》来看，他看到的是历史大变局，是历史大变迁。就此，张生全的作品不再以一个人为中心，而是开始着力描摹一个时代的风貌。当然，到底是不是真具备了这么大的历史观，是不是很好地用这种历史观统驭了这种题材，做到了什么程度，可以从长计议。但是，我们看到一个作家，在从小到大，从简单到复杂，他在成长，他的眼界在扩张，他每一本书都有一个新的努力，直到这本《最后的士绅家族》。

关于"士绅"这个话题，今天好几位都谈到了。都各有立场，各有道理。

中国封建社会几千年，几乎是一个完全的农业社会，农业社会的乡村当然很重要，是这个国家的基础也是命脉。几千年中国都是中央集权国家，但国家力量到县一级就比较薄弱了。下面，是乡村自治。就是通过大大小小的乡绅在进行管理。过去，中央委派官员到县一级。一个县官的工资，今天看来有点高。但你不知道他的秘书，他的工作班子，就全靠这笔薪俸来养着。他的手下人没有工资，都靠他养家糊口。所以，这个班子不会很大，再往下，四乡八野，就靠这些乡绅来维持了。

绅，一方面，当然要有钱，乡下要有地，没有几百上千亩地当不成个绅。还要读书，耕读传家嘛。第三，要有道德权威。"绅"这个字，"申"是身体的意思，"丝"旁的意思是用带子约束自己，把自己束缚起来。引申一下就是在道德人格上对自己有要求。当然了，现实中并不是每个绅都能做到这一点。

去年，我们几个作家朋友约好去扬州玩了几天，喝酒，谈文学，四处走动。其间参观了一个豪绅的百年老宅子。读到两副对联，所说就是绅立身立家的道德与规矩。我给大家念一下。

第一副："传家无别法非耕即读，裕后有良图惟勤与俭。"乡绅人家，两件最重要的事，除了耕作就是读书，"耕读人家"。有钱了，但是要让世世代代都持续富裕，家族兴旺，有什么好办法没有？没有，还是要靠"勤"与"俭"。即便富裕了，也要勤俭持家，惠及乡里。

第二副对联："几百年人家无非积善，第一等好事只是读书。"

我们经常讲的一句话，"富不过三代"。这是说当下的情形，但过去时代不是这样，至少不全是这样。为什么"富不过三代"？就像《最后的士绅家族》里讲的，从清初到民国，中国，中国四川是大动乱时代，社会不安定，强权相争，伦常崩溃。社会安定的时候，可不一定"富不过三代"。社会稳定时期，是可以"富过三代"的。

去年我去宜宾李庄。抗战时期，那里接纳好几个著名的学术机构，接纳过很多有学问的人。同济大学、南京历史博物院、史语所、社会学所、中国营造学社，都迁到那里。傅斯年领导的史语所去得晚，镇上已经没有地方了。就在距李庄几公里的一个小山安顿下来，现在的当地人把它叫"板栗坳"，那个地方出板栗。山上有一个张姓家族，那就是一个绅，这个家族在山头上的院落，可以把整个史语所的人、家属和资料都装下。张家就把房子腾出来，自己搬到别处去住。抗战结束以后，这些有学问的人要离开了，在那个院落门口留了一块碑，叫《留别李庄栗峰碑》。我爱这些文字，用手机拍下来，我把第一段念给大家听：

"李庄栗峰张氏者，南溪望族，其八世祖焕玉先生以前清乾隆间，自乡之宋嘴移居于此。起家耕读，致赀称巨富。哲嗣能继堂构辉光。"

短短一段雅正的文字，写出了一个乡绅家族的发展史。说的是，这家姓张，来这里以前，生活在南溪县。在南溪时就已经是有钱人家。发家依靠的就是耕读。第八代祖焕玉先生，于乾隆年间移居到此，一代一代人也很争气，都能继承家业，长盛辉煌。从乾隆年间到抗战初始的一九三八年，大家算一算这是多少年？多少代？就是这样的绅，在国家危难时，他们护佑读书种子，保存中国文化根脉，是富有道义的。上述的那个碑文，就是一代学术大师董作宾先生亲自题写的，现在还可以看得到。

士就是读书人。读书有成，参加科举成功，就加个人字旁，就成了仕，做官了。这个字说明，官是读书人出身的。士从哪里来，从绅的家族里来。古时候，只有耕读传家的"绅"的家庭才有好一点的条件教子弟读书，求取功名，要成为"士"，穷人家是不行的，至少要靠绅的帮助。我们四川，眉山出了三苏，新都有杨升庵杨家。他们都是绅家出来的士，一门出了好几个进士，显现了耕读人家的存在价值。

两者合一，便是士绅。

但是，我们在张生全的书里看到的情况不一样。因为这时候已是士绅阶层的没落时期。没落并不是士绅自身没落，而是国运到了这儿，四川当时的实际情况到了这儿。四川到了保路运动，一下群雄并起。革命党要起来革命，晚清留下来的旧军队也不愿意放下枪杆子，想要保持自己的地位。在这样的背景下，乡村呢？也要用袍哥的方式结社，搞民间武装以图自保。这个时期，袍哥中的很多头领就是乡绅阶层的人，是他们开始自我武装。国家不保护他们，他们自己保护自己。民国以后，再一变，四川从保路运动开始，然后是辛亥革命，大家你打我，我打你。先是要把外省人打走。四川人说，把外省人打走我们就不打了。打罗佩金的滇军，打戴勘的黔军，打冯玉祥等的北洋军，但事实上外省人打走后，内部人也打起来了，内部人互相打。打到最后，刘家的刘湘跟刘文辉，一个叔叔，一个

- 演说记 -   285

侄子，这么亲的关系，还要打。所以，一直到抗战前夕，四川是生灵涂炭，哀鸿遍野，这就是当时四川乡村的实际状况。

当时乡绅要自保，除了自我武装，无有他法。那时候，政权由军阀把持。民间武装搞大了，也被收编，摇身一变成了正规军队，弄个团长旅长干干。四川军阀武装，好些就是这么来的。民国时期，四川有个特别的制度叫防区制。你当军长，那么你占了几个县，这几个县的行政官员就由你任命，税收你收，收了就是军费，买枪买炮继续打，打败了换一个人重新收。张生全的这个作品，就是放在这样一个历史背景下来写的。

张生全的作品写了四大家族，反映了柳街镇种种社会状况，势力消长，以及乡土风习。在地方史方面下了很大功夫。这种努力值得赞赏。那时社会治理很多时候也靠乡绅，靠袍哥。但乡绅这时发展方向变了，耕还要耕，读就不一定了。这时是看投靠了什么人，自己有多强的武装，可以纵横乡里。投靠对路了，就有利益，当乡长保长，包办捐税，变成帮凶。

这本书里，表现了近代的税捐经济。税，大家都知道。税是必须交的，皇粮国税。捐，今天也有，地震了，扶贫了，救助失学儿童了，但靠自愿。但到清代中期以后，捐的味道变了，先是捐官，后来，财政一吃紧，就摊派，强制性的，捐成规矩，最后成定例。娶个小老婆要捐，叫"纳妾捐"。我看过上世纪三十年代的一个资料，谈四川某地，杀猪要上税，叫屠宰税，一头猪一个银元。"二战"时期，四川突然有了一个重要的出口商品：猪鬃。因为"二战"用武器太多，武器保养当中有一个重要的东西是刷子，猪鬃是做刷子的好材料，大到坦克飞机，小到枪械保养，都需要刷子。猪鬃突然成了四川可以出口的大宗商品，成了可以换美国军需物资的大宗商品。所以就在屠宰税上再加了一个"猪毛捐"。捐一块银元外，再交三两猪毛。本来捐是自愿的，这时就变成了强制。这可以理解，全民抗战嘛。但在实际操作过程中就变了味，帮助收捐税的乡绅和贪腐官员相互勾结，创造出方法来压榨百姓，中饱私囊。捐三两猪毛，本来是交实物，为了方便，比如说雅安荥经县，说路远不方便，不要猪鬃，给你折成钱，交三两猪鬃的钱。收钱时，又尽力把猪鬃价钱提高，交三两猪鬃的钱可以买到六两。收完钱，又压低价格，用这钱去低价强买猪鬃。就这样从中得利。这只是一个例子，诸如此类，有很多非常具体的压榨百姓的方法。本来是交实物，本来是交一袋粮食，我不要了，你给我换成钱。反过来，粮交不掉，我又压低价格收购。这中间，农民受的苦，可不是一般的。这一来一去中，可见当时的政治的腐败，社会的糜烂。张生全的小说，开篇就是这样一个事件，大斗进，小斗出，很典型，但再深入一点，还有更令人发指的、超乎想象的事例。

这就是民国时期，也就是小说所写的那个时代的四川乡村的真实状况，这是四川农村或者是四川农村社会结构被完全摧毁的结果。这个结果很严重，摧毁的不仅是四川的生产力，还包括很多传统的产业。

前些日子，成都有一个有关四川与丝绸之路的展览。很多实物，说明从汉代开始，四川的丝绸产业就非常发达。但今天，四川省这个传统产业已经雄风不再。依我一孔之见，与明末与民国时期大战乱，对社会的破坏有很大关系。上午，我参加四川省茶博会，他们请我作一个演讲，谈谈四川的茶文化。我说，今天的四川，大动乱留下的影响还在。影响最大的，就是文化。很多时候，哪有什么文化？为什么？因为这一百年来，我们苦难深重，吃饭都成问题，还能弄出什么像样的文化？只有在过去士绅阶层完整的时候，乡下生产力完整的时候，文化才有生长的土壤。今天的农村开始有钱，但少的就是文化。茶叶偏偏又生于乡土，是从乡村山野长出来的。所以，我们挖掘茶这样的传统产业，就有必要认真追本溯源。以前四川是个大省。天府之国，有清一代，四川财政除了负担本省外，还要负担另外三个省区：贵州、云南、西藏。他们财政收入不够，中央不拿钱，都是四川拿钱补足，叫协饷。但后来，四川乡村破败了。所以，我觉得，张生全的这个作品，写出了一段相当厚重的历史真实。

刚才，大家也提到了一些问题，如果我们希望这个书更加完美，或者期待他下一部作品更好，当然也可以提出一些建设性的意见。但是不管怎么样，他从写冯道，写蒙哥，到写变局中的四川，没落的四川，我们可以很明晰地看到一个人的进步。写作既是一门技术，也是一种胸怀、一个眼光。胸怀不够，眼光不够，光有技术白搭。有胸怀，有眼光，没有艺术敏感，建立不起来有效的艺术表达，小说表达的语汇，也很困难。我们在张生全的书里，看到了他两个方面都在进步，这是很可喜的。

在这里，我还想说说另一个问题，就是我感觉张生全在写作上有点犹豫不定。在今天我们所说的小说的文学性跟市场转换之间，可能有些犹豫和徘徊。有时靠文学这边多一些，有时靠市场那边多一点。我认为，还是应该心无旁骛地把小说写好。小说就是小说。今天大家说得较多的也是有关人物形象、人物性格等问题。就小说来说，这人物性格更多的还是基于内心活动的，是内在的。带有性格表达外在的行为，其实还是内心沉淀的东西外化的结果。没有人会做一个跟内心无关的动作，没有人会做一个跟内心无关的表情。文学就是这样一种道理。而当小说包含了足够的戏剧性，人物身上也包含了足够的丰富性，人物跟这个时代之间，确实形成了某些张力。至于更适应市场的影视改编问题，不能太干扰小说的写作。这会影响小说的充分表达。小说取得成功，将来留下的改编的空间肯定会更大。你要讲故事，要故事都在一定场景中发展。靠什么讲故事呢？故事就是人与人的关系的进展，换句话它就是情节。人与人关系复杂，我们对人性的把握认知丰富，尤其对当时的社会的认知，我们下了功夫，它的史实，它的制度，它的风俗习惯的书写，都实现了历史真实，那么人物的表现空间就更丰富。这种丰富性一产生，情节就有了，故事就有了。故事是什么？故事就是人跟人关系的演变。你把历史背景落实了，把社会细节把握住了，对当时历史大的走向有基本了解，那么推进人物关系就很自然。

所以我对张生全有一个这样的期待，你可以去考虑改编，将来甚至可以自己操刀改编电视剧，但是你写小说的时候就按小说规则来写，剧本完全可以再重写一稿。很多作家都有这样的情况。比如过去在四川生活写作的麦家，他写《风声》，完全按照小说的规律来写，小说很成功。他再自己来改编成电视剧，电视剧也是他自己操刀，又完全按照电视剧的规律来写，也很成功。两边其实都有足够的艺术空间让我们来展示艺术才能或者是宣泄我们的表达冲动。这也是刚才大家的发言给我的一些启发。

最后，我要说，到底是眉山，这么一个会，眉山市的领导、洪雅县的领导都来参加，而且自始至终，这很少见。到底是三苏故里。我也知道，多年来，眉山市对于眉山的文学、眉山的作家都很关注，提供了很切实的帮助，出台了一些行之有效的措施。今天，绅是没有了，李白《峨眉山月歌》中的一句可以移到这里用一下，"思君不见下渝州"。但士还在不在？有没有？这些年也是知识界讨论较多的一个问题。在这里，我还是感到了一些"士"的气息，感到了文化情怀。

很高兴参加这样一个会，感谢眉山、洪雅，谢谢大家！

（根据录音整理）